ARTHUR MASSON

Toine

maïeur de trignolles

ÉDITIONS
Racine

Toine

maïeur de trignolles

La première édition de cet ouvrage a été publiée en 1940
à la Librairie Vanderlinden, Bruxelles.
L'illustration de couverture de la présente réédition
est l'œuvre de David Merveille.

Rue de l'Aurore 44, B-1050 Bruxelles

D. 1995, 6852.12
Dépôt légal: juin 1995
ISBN 2-87386-045-6

I

MONDANITÉS

En se donnant ces petites peines, tout le monde peut arriver à acquérir l'aspect d'un gentleman.

La Baronne STAFFE.
Usages du monde,
édition complètement refondue.

Trois jours avant le mariage de sa fille aînée, Godelieve, avec le docteur Eugène Dognies, dit « Tchouf-tchouf », Monsieur Toine Culot invita son cousin T. Déome à assister à ce qu'il appelait « la revue générale de l'équipement ».

T. Déome se rendit à l'invite et vit un Toine éblouissant.

Pour harmoniser sa toilette avec celle des amis de son beau-fils, tous jeunes gens très distingués, le gros, généreux jusqu'à la prodigalité, s'était nippé comme un ambassadeur.

Aux yeux de T. Déome qui n'en revenait pas, il apparut chapé d'une redingote de tissu peigné, à revers de soie. Le pli de son beau pantalon à rayures vieil-argent tombait droit sur des souliers vernis. Une cravate blanche s'étalait sous le double menton du gros, qui, tenant d'une main une paire de gants couleur crème, avait passé trois doigts de l'autre main entre les boutons de son gilet.

T. Déome, assis sur une chaise basse, émit finalement :

— *T'as l'air d'in dentisse ambulant !*

Habitué à ces appréciations rugueuses, Toine, qui réservait d'ailleurs une surprise à son cousin, dit à sa femme :

— *Hilda, m'tchapia, si vous plaît...*

En riant, Hilda sortit d'une armoire une boîte cylindrique en carton blanc, qu'elle ouvrit avec précaution. Ensuite, délicatement, elle couronna son Toine d'un haut-de-forme plus noir et plus miroitant qu'une loutre sortant de l'eau.

D'abord, T. Déome mit une main en abat-jour au-dessus de ses yeux, puis, d'ébahissement, laissa tomber sa pipe sur ses genoux.

Il se leva de sa chaise, fit le tour de Toine, se dressa sur la pointe des pieds pour regarder de plus près l'étonnante coiffure, recula, fit mettre le gros en pleine lumière, et, brusquement, se rassit pour rire à son aise, jusqu'à la suffocation.

Immobile, la tête droite, Toine le regardait gravement.

Il finit par ronchonner, mi-figue, mi-raisin :

— *Dji l'saveùs bé d'avance qu'y s'foutreùt co d'mi. C'est del djalouserìe, è ré d'aute.*

T. Déome riait trop pour pouvoir répondre. Son rire était tellement large et tumultueux, si loin de ressembler au jaune ricanement d'un jaloux, que Hilda, la pimpante épouse de Toine, gagnée par le plaisir du drôle, se mit à rire aussi, et de bon cœur.

Les quatre filles de Toine, qui s'affairaient dans les chambres de l'étage aux préparatifs interminables de la noce, entendirent les échos de la scène joyeuse et descendirent l'une après l'autre. La mère de Toine, à travers le mur qui séparait les deux logis, entendit rire aussi. Le Choumaque, sourd, n'entendit rien, mais il vit l'air de Phanie, et la suivit chez son fils.

Tout de suite, cela fit autour de Toine un cercle de huit spectateurs. Tous riaient, sauf lui et sa mère, car elle n'avait jamais admis que l'on se moquât de son fils, qu'elle trouvait beau, bien portant, intelligent et distingué. Et aussitôt, elle voulut remettre les choses au point.

— *Laisse-les rire, hé, m'fi ! Tu peux t'ossi bé mette in tchapia-buse qu'in aute. T'est prope, è d'ailleurs, t'as les moyés d'fai ça.*

— *Oï !* approuva T. Déome, *il a les moyés, mais y n'a né l'tiesse qu'y faut.*

Puis il ajouta :

— *Y n'li manque pus qu'ène pwaire di bottes, ène escorie*[1] *è des moustatches au cosmétique pou z'awè l'air d'un directeur di cirque !*

Toine trouva cette opinion vraiment injurieuse et se fâcha pour de bon. Il se mit à gesticuler et à dire en substance à T. Déome, qui crevait de rire, qu'il préférait de beaucoup les directeurs de cirque à certains marchands de graines qui, coiffés d'un haut-de-forme ou d'un bonnet de coton, chaussés de sabots ou de souliers vernis, n'auraient jamais que l'air de ce qu'ils étaient, à savoir de paysans mal dégrossis et d'herbivores endimanchés.

1. Fouet.

— *Bé respondu, m'fi*, dit Phanie toute fiérote de voir tant d'esprit à son fils. *Mi dji prétinds qu'tu n'as jamais stî si bia.*

Et, résumant toute son admiration, elle conclut :

— *T'as l'air d'in maïeur !*

Ce mot ramena brusquement T. Déome au sérieux.

— *À propos d'maïeur,* commença-t-il...

Mais il n'acheva pas. Une pétarade de motocyclette s'arrêtait net devant la maison de Toine, et le fiancé de Godelieve, aussitôt, s'encadrait dans la porte, vêtu de son éternel veston de cuir, boucles au vent, souriant d'un air heureux et un peu timide. Suivant son habitude, il dit « bonjour » trois fois.

Toine qui, depuis quelques mois, se permettait avec le docteur une familiarité d'ailleurs plausible, répondit :

— Mon-sieur Ugenne, salut !

Et, majestueusement, il se découvrit et fit un large salut de son haut-de-forme.

Catastrophe ! Ensemble, les six femmes poussèrent un cri désespéré.

*
* *

La veille, Mathilde, une des jumelles, avait fixé au plafond de la pièce, au moyen d'une punaise, un de ces gluants engins que l'on appelle des attrape-mouches. Elle avait déroulé à peu près vingt centimètres du ruban, se réservant de dérouler le reste au fur et à mesure des nécessités. Mais chacun sait que cette invention insecticide, en dehors de son prix modique et de la traîtrise de ses contacts, possède comme caractère spécifique celui de se dérouler lentement, mais sûrement, sans autre sollicitation que celle de la pesanteur du godet de carton qui contient la réserve de glu et de ruban.

Vingt-quatre heures après le placement, l'engin fixé par Mathilde avait déjà, sans faire plus de bruit qu'un escargot qui évacue sa coquille, dévidé les trois quarts de ses entrailles hors du godet.

Et Toine, saluant son futur gendre, venait de coller au ruban la soie miroitante de son huit-reflets, avec une grâce si vigoureuse, que l'attrape-mouches, cernant aussitôt le chapeau, s'y était fixé et que Toine, qui n'avait rien vu, achevant son geste largement cérémonieux, arrachait la punaise au plafond et des cris désolés aux femmes, et sentait tout à coup sur son nez et sa joue le contact froid de la glu, tandis qu'une mouche captive, et vivante encore, libérée par les heurts et les secousses, venait se coller sur la paupière du gros, soudain congestionné, furieux et malheureux.

T. Déome s'enfuit au jardin, pour rire à son aise. Le docteur le suivit...

* * *

— Voyons, dit le fiancé à celui qui était devenu son grand ami, vous trouverez bien le moyen, je vous en supplie, de l'empêcher de s'affubler de ce machin-là ! Il est trop cocasse. Et il répéta : Oui, cocasse... cocasse...

— Ce ne sera pas facile, objecta le gros. Il y tient, à sa « buse ». Mais enfin, j'essaierai...

Puis ils parlèrent d'autre chose. T. Déome s'était montré joliment généreux pour le nouveau couple. Une fois le mariage décidé, il avait fait cadeau, aux jeunes gens, d'une belle partie de son grand verger, à condition que le docteur y fît bâtir sa maison, idée que le fiancé avait trouvée séduisante. T. Déome s'était chargé des plans, de la direction et de la surveillance de l'entreprise. Aussitôt, on avait abattu un large pan de haies. Les terrassiers avaient creusé le fossé des fondations, tandis que de lourds tombereaux amenaient la pierre, la brique, le bois, le fer, et tout le reste, sur le chantier.

Quand T. Déome prenait une besogne à cœur, ça marchait toujours rondement. En moins de trois mois, le gros œuvre de la maison du médecin était mené à bien. Sans désemparer, les ouvriers spécialisés avaient relayé maçons, couvreurs et plafonneurs. À présent, il ne restait plus qu'à essuyer les plâtres, passer une dernière couche de peinture sur quelques boiseries et, dans quinze jours, quand les jeunes mariés reviendraient de leur voyage de noce, ils pourraient entrer dans une maison dûment meublée où un bon feu, entretenu par le ménage T. Déome, aurait créé un climat chaudement accueillant, ce qui est à la fois poétique et utilitaire.

* * *

Godelieve avait rejoint les deux hommes au jardin. Ils parlaient de « la maison ».

« La maison » c'était sa grande affaire, à cette enfant rieuse et active. Les plans une fois dressés, T. Déome les lui avait soumis. Elle avait tout approuvé, se fiant au sens pratique du brave homme qu'elle aimait comme son père, émue par toutes les bontés qu'il multipliait autour de son bonheur, frais et sans nuage, comme celui de sa première communion. Elle n'avait exprimé qu'une recommandation. Souriante, rougissant à peine, elle avait dit :

— Faites-la simple et grande, parce que je veux beaucoup d'enfants.

T. Déome avait ri pour se donner une contenance. Mais des mots pareils le bouleversaient toujours, ce drôle, qui avait gardé, avec ses gros sourcils et sa blague féroce, une sensibilité d'adolescent, et il avait trouvé le trait si joli qu'il l'avait rapporté à son ami le docteur.

Le jeune homme connaissait bien celle qui allait être sa compagne. Le mot ne l'avait donc pas étonné, mais, quand même, lui aussi avait ri pour cacher l'attendrissement délicieux qui le gagnait. Et, quelques jours après, comme T. Déome l'avait invité à venir avec Godelieve jusqu'à la maison neuve pour la mise au point de quelques détails, le médecin, profitant de ce qu'il se trouvait seul un instant avec sa fiancée, lui avait dit, la prenant par la main et la caressant d'un regard qu'il croyait taquin, mais qui était surtout ému :

— Eh bien, Godelieve, y a-t-il assez de place ici pour tous les berceaux que vous rêvez ?

Naïve, et rougissant franchement, cette fois, elle s'était écriée :

— Qui vous a dit cela ?

... T. Déome, à ce moment, passait devant la grande baie qui donnait sur le verger. Un calepin dans la main, un crayon dans les dents, il arpentait le terrain à grandes enjambées en comptant à mi-voix : « *Trwès... quate... céq... chîge...* ».

C'était sa façon, à lui, de jouer au géomètre. Il s'était arrêté, avait inscrit quelques chiffres dans son calepin et s'était assis sous un pommier, pour calculer...

Le jeune homme n'avait pas répondu à la question de Godelieve, mais son regard, posé sur T. Déome, en avait dit long.

La jeune fille, elle, avait regardé par delà le gros homme qui continuait de chiffrer dans son carnet. Un rêve heureux noyait ses beaux yeux tranquilles, des yeux bleus comme ceux de son père, et qui se caressaient suavement de la beauté neigeuse des pommiers en fleurs dont, parfois, un oiseau faisait tomber quelques pétales sur l'herbe givrée de pâquerettes.

D'une voix très douce et toute recueillie où, pourtant, vibrait déjà une ferveur maternelle, elle avait murmuré :

— Il me semble que je les vois courir autour de moi, dans l'herbe...

Il n'avait plus su que dire, tant cette évocation, sur lui aussi, opérait de charme... Oui, cette jeune fille, belle et simple, saine et droite, qui lui offrait un cœur intact, tout débordant des trésors d'une affection impatiente de se vouer et même de se sacrifier, c'était bien celle qu'il avait appelée et attendue dès que son cœur à lui, son cœur de brave garçon, avait entendu les premiers et mystérieux appels de la pérennité du sang.

Un long moment, ils étaient restés ainsi devant la grande baie, se tenant par la main, muets d'un bonheur qu'aucun mot n'eût d'ailleurs traduit ; et, tous deux, ils « les » voyaient, dans une anticipation précise, trottiner, courir et tomber dans les pâquerettes sous les pommiers blancs, bourdonnants d'abeilles. Fillettes douces et gamins vifs se ressemblaient tous, parce que tous avaient des yeux bleus et des bouclettes brunes.

* * *

Mais tout cela nous conduit loin du chapeau de Toine. Or, l'histoire du chapeau de Toine ne fait que commencer...

— Et alors, Godelieve, interrogea le fiancé en voyant s'approcher la jeune fille, la « revue générale » est terminée ?

— Oh ! dit-elle, il est temps que cela finisse. Papa devient intenable. Il prétend qu'il n'en peut plus, que son cœur « bat la berloque », que T. Déome est la cause de tout ce qui arrive de travers et qu'un jour ou l'autre, il le fera mourir de colère.

— *Y n'a né co tout vu, pourtant,* dit le gros. *Il a co trwès fiyes à mariè... Qu'y rattinde seulmint, quand tout ça va s'mette en route, è qu'il aura sept ou huit p'tits èfants dins chaque nichée, y pourra bé r'montè les pwès à s'viye hôrlotche di cœur, ou bé l'sonnerie è-st'au djâle...*

— En attendant, coupa Godelieve, s'adressant au jeune homme, il demande si vous ne connaissez pas un moyen d'enlever la colle de son chapeau, qui en est tout couvert.

— *Faut l'mette dins in saya d'euwe bé boulante* [2], *è pus l'frottè aveu dou papî d'verre,* conseilla l'incorrigible T. Déome.

— Pour ma part, je n'ai jamais vu le cas, avoua le docteur feignant la perplexité. M'est avis qu'en cette affaire, l'éminent Monsieur Pestiaux réussirait mieux que moi.

— *C'est sûr ça !* approuva T. Déome, sautant sur l'idée. *C'è-st-in cas d'droguisse !*

---

2. Un seau d'eau bien bouillante.

Godelieve, un peu ennuyée, dit aux deux hommes :

— Venez lui expliquer ça vous-mêmes...

T. Déome souffla au docteur :

— *C'est l'truc ! Si l'buse passe pa les mwains dou Pestiaux, elle n'arrivera pus jamais su l'tiesse d'à vos bia-pére.*

Ils rentrèrent. Toine avait enlevé sa redingote et son beau faux col dont le piège à mouches avait mâchuré la blancheur éclatante. Passe encore pour le faux col. Il en mettrait un autre et l'on n'en parlerait plus. Mais le chapeau, un chapeau de septante-neuf francs cinquante ! C'était un désastre.

... Phanie, munie de ses lunettes et d'un chiffon de velours, tentait un nettoyage à froid... Elle ne réussit qu'à étendre la glu, ce qui l'énerva au point qu'elle laissa rouler l'objet sur le carreau. Le Choumaque, assis dans son fauteuil, l'arrêta de son bâton, en tapant dessus. Il croyait bien faire, le pauvre ! On releva un cylindre hérissé comme un chat devant un chien. D'une manche précautionneuse, Toine caressa son chapeau pour lui rendre du lustre. L'opération est recommandable, mais elle est à sens unique. Toine la fit à rebrousse-poils. L'effet fut scandaleux. Avec des griffes et des dents, le chapeau eût été une bête effrayante. Le gros était furieux.

Il l'était d'autant plus que tout le monde, sauf Phanie et lui, riait. Hilda, toujours conciliante, finit par dire :

— *Bah, vous mettrez votre « boule », mon Toontje, et vous serez encore bien beau.*

Mais il y tenait, le gros, à son cylindre, et il s'obstinait :

— *Quand on a dispînsè septante-neuf francs céquante pou ène buse, c'est pou l'mette su s'tiesse è né au guernî, nom di djâle ! È quand dji divreùs l'pôrtè au rètameux* [3]*, m'tchapia s'ra r'fait pou l'djou del noce.*

— *On pourreut p'tète li passè à l'mine di plomb*, insinua encore T. Déome.

Toine éclata.

— *Vous, T. Déome, si on z'aveut passè à l'mine di plomb toutes les biestries qui sont sôrtuwes di vos boutche, gnia longtimps qu'tous les pwèles s'ré tournès à ferrailles.*

T. Déome, jubilant, allait lancer une nouvelle boutade, mais la grosse Phanie, qui réfléchissait depuis un moment, coupa :

— *Dji n'conneus qu'in homme capâpe di rassonrè* [4] *c'tchapia-là !*

On la regarda avec curiosité :

3. Étameur.
4. Nettoyer.

— *Oï,* continua Phanie. *È dji vas l'trouvè mi-mînme, è tout t'chute, co !*

— *Qui ça ?* demanda hypocritement T. Déome.

Phanie, le regardant bien dans les yeux, sûre de son effet, dit :

— *C'est vos grand camarâte, Mossieu Pestiaux !*

T. Déome s'esclaffa :

— *L'tchapia est foutu !*

— *Foutu pou foutu, dji vas,* déclara Phanie, excédée. Et, pour faire enrager T. Déome, elle ajouta :

— *C't'homme-là n'm'a jamais ré fait. È c'è-st-in homme bé instruit è bé alèvè. Y comprindra, li !*

Plongeant incontinent le huit-reflets dans le carton, elle s'en alla, serrant sur son cœur le précieux paquet de septante-neuf francs cinquante.

T. Déome avait peine à cacher son allégresse.

* * *

Un homme fort étonné de voir arriver chez lui la grosse Phanie, ce fut Monsieur Pestiaux. Il y avait bien vingt ans qu'elle n'avait franchi le seuil de l'« ancienne maison de confiance ».

Poli, mais assez froid, il dit, pinçant les lèvres et louchant avec méfiance du côté de la boîte de carton :

— Bonjour, Mèdème !

— *Monsieur Pestiaux,* commença tout de go la grosse Phanie, *il n'y a que vous pour nous tirer d'embarras...* Et, ce disant, elle ouvrit la boîte, en amorçant, avec quelque fébrilité, l'exposé de l'affaire.

Quand elle eut fini, Monsieur Pestiaux, prenant le chapeau et son air le plus scientifique, examina l'objet, extérieurement, intérieurement, en déchiffra la marque, en palpa les bords, souffla sur la soie, et, enfin, le déposant sur le comptoir, articula :

— J'ai saisi.

Puis, ôtant son lorgnon et se couvrant les yeux de la main, il réfléchit gravement pendant une bonne minute.

Durant ce temps, Phanie pensait :

— *C'est quand mînme in homme sérieux !*

Le droguiste démasqua son visage : la joie pasteurienne de la découverte brillait dans son regard.

— Commençons par le commencement, Madame Culot... Quelle est l'exacte composition chimique de la colle de l'attrape-mouches ?

Phanie, éberluée, devint toute rouge, fit ses yeux drôles, et bredouilla :

— La position chimique des mouches dans la colle ?

— Non, pardon ! Je vous demande en présence de quelle espèce de colle nous nous trouvons.

— Ah ! oui,... quelle espèce ?... oui... Eh bien, c'est de la colle d'attrape-mouches, allez, Mossieu Pestiaux.

— ...videmment... ! Mais un distinguo s'impose, Mèdème. Avons-nous de la colle à base de glu ou à base de résine ?

— Oh, ça ! fit la grosse Phanie qui commençait tout de même à trouver l'interrogatoire assez saumâtre, c'est facile à voir sur le chapeau. En tout cas, c'est de la colle forte.

Monsieur Pestiaux susurra perfidement :

— Il ne faut jamais acheter des produits de composition douteuse. Moi aussi, je vends des attrape-mouches, mais c'est un produit garanti, fabriqué dans un laboratoire contrôlé par l'État. J'en ai fait moi-même l'analyse. Avec de tels produits, un accident comme celui dont vous êtes victime est impossible.

— On ne le savait pas, dit Phanie, que la migraine gagnait.

— Notez que je vous dis tout cela à titre documentaire et préventif, grasseya Pestiaux, car le public, hélas, est ainsi fait qu'il s'obstine à méconnaître ses intérêts au profit d'un charlatanisme dont le moins qu'on puisse dire...

Phanie, excédée et la cervelle en feu, coupa :

— Est-ce que vous croyez qu'il y aurait moyen de nettoyer le chapeau ?

L'éminent droguiste, se rengorgeant, détacha avec solennité :

— Rien n'est impossible à la chimie moderne, Mèdème, et je vous le prouverai !

Dans un casier posé sur un haut pupitre, dans un coin de la droguerie, il alla prendre un gros volume relié de percaline groseille avec un titre en capitales dorées : *L'ENCYCLOPÉDIE DU PARFAIT DROGUISTE.* — Pour étaler son livre sur le comptoir, le savant, qui n'avait jamais dédaigné la vente des épiceries et des conserves, écarta un pot de moutarde (spéciale, affirmait l'étiquette, et recommandée pour sinapismes), deux bocaux de cornichons et une boîte pleine de tubes de pastilles de menthe.

Avant d'ouvrir son livre, il dit :

— Asseyez-vous, Mèdème,... le temps de consulter mes auteurs.

Phanie, assise, n'entendait plus que les battements de son cœur et le froissement menu des feuillets que tournaient les doigts du grand homme. Elle semblait attendre un verdict. Et son regard errait sur les rayons de la boutique. Des bocaux verts, bleus, bruns, rangés sur des rayons nombreux, bombaient leur ventre prétentieux orné d'une large étiquette blanche à bord rose et qui portait une inscription en latin.

Sur la porte d'une vaste armoire, recouverte de fausse laque noire et fermée par un cadenas, s'étalait, peinte au ripolin ivoire, une tête de mort soulignée de tibias. Le macabre emblème surmontait cette inscription, dessinée, elle, en un rouge flambant : *VENENA*.

Ce meuble de mélodrame singeait à la fois le corbillard, le catafalque, le coffre de fakir et la cabine d'électricité à haute tension. Avec la barbe de Pestiaux, son langage d'alchimiste, l'odeur de naphtaline et de réglisse et les mots latins, tout cela, pour la grosse Phanie, c'était grave et oppressant comme un fauteuil de dentiste.

* * *

Plongé dans son grimoire, le savant semblait avoir oublié la présence de la brave femme. Le silence était total, funèbre. Pour échapper à l'obsession de l'armoire au crâne, elle se mit à examiner un autre secteur du magasin, celui des « produits divers » comme s'exprimaient les annonces hebdomadaires insérées par Pestiaux dans la presse cantonale. L'homme vendait de tout, ou à peu près : des robinets de bois, des bouchons de liège, du miel artificiel garanti pur, du savon pour bébés. Le droguiste avait même libellé une réclame que son épouse, Pélagie, avait transcrite sur un carton, de sa meilleure ronde : SAVON POUR BÉBÉ SPÉCIAL ET GARANTI PUR À L'ANALYSE. Monsieur Pestiaux-Ronvaux vendait aussi des cordes de chanvre, des paillassons, des nattes de coco, des crayons ordinaires et des crayons à l'aniline, des craies de toutes les couleurs, des huiles de toutes les espèces, du papier à lettre, des cartes à jouer et des toiles imperméables. On pouvait se procurer chez lui le suppositoire calibré, à l'usage des gens de culture avancée, mais aussi la seringue d'étain, ustensile plébéien et solide, auquel le campagnard garde une fidélité respectable parce qu'il le trouve simple, d'une efficacité irrésistible et que l'abordage en est aussi commode pour les gens que pour les bêtes. Bien d'autres produits encore s'amoncelaient dans ce capharnaüm, car le magasin de Pestiaux était vaste, et l'homme entreprenant. C'est ainsi qu'il n'avait pas hésité à créer un rayon de quincaillerie. À présent, on pouvait trouver chez lui toute une gamme d'objets ferreux qui allait du panier à salade au tire-bouchon breveté, en passant par la chaîne d'arpenteur, le crampon de sûreté et le paquet de bigoudis. Et pour l'automne prochain, c'était décidé : Monsieur Pestiaux vendrait des munitions de chasse. En attendant, il travaillait à ce que Pélagie appelait « les inventions d'Adhémar » car le cerveau de cet homme trop intelligent débordait d'idées, au point qu'il devait, au fur et à mesure qu'elles lui sortaient du crâne, les noter sur un carnet de poche, comme on récolte dans une soucoupe l'écume de la bassine aux confitures.

La lecture d'un article de magazine avait révélé au droguiste ce mot du maréchal Foch qui, s'adressant aux officiers de son État-major en une circonstance où il s'agissait de jouer serré avec l'ennemi, leur disait :

« Messieurs, c'est le moment de *phosphorer !* »

Ce beau néologisme d'odeur chimico-stratégique, et tombant de si haut, avait ébloui le droguiste.

Depuis lors, quand Pélagie, épouse attentive, lui demandait à quoi il rêvait ainsi, l'œil fixe, la main sur le front, durant au moins quatre heures par jour, l'homme, chaque fois, répondait d'une voix profonde :

— Je phosphore, Pélagie, je phosphore !

Il devait en avoir l'occiput bourré, de phosphore !

Pestiaux en était au moins à sa trentième invention. Toutes ses découvertes, il les mettait au point dans un baraquement de planches recouvert de carton bitumé, qu'il avait fait édifier dans son grand jardin, à cent mètres de sa maison, car les manipulations auxquelles il se livrait là n'allaient pas, affirmait-il, sans danger, et des précautions s'imposaient.

— Savez-vous, ma poulette, disait-il parfois, qu'il y a là de quoi faire sauter une forteresse ?

Et Pélagie, épouvantée, joignait les mains et regardait le ciel comme pour y découvrir le petit nuage noir qu'y ferait sa maison pulvérisée. Mais Pestiaux, calme et fort, omniscient et omnipotent comme Méphisto, disait avec un sourire apaisant :

— Soyez tranquille, mon ange, toutes les précautions sont prises. Je domine mon arsenal.

Sa dernière invention, c'était : LA PÂTE UNIVERSA.

* * *

Pendant que, penché sur son grimoire groseille, Monsieur Pestiaux en oubliait le reste de l'univers et continuait de faire phosphorer sa grosse tête chauve qu'il tenait d'une main, Phanie, elle, se sentait bouillir d'une exaspération qui, si elle ne trouvait pas d'exutoire, allait craquer en congestion.

— *C't'animâl-là,* pensait-elle, *è-st-en train di m'fai aradgi pasqui dij n'vé jamais m'fai volè dins s'mân-nette* [5] *cassine.*

Elle toussota : Hum ! Hum !

Sans broncher, l'autre continua ses sublimes cogitations.

... Dans un coin du magasin, s'élevait une pile de treize paires de sabots. Elle aussi, la pile était surmontée d'un carton où la main de Pélagie avait encore moulé cette indication : SABOTS SPÉCIAUX POUR PIEDS SENSIBLES.

Une tentation affolante s'empara de Phanie : empoigner la première paire de sabots et, pan ! l'asséner sur ce crâne qui s'offrait à elle dans sa nudité jaunâtre, inexpressif autant qu'une vessie, avec des veines comme tracées au crayon bleu, et, sur le sommet, une touffe de vieux crins moisis. À ce moment, la placide Phanie comprit et excusa tous les crimes.

Elle se leva... Oh ! ce crâne... Oh ! cette paire de sabots...

Au fond de sa cuisine, Pélagie se prit à roucouler :

Non, tu ne sauras jamais
Ô toi qu'aujourd'hui j'adore,
Si je t'aime ou si je te hais...

— *Biesse*, pensa Phanie, *à des âdges pareils !*

Et elle regarda encore le crâne et les sabots...

Mais, soudain, son regard tomba sur une boîte de carton ouverte sur le comptoir et contenant des potiquets bruns qu'elle avait pris d'abord pour des pots de moutarde. Une notice, collée à l'intérieur du couvercle, étalait cette indication en lettres majuscules :

PÂTE UNIVERSA
fabriquée dans les laboratoires Pestiaux-Ronvaux
suivant les procédés scientifiques les plus modernes.

* * *

Avec les yeux d'une poule qui a découvert un hanneton, Phanie se pencha sur la notice et lut :

Cette pâte, une des trouvailles les plus étonnantes de la science contemporaine, n'usurpe pas son nom puisqu'elle est d'un emploi pratique-

5. Sale.

ment universel. À base fondamentale de graisse végétale, de vaseline pure, de paraffine et d'huile surfine, elle constitue le vade-mecum de l'homme intelligent et de la ménagère. Celle-ci, en effet, peut servir entre autres aux usages suivants :

1. *Astiquage des cuivres, argenteries, dorures, nickels et autres métaux.*
2. *Graissage des cuirs, des sabots de solipèdes, des charnières des portes traînantes et des serrures dures.*
3. *Lubrification des organes mécaniques et autres.*
4. *Aiguisage de la fine coutellerie.*
5. *Obturation de toutes lézardes, fentes, fissures, crevasses et de tous trous quelconques.*
6. *Désoxydation de tout ustensile de ménage rouillé.*
7. *Ajoutons que ce produit, pour l'horticulteur intelligent, broyé et mélangé à proportions égales avec de l'argile et de la craie pilée, remplace avantageusement le mastic qui rend la greffe si coûteuse et ce, sans la moindre garantie de réussite.*

La pâte Universa n'est pas dépourvue de vertu curative et même prophylactique. Appliquée comme embrocation, elle est salutaire au sportsman, à l'athlète, au chasseur et, en général, à quiconque travaille musculairement, intellectuellement ou nerveusement. En cataplasme sur les conduits nasaux, elle constitue le succédané idéal du « papin au suif » et triomphe du rhume de cerveau même si ce dernier est vieux et tenace, et de celui des foins.

Parmi les attestations innombrables reçues par l'inventeur, en voici une émanant de Madame la Vicomtesse Z... que nous tenons à la disposition de nos clients :

« Monsieur,

« Votre pâte Universa est miraculeuse. Grâce à elle, tous les fourneaux du château sont éblouissants. Je l'ai recommandée à mon chauffeur pour ses organes moteurs, à mon greffier pour ses arbres et l'ai imposée au vicomte ainsi qu'à tous les autres membres du personnel pour leur cerveau. Vous êtes un bienfaiteur de l'humanité. Veuillez m'en envoyer soixante pots. »

Phanie lisait avec un intérêt passionné. Elle aborda la conclusion versifiée au bas du prospectus :

Universa,
Pâte magique,
Préserve,

Conserve,
Embellit,
Enrichit,
Et fait tout
Pour un prix
modique.
Universa,
Donnez-moi ça !

En dépôt chez l'inventeur Adhémar Pestiaux-Ronvaux, chimiste droguiste-spécialiste à Trignolles sur Viretienne et dans toutes les maisons sérieuses à 3 Frs 45 le pot.

* * *

L'homme, en même temps que Phanie achevait sa lecture, releva son crâne puissant et nu. Grave, le front rayonnant comme celui d'Archimède, il déclara :

— Nous l'aurons !

Et, incontinent, ayant refermé son livre, il sortit de son comptoir une espèce d'éprouvette blanche, une pipette de verre et, pour finir, une grosse bouteille brune à bouchon émeri.

Il déboucha la bouteille.

Phanie reconnut l'odeur agressive et grisante de l'éther. Elle fit donc tout bonassement, histoire de dire quelque chose :

— Ça sent bon, l'éther !

Énigmatique, l'homme répondit :

— L'éther n'est pas ce qu'un vain peuple pense !

Et, ce disant, il libérait de la pipette dix gouttes du liquide dans l'éprouvette. Puis il murmura :

— Je vais le renforcer un peu.

Et d'une bouteille verte d'où s'évada une odeur âcre qui picotait les narines, il puisa, au moyen d'une pipette plus fine, trois gouttes menues qui roulèrent au fond de l'éprouvette.

Monsieur Pestiaux reboucha le flacon, essuya les pipettes, et saisit le chapeau. Le cœur de Phanie battait. Elle pensait :

— *Pourvu qu'y n'l'abîme né...*

Pélagie, dans sa cuisine, entonnait à présent :

C'est l'ââmour
Qui flotte dans l'air à la ronde...

Mais l'inventeur, au moyen d'un petit pinceau doux, trempé dans l'éprouvette, caressait les taches de glu. Il recommença trois fois, puis, déposant le chapeau, murmura encore :

— Attendons un instant... Laissons faire la nature, pour parler comme ces Messieurs de la Faculté.

— Oui, c'est ça, approuva Phanie qui ne savait que dire.

Le silence retomba. Au fond de sa cuisine, Pélagie, dont le répertoire musical, décidément, était inépuisable, gazouillait cette question poignante :

Reviendra-t-il, reviendra-t-il
Au rendez-vous ?

... La fièvre de Phanie n'était comparable qu'à celle du conscrit devant l'urne du tirage au sort. Et Pélagie l'énervait avec ses chansons de vieille folle. Et l'allure compassée de Pestiaux la gênait. À tout prix, il lui fallait une détente. Louchant vers le prospectus de la pâte Universa, elle demanda timidement :

— Des sabots de « solipettes », c'est ça, Monsieur Pestiaux ?

Et elle désignait la pile de « sabots spéciaux pour pieds sensibles ».

D'abord interloqué, le grand homme eut un sourire de commisération. Après un moment de réflexion, il daigna corriger :

— Non, Mèdème, « solipède » est synonyme de : « ongulé ».

Cette volée de grands mots éberlua la bonne femme. Elle n'y vit que du feu et fit, humblement :

— Ah ! oui, c'est ça, c'est ça ! Je n'étais pas au courant, voyez-vous.

Pestiaux passait maintenant un chiffon de velours sur les taches, légèrement, précieusement. Puis il prit une loupe et examina le résultat.

— Elles s'en vont, je vous l'avais garanti !... fit-il modestement.

— Ah ! soupira Phanie au sommet de l'émotion.

— Peut-être faudra-t-il répéter l'opération, émit encore le savant. Pour cette éventualité, je vais vous confier ce qui reste du produit détachant.

Et il transvasa le fond de l'éprouvette dans une bouteille minuscule.

— À défaut de pinceau, vous avez bien une plume de poule, je suppose ?

— Et encore une de coq si y faut ! s'exclama Phanie toute rieuse.

— Parfait ! ponctua l'homme. Voici le produit. Renouvelez donc l'opération autant de fois que vous le jugerez nécessaire, jusqu'à disparition totale des maculatures. Et faites sécher, à l'air, mais à l'ombre.

— Compris, compris ! conclut Phanie en remboîtant le chapeau dans le carton... Combien vous dois-je, Monsieur Pestiaux ?

Il se passa alors cette chose miraculeuse : Monsieur Pestiaux avec un sourire aimable, laissa tomber :

— Absolument rien, Mèdème !

L'étonnement de Phanie n'eût pas été plus vaste si Pestiaux avait lancé : Mille francs !

Revenue à elle, la brave femme dit :

— Jamais de la vie, Monsieur Pestiaux ! Il faut au moins demander le prix de votre « dérangement ». Vous avez eu trop de « ruses ».

Mais le bougre tenait à son idée, une idée géniale encore qui lui était venue tandis qu'il se livrait à ses simagrées : Monsieur Pestiaux ne rêvait rien de moins que de se voir collaborateur, mi-droguiste, mi-pharmacien, du docteur, qui allait, dans quelques jours, devenir par alliance le petit-fils de la grosse Phanie. Il répéta donc :

— Mèdème, je n'accepterai rien, et remettez, s'il vous plaît, mes hommages au docteur.

— La commission sera faite, promit chaleureusement Phanie. Mais je ne veux pas sortir d'ici comme une « malhonnête ». Je vais vous acheter quelque chose.

Et, faisant sonner une pièce de cinq francs sur le comptoir, elle prit un pot de pâte Universa que Monsieur Pestiaux enveloppa dans le prospectus. Il remit la monnaie à Phanie qu'il reconduisit, radieux, jusque sur le seuil du magasin en répétant :

— Mes respects au docteur... Il est charmant...

Quand elle fut sur la route, il lui cria encore :

— Faites-le sécher à l'air et à l'ombre, n'est-ce pas ? Au revoir, Mèdème.

* * *

Quand, un peu essoufflée, Phanie rentra dans la pièce où se tenait toute la famille, y compris T. Déome et le médecin, qui attendaient son retour avec curiosité, elle ne prit pas la peine de triompher modestement. D'abord, elle se débarrassa de son potiquet de pâte Universa qu'elle posa sur la tablette d'une fenêtre. Puis, elle sortit de la poche de son tablier la petite fiole de liquide détachant, qu'elle planta sur la table. Enfin, ouvrant la boîte de carton, elle en sortit le fameux chapeau dont elle coiffa son poing. Et s'approchant de la fenêtre pour mettre en pleine lumière le cylindre qu'elle brandissait, elle conclut simplement :

— *Vlà ! C'qui Mossieu T. Déome ni sait né fait aveù s'mèchante linwe, Mossieu Pestiaux l'fait bé aveù s'bonne tiesse.*

Mais le gros ne répondit pas. Intrigué par la chose posée sur la tablette, il avait allongé sa grosse patte et, ayant sans façon déballé le potiquet, il lisait le prospectus.

Le docteur, lui, flairait la petite fiole. Toine lui demanda :

— Qu'est-ce que c'est pour une drogue, ça, Monsieur Ugenne ?

— Difficile à dire, difficile... mais ça me paraît assez mordant, déclara le docteur.

Puis, s'adressant à Phanie, il demanda :

— Le droguiste ne vous a pas renseignée ?

— Si fait, dit Phanie. Et très affairée, elle lança à tout hasard :

— *Dji creùs qui c'è-st-in nom comme dou solipette aveù dou venena è dou vade-mecolle.*

— Quoi ? s'exclama le docteur, écarquillant les yeux.

— *Dji n'sais pus si c'est ça,* dit Phanie, *mais ça si s'tînd aveù ène plome di pouye.*

Éberlué, le docteur répétait :

— Solipette ? Venena ? Plume de poule ? de poule ?

... Mais à ce moment, près de la fenêtre, un rire énorme éclata, le rire de T. Déome, vaste comme le ventre de l'homme, grave comme un roulement d'orage, large et chaud comme le mugissement d'une étable de grande ferme. Quand T. Déome riait ainsi, la moitié du village l'entendait, et cette moitié du village riait aussi, communiquant sa joie à l'autre moitié. Le rire de T. Déome valait une volée de cloches sonnant les jours de fête.

— Heu ! heu ! heu ! mugissait le gros, assis, les yeux fermés et claquant ses cuisses grasses, heu ! oh ! hou !

— *Qwè c'qui l'y prind co à c't'innocint-là ?* cria Phanie, vexée.

T. Déome, continuant ses roulades, des larmes de joie sur sa moustache, la casquette chavirée, et martelant le pavement de son sabot, brandissait le prospectus de Pestiaux. Et, dans les répits que lui laissaient ses spasmes, on l'entendait glousser :

— Solipette !... Papin !... Vicomtesse !... Fourneau !...

Chacun le regardait, et l'on riait sans comprendre. Le Choumaque lui-même, sourd, était tout secoué dans son fauteuil et, entre deux bouffées de son éternelle pipe d'asbeste, répétait d'une voix chevrotante :

— *Enfin, enfin, y n'candg'ra jamais.*

Le gigantesque glouglou de T. Déome reprit de plus belle.

Phanie voulut arracher au gros le prospectus de Pestiaux. Mais, avec une promptitude étonnante, sans arrêter de rire, il l'escamota et le fourra dans la grande poche de son gilet, bien serré contre sa blague à tabac.

— *Est-ce qu'on n'direùt né in camion-automobile qui s'met en route ?* ricana Phanie qui contemplait sans aménité le bonhomme trépidant de fait comme un moteur en chauffe.

Mais T. Déome continuait de hoqueter :

— Fourneau... greffier... vicomte... cerveau...

Et dans un éclatement formidable, il explosa, frappant si généreusement la table de son poing que le chapeau dansa :

— Soixante pots !

Puis, débordant de joie, il se leva précipitamment, bouscula Phanie et le docteur, courut au jardin et, par la fenêtre, on le vit qui arrosait le tronc d'un prunier. Mais il continuait de rire tout seul, d'un rire plus recueilli, plus menu, mais plus rapide, avec des hi ! hi ! hi ! qui faisaient s'envoler les oiseaux, et, de la main gauche, il se tamponnait les yeux de son large mouchoir à pois blancs...

Ainsi vu de dos, riant tout seul et tellement bien qu'il aspergeait ses sabots autant que le prunier, T. Déome rayonnait de sympathie et enseignait la joie de vivre.

Il revint en disant :

— *L'asteùt timps !*

* * *

Mais on ne s'occupait plus de lui. Toutes les femmes, à présent, faisaient cercle autour de Phanie qui, ayant ajusté ses lunettes, examinait le chapeau d'un air fort inquiet. Des lunules roussâtres, avec une auréole café au lait, venaient d'apparaître sur la soie. D'abord muettes de stupéfaction, toutes les femmes se mirent à parler en même temps :

— Qu'est-ce que c'est que ça ?

— *Il est brûlé !*

— Septante-neuf francs cinquante !

— *In tchapia tout noû !* [6]

— Il l'a fait exprès !

---

6. Tout neuf.

— *Sûr,* dit Toine, *qu'y s'a vîndgi, l'vauré ! Qué idée qui vos avou yeu là, man, d'allè mette mi tchapia dins les mwains d'in apôte pareil ?*

... T. Déome lança au docteur, qui ne disait rien, et qui s'efforçait méritoirement de prendre l'expression de la condoléance, une œillade chargée de malice, puis il constata :

— *Ça fait co toudis ène invention dou Pestiaux ! A c't'heûre, y fout les poquettes volantes*[7] *aux tchapias-buses !*

Puis il ajouta :

— *On pourreùt p'tête rèparè ça aveù del pâte Universa...*

Phanie se retourna. Sans doute, elle était humiliée des résultats catastrophiques de son initiative, et son cœur — son cœur de campagnarde qui a le respect du sou — était tout transi de souffrance devant cet anéantissement de quatre-vingts beaux francs sous le pinceau de ce grave imbécile de Pestiaux. Mais surtout, il y avait la tête de T. Déome, qui jubilait insolemment, et tout cela exaspéra la grosse Phanie, pacifique par nature pourtant, et elle lança au gros, non pas une apostrophe ni une injure, mais un regard chargé de mépris altier, écrasant, souverain.

Mais, avec le gros, ça ne prenait pas. Le docteur avait beau lui donner du coude dans les flancs pour l'inviter à se taire et conjurer la scène, T. Déome, plus enrageant qu'un roquet de vieille dame, reprit de sa voix profonde :

— *Si on z'y metteùt ène housse, comme aux fauteuils des ritches !*

Hilda ne put s'empêcher de sourire et ses quatre filles y allèrent, elles, de leur beau rire rose et blanc qui ouvrait jusqu'au fond leur âme claire. Mais Phanie, cette fois, se déchaîna :

— *Ène housse ! Ène housse ! C'est tout c'qu'y sait dire, li gros malin ! Pou ça è pou tchantè des Kyrié è des Gloria, è pou s'foute des dgins qu'ont dou mau, y faut p'tète pus d'esprit qu'à in mantche di brouche, mais y faut moinsse di corâdge qu'à in tché d'bierdgi ! Ène housse ! Si on z'è metteùt yenne sus vos tiesse, di housse, T. Déome, ène housse aveù ène muselière, gnia nèlu*[8] *qui s'plaindreùt di n'pus vos veye ni vos chouté, pasqu'y gnia longtimps assè qu'on deùt subi vos ouyes d'affrontè è les biestries di vos mèchante linwe.*

Plein d'une joie délicieuse devant la colère de la brave femme, T. Déome, pinçant ce français grasseyant, et prenant cet air de bourrique pontifiante où chacun pouvait reconnaître Pestiaux, dit avec suavité :

---

7. La petite vérole.
8. Personne.

— Madame la Vicomtesse a sa crise ? Dans ce cas, je me permettrai de lui recommander ma pâte Universa. Elle remplace avantageusement le papin au suif, dégage les cerveaux rouillés et guérit les fourneaux enrhumés.

Malade d'un rire trop longtemps refoulé, le docteur s'enfuit au jardin.

Phanie voulait le dernier mot et, faisant allusion à certaines graines vendues par T. Déome à Toine et qui avaient oublié de germer, malgré deux essais, elle lança :

— *L'pâte Universa vaut toudis bé les ous d'soret* [9] *qu'on fait passè pou des graines di cabusettes !* [10]

T. Déome suivit le docteur en bourdonnant :

Dieu fit pour nous charmer
De si charmantes choses,
Les femmes et les rô-ôses,
Qu'il faut bien les aimer (bis).

* * *

Cependant, Phanie ne se décidait pas encore à rendre les armes. À tout prix, il lui fallait dégluer le chapeau de Toine. Réfléchissant, elle se rappela que le droguiste lui avait recommandé de rééditer le badigeonnage si le premier essai ne suffisait pas. Elle reprit donc la petite fiole et décréta :

— *Dji vas r'mette ène betchie* [11] *dou machin.*

Ce qu'elle fit, d'une main délicate.

Puis, elle aussi, elle passa au jardin, munie du chapeau. Là, elle se dirigea vers une tonnelle de glycine, qui ombrageait un banc rustique et une table faite d'une planche clouée sur quatre pieux de bouleau. Elle posa le chapeau sur la table pour qu'il séchât à l'air et à l'ombre, suivant les prescriptions de Pestiaux. Puis elle revint, après un regard sans aménité à T. Déome, qui devisait un peu plus loin avec son ami le docteur.

* * *

9. Les œufs de soret.
10. Salades pommées.
11. Une becquée — un peu.

Quinze jours auparavant, le docteur avait reçu d'un client, dans un village voisin, un amour de jeune chat, condamné à mort pour le seul crime d'avoir vu le jour en même temps que trois frères chatons. Le docteur, pitoyable, avait sauvé la vie à la petite bête en l'adoptant et, « Merci, Madame, merci, merci », tarata, tata, tchouf-tchouf !, avait démarré, tenant le rescapé au creux de son bras et dirigeant sa mécanique d'une seule main. Épouvanté, le chat s'était agrippé à la manche de cuir du motocycliste puis, rassuré peu à peu, s'était faufilé dans la veste entrebâillée. Il s'y était blotti. Dans la maison de Toine, le chat, tout à fait apprivoisé, avait passé la tête hors de sa coite, avait dévisagé sans gêne tous les gens du home et, pour finir, satisfait de l'examen, était descendu jusqu'à terre le long de son sauveur.

— *Enfin, v'là djà l'famille qui s'agrandit !* avait murmuré le Choumaque.

L'une des jumelles, Mathilde, sans chercher bien loin, avait donné au minet un nom malicieux : Tchouf-tchouf ! Godelieve, un peu vexée quand même, l'appelait : Mimine. Hilda l'appelait : Poeske. Et Toine, jamais, ne le désignait autrement que par : Ugenne, ou bien « l'èfant trouvè ».

Cet enfant trouvé de Ugenne - Poeske - Mimine - Tchouf-tchouf était ravissant. Sa robe tigrée, plus douce au toucher qu'un pinceau de cardère, ondulait, à chacun de ses mouvements, en luisances moirées comme celles d'une ceinture de chanoine. On ne l'entendait guère, mais on le trouvait partout, trottinant sur le feutre, gris au dehors, blanc à l'intérieur, de ses pattes d'ourson de Saint Nicolas. Il était drôle, taquin et désinvolte comme un jeune clown. Et tout lui était prétexte à amusettes et cabrioles. De la canne du Choumaque, il faisait une perche de gymnastique ; des jupes de Phanie, une escarpolette ; des larges sabots de Toine, un refuge. Souvent, Toine, chaussant les sabots, sentait bondir sur son gros pied une boule chaude et élastique et, chaque fois, il grognait :

— *In fameux cadeau qu'vos galant nos a là fait, Godelieve ! En grandichant, ça d'véra ène belle rosse...*

Mais les femmes prenaient avec indignation et chaleur la défense de celui qu'elles appelaient « le pauvre petit innocent ». Les cadettes le cajolaient, le caressaient de la joue, disaient avec des mines impayables : « Cher petit Tchouf-tchouf », ce qui faisait rougir délicieusement l'aînée, et rire tous les autres. Et le minet, plus malin qu'un enfant gâté, vous faisait alors comme un clignement espiègle et entendu, de ses yeux qui avaient la couleur changeante d'un ruisseau des bois, et il semblait dire :

— On s'amuse bien, hein, nous tous ensemble ! Mais j'ai encore d'autres tours dans mon sac, vous verrez...

* * *

Or donc, profitant du beau soleil d'avril qui avait séché les sentiers du jardin, Mimine - Poeske - Tchouf-tchouf s'offrait dans le vaste potager de Toine une flânerie hygiénique et sentimentale. Un moment, il s'écarta des sentiers pour batifoler dans les poireaux, dont les longues feuilles pendantes, toujours, le mignardaient au passage, en d'intrigantes manières de couleuvre et lui caressaient la queue, ce qui le faisait se retourner à chaque pas, d'un bond, avec un regard étonné, vers le poireau immobile... Au milieu de ses poireaux, soudain, le chaton dressa la tête, en arrêt sur trois pattes, la moustache et les oreilles raidies, la queue doucement remuée... Du côté de la gloriette, un oiseau chantait... Poeske ne s'en doutait pas, mais son père et sa mère avaient plus d'un oiseau sur leur conscience de chats. Et ça lui était passé dans les sangs, au Mimine, cette passion chasseresse pour les bêtes qui volent et qui chantent. Sans faire plus de bruit qu'une limace en voyage, le gaillard se mit à ramper doucement vers la gloriette. Il s'arrêtait souvent, écoutant la chanson du petit gosier avec un air charmé et dodelinant que n'inspirait pas le seul amour de la musique. Silencieux, invisible, impondérable, il avançait toujours. Au pied de la gloriette, dont la tapisserie ne portait encore que des bourgeons à peine éclatés, Poeske s'arrêta, écouta, regarda en l'air, longuement, avec un balancement flatté de la queue et, soudain, bondit sur la glycine, ce qui fit un grand bruit, la brusque fin de la chanson et l'envol de l'oiseau épouvanté.

Un oiseau qui a peur jette toujours du lest en s'enfuyant... et le perchoir du chanteur se trouvait tout juste au-dessus du haut-de-forme. Une fleur phosphateuse, large comme une marguerite, s'épanouit au milieu du plateau de soie, là où se rassemblent les pointes des segments alternés de laque noire et de vieil argent qui confèrent à ces galurins de parade leur orgueilleuse luisance et leur funèbre prestige.

* * *

Un peu stupidement, Ugenne Poeske, malgré le départ de l'oiseau, continua son ascension et atteignit une enfourchure de la glycine, où il s'arrêta un instant, pour s'aiguiser les griffes et mordiller l'écorce.

Il était à peu près à la hauteur de la table. Soudain, il resta médusé : il venait d'apercevoir la chose noire et brillante...

Longuement, il la considéra de ses yeux curieux et naïfs, qu'il plissait un peu. Il miaula doucement, une patte levée... La chose ne bougea pas. Elle avait un air de bête propre, mais bizarre, avec son poil ras hérissé par endroits. Mais elle n'avait ni yeux, ni nez, ni bouche. Si elle avait des pattes, elles devaient être rentrées et la queue était sûrement cachée en dessous. Poeske flaira de loin. Une drôle d'odeur, qui ne ressemblait à aucune de toutes celles qu'il connaissait déjà... Il miaula encore, câlinement. La bête resta immobile. Poeske se remit à gratter l'écorce de la gloriette pour faire du bruit. La bête noire ne broncha pas...

... Brusquement, comme un désespéré se lance à l'eau, Ugenne Poeske, d'une détente, plongea vers la table. Il n'en happa que le bord de ses pattes de devant, meurtrit un peu son nez de velours rose et ferma les yeux, s'attendant au pis. Un instant, ses deux pattes de derrière se balancèrent dans le vide. Mais, tout de suite, l'une se leva, tâtonna... Les griffes se clouèrent dans le bois de la table et l'enfant adoptif se vit, pas rassuré du tout, presque nez à nez avec la chose noire. De près, elle lui parut monumentale.

Comme elle lui semblait être aussi de tempérament pacifique, il commença tout de suite d'aimables avances. D'abord, la tête entre les pattes, les reins creusés et l'arrière-train en promontoire, il s'étira, griffura légèrement la table et, enfin, allongea une patte timidement familière vers la chose endormie, mais sans la toucher encore.

Soudain, dans le miroir de soie, il crut voir un autre chat, un mignon petit chat de sa taille, mais fantomatique, qui allongeait aussi la patte et penchait la tête d'un air gentil. Il miaula aimablement. L'autre, le chat immatériel, ouvrit la bouche, mais Poeske n'entendit rien. Il flaira encore et, derechef, tendit la patte. Cette fois, il toucha... C'était à la fois raide comme une planche et doux comme une jupe. Le chapeau eut une légère oscillation qui inquiéta un peu l'aventureux. Mais, quand même, il recommença. Dix minutes après, il était debout contre l'objet, dans une attitude héraldique. Il se mit à le lutiner, d'une griffe légère comme une caresse de rosier. Puis il y alla franchement, de tout son cœur. La bête sombre se hérissa d'un côté, mais toujours sans colère. Ugenne Poeske en fit le tour. Il y avait encore un petit chat fantomatique de l'autre côté. C'était plein d'aimables petits chats, cette chose à pelage noir... Et Poeske se mit à travailler l'autre côté... Une idée : d'un bond il fut au-dessus. Mais, sans doute, avait-il exagéré car, à ce moment, la bête se fâcha. Elle se dandina un peu, comme quelqu'un qui va frapper fort. Poeske, déconcerté, se cramponna, ses griffes mordirent le cylindre qui bascula, tangua, tomba et roula sur le sol, dans un grand bruit, avec un Ugenne Poeske terrifié et accroché à ses flancs.

D'un bond, le vaurien s'échappa, courut à travers tout, poireaux, céleris et persil. Puis, sûr qu'il n'était pas poursuivi, il s'arrêta, miaula plaintivement et, apercevant la grosse Phanie, courut dans ses jupes, avec un air d'enfant martyrisé.

Phanie le voyant si transi, se baissa comme elle put, car elle était énorme, prit la petite bête avec un grand geignement, la serra contre sa poitrine et sa joue, lui chatouilla le cou et dit maternellement :

— *Qwè c'qu'on z'a fait à nos p'tit Tchouf-tchouf, don ?*

L'hypocrite vous modula un miaulement à fendre l'âme.

* * *

Dès que souriait le printemps, le Choumaque ne manquait jamais de venir, au crépuscule, fumer une pipe sous la tonnelle. Il goûtait là une des joies les plus raffinées de sa vie toute simple. La tonnelle lui offrait à la fois la tranquillité, l'ombre et le grand air. Il y nettoyait sa pipe avec la sauvage volupté d'en semer librement sur le sol la cendre et le fond marécageux. Il y crachait où ça tombait et vous faisait une fumée à asphyxier un Turc.

Surtout, il y chiquait clandestinement.

Autant de manières qui, à domicile, lui valaient les remontrances indignées de Phanie. Le Choumaque feignait d'y être devenu insensible mais, chaque fois quand même, il faisait :

— *Dire qui v'là bé râte céquante ans qu'elle berdelle !* [12]

Puis, il ajoutait philosophiquement :

— *Enfin, faut croire qui c'est s'santè !*

* * *

Comme ce crépuscule d'avril était très doux, le Choumaque, appuyé sur sa canne, s'en vint, à pas menus, vers sa gloriette. Il y avait un rituel à l'installation. D'abord, de sa vieille casquette, dont il usait comme d'un plumeau, l'homme chassait du banc les feuilles sèches, les brindilles et les chenilles. Grosso modo, il époussetait la table en soufflant dessus, s'asseyait avec précaution, posait sa blague

---

12. Ronchonner.

à tabac, sa pipe et ses allumettes sur la table et, allongeant les jambes, faisait « Enfin ! » de l'air d'un homme qui se débarrasse d'un écrasant fardeau.

Alors, il fumait...

Il chiquait...

Il crachait...

Et il crachait très noir ! (Cinquante ans aussi que Phanie trouvait que c'était « *disgoustant* » !)

Le Choumaque se mit à fumer, à chiquer, et à cracher à droite, à gauche, avec délices.

La première pipe finie, il se dit qu'un crépuscule si doux valait bien une seconde pipe. Il la retourna, la cogna à petits coups sur le bord du banc, puis, plus énergiquement, sur sa paume, et sema sur le sol tout un godet de tabac incandescent, qui s'éparpilla en brasillant. Après quoi, du bout d'une allumette, le Choumaque nettoya soigneusement le fond de sa bouffarde d'où il retira une espèce de choucroute brunâtre et fort juteuse, qui rejoignit le reste par terre.

... Un moment, le vieux bonhomme se laissa aller à la rêverie.

Soudain, il renifla fortement. Il lui semblait qu'une odeur de roussi, assez âcre, flottait dans la gloriette. Machinalement, il se brossa le ventre et les cuisses d'un revers de main. Puis, il examina son gilet de velours et son pantalon. Rien d'anormal. Pourtant, l'odeur persistait, rêche, râpant son larynx. Même, un peu de fumée montait du sol... Se penchant, le vieux inspecta et découvrit dans l'ombre, sous la table, une chose noire qu'il ne reconnut pas, et qui fumait doucement.

— *Ène loque ou l'aute...* pensa l'homme.

Tout le monde ferait ce que fit le Choumaque : il alla au plus pressé et mit le pied sur la chose qui fumait. Il appuya fort. La chose craqua, céda sous le sabot. L'homme se baissa... et pâlit affreusement, tandis que son naevus tressautait à se décoller de sa joue.

— *L'tchapia d'nos Toine !* souffla-t-il comme on expire.

Et le chapeau défoncé continuait de fumer.

Le Choumaque allait crier au secours. Mais comme il ouvrait la bouche, désespéré, il vit, à dix pas, la tine roulante dont Toine se servait pour ses arrosages horticoles, et le pauvre homme, affolé, courut à foulées cahotantes au tonneau de zinc comme si sa propre culotte eût flambé. Dans le fond d'eau stagnante et épaisse, il plongea le chapeau qui rendit en une fois toute son âme de fumée et — Ah ! que l'esprit de l'homme est prompt quand il s'agit d'improviser un beau péché sournois ! — il recourut, à la même vitesse, poser le chapeau sur la table de la gloriette. Et, de deux coups de casquette, il balaya sur le sol les traces de son passage.

Après quoi, d'un petit air qu'il voulait tranquille, il revint près de sa Phanie, fort affairée à rafistoler les bretelles de cérémonie de son Choumaque.

Mais elle ne fut pas longue à remarquer que le bonhomme n'était pas dans son assiette. Elle l'interrogea. Suivant la tactique d'Ugenne Poeske, il se fit humble et pitoyable.

— *Dj'ai,* disait-il, *comme des frissons, l'long dè m'chine...* [13]

Elle le morigéna, déclarant qu'il fallait être dépourvu de bon sens pour aller ainsi se refroidir à rester immobile, durant des heures, dans une gloriette « pleine de courants d'air », affirmait-elle.

À ce mot de gloriette, il eut un vrai frisson. Et pour la première fois de sa vie, peut-être, il mentit, avec cynisme et crudité, et n'en éprouva même pas le pincement au cœur qui accompagne toujours la première iniquité. Avec un air étonné, il protesta :

— *Gloriette ! Dji n'ai né stî à l'gloriette, mi !*

Elle lui versa une goutte de péket et attisa le feu.

* * *

Comme elle raccrochait le tisonnier, la grosse Phanie entendit, à travers le mur qui séparait les deux logements, l'écho d'une vaste émotion dans le ménage de Toine. Toutes les femmes parlaient ensemble et se lamentaient. Et, de l'autre côté, on frappa sur le mur, signal d'appel usité ordinairement d'un ménage à l'autre. Curieuse et inquiète, Phanie sortit.

Le Choumaque se ratatina comme un vieux cuir qu'on jette au feu. À ce moment, on eût pu mettre au moins deux Choumaques dans sa culotte. Fébrile, mais ayant appris d'un coup toutes les astuces, il saisit un journal et ses lunettes et plongea son nez, d'un air passionné, dans une page ornée de belles femmes et de dessins de pull-over... La page portait un grand titre : CHRONIQUE DE LA MODE.

Plus de trente fois, le Choumaque, comme halluciné, relut ces lignes dont le sens lui échappait tout à fait :

« Le style Second Empire connaît une vogue brillante pour la jupe du soir, qui doit être riche de drapés et de troussés, de volants et de chiffonnés en satin, faille, poult de soie, taffetas pleine-main... »

---

13. Échine.

* * *

Soudain, il leva les yeux. Phanie était devant lui, douloureuse, avec une face de naufragée. Et, levant les mains au ciel, elle geignait :

— *Qué dèsasse ! Oh, m'fi, qué dèsasse* [14] !

Quel engrenage que le crime ! On n'en sort plus. Déjà roublard comme un cheval de retour, le Choumaque, abusant de sa surdité, joua la bête et questionna :

— *Ène bèsace ?*

Les yeux brusquement mouillés de larmes, elle cria :

— *L'tchapia d'nos Toine !*

— *L'tchapia ?*

— *Oï, m'fi, allou veye ça.*

Il en avait à la fois la terreur et la fringale, de revoir le chapeau. Tous les criminels sont ainsi, paraît-il. Ils veulent revoir...

Il se leva et sentit que l'expiation commençait.

Eh bien, c'est à peine croyable, mais savez-vous ce qu'il fit, le Choumaque, devant sa victime, sa victime cabossée, gauchie, trempée, plissée d'un côté, comme un éventail, roussie, râpée par endroits, et qui évoquait l'animal teigneux ? Ce qu'il fit devant cette chose pleureuse, sordide et gluante, pitoyable comme un riche déchu ? Eh bien, il eut tout bonnement comme un petit ricanement et, chevrotant un peu, dit avec simplicité :

— *Ça deùt co yesse ène farce du gros T. Déome !*

Et il répéta :

— *Oï, gnia qu'li pour z'awè amantchi c'tour-là !*

— *C'côp-ci, ça n'si passera né ainsi !* conclut Toine d'un air froidement décidé.

* * *

Or, T. Déome, qui usait ses journées à faire la navette entre sa maison et celle de Toine, arrivait juste à ce moment. On le savait matois, mais nul ne put se méprendre à l'expression d'immense ahurissement qui élargit ses yeux et sa grosse figure devant le chapeau martyr. Non, une telle attitude ne pouvait tromper. Et Toine et

14. Désastre.

toutes les femmes qui observaient le gros avec le regard scrutateur de juges d'instruction, conclurent tout de suite à l'innocence.

Longtemps, T. Déome resta muet, bouche bée, se grattant machinalement la nuque, avançant, reculant, médusé par cette déchéance foudroyante du chapeau qu'il avait vu le matin, dans une gloire qui semblait solide comme une fortune foncière.

Le miraculeux dépassement de ses espérances l'estomaquait. Enfin, il constata :

— *Gnia pas à dire, mais comme rèussite... c'est rèussi !*

Puis, il ajouta :

— *L'Pestiaux n'aveùt né mau couminci, mais l'cia qu'a achèvè, c'èst-in artisse !*

— *L'tout, c'est d'sawè qui !* grelotta la voix du Choumaque.

T. Déome se retourna sur le vieux, assis dans son fauteuil. Cette voix lui paraissait étrange... Leurs yeux se rencontrèrent, une seconde seulement. Tout de suite, le Choumaque baissa les siens. En un éclair, T. Déome comprit.

Dans le bref regard du pauvre homme, il avait eu le temps de lire. Il y avait dans ce regard de la détresse suppliante, de l'humilité, une sorte de désespoir épouvanté comme dans les yeux du chevreuil aux pattes brisées qui voit venir les chiens. Ce regard pathétique du Choumaque implorait une complicité que le gros ne pouvait refuser... Et brusquement, heureux à l'idée d'une nouvelle farce, mais d'une farce qui lui serait comptée au ciel, il fit, sérieux comme à son jubé :

— *C'qui l'grand tchaferlaque* [15] *di Pestiaux n'a né rèussi, T. Déome qui n'est ni droguisse, ni spécialisse, ni inventeúr, ni martchand d'sabots, qui n'a pôs di relations aveù les vicomtesses ni les greffiers, y l'rèussira, sins plome di pouye ni pâte Universa.*

Et il empoigna le chapeau, le fourra sans douceur dans le carton et, sans ajouter un mot, sortit en se rengorgeant.

* * *

Il ne rentra pas chez lui, mais se dirigea vers l'estaminet de son ami, le sabotier Ruffin Piroux, qui tenait le téléphone public.

Tout de go, il entra dans la cabine, chercha posément un numéro dans l'indicateur et sonna.

---

15. Mot intraduisible : semble désigner un individu à la fois paresseux, maladroit et sale.

De la pièce voisine, Ruffin entendait le gros qui s'expliquait :

— *Oui, Mossieu Perpète... Un chapeau-buse absolument pareil, pointure 58, un grand 58, avec les initiales A. C. en papier doré dans le fond... La marque, attendez que je regarde...* (Il lut dans la coiffe : High Life) *c'est la marque Iglife, Mossieu Perpète, à 79 francs 50. — Envoyez ça à mon adresse. Oui, par le train de 20 H 53... Oui... Le facteur vous portera les sous... L'autre chapeau-buse ? Il est foutu, Mossieu Perpète ! On s'a assis dessus, oui, Phanie... 103 kilos, Mossieu Perpète ! Et l'droguisse, le grand Pestiaux, a voulu le réparer avec de la colle d'attrape-mouches, du vernis de sabots et des plumes de poule... Comment ?... Oui, c'est sûr, une grande bourrique, mais c'est incurable, c'est de naissance... Dites, Mossieu Perpète, sur deux buses, on n'en a pas une pour rien ? Chez Pestiaux, pour une paire de sabots, on a le pied gauche gratis... Bon ! Dix francs de réduction ? Ça va !... Entendu... Oui, à 20 H 53... À mon adresse, hein ? Au r'voir, Mossieu Perpète !*

Et T. Déome raccrocha le cornet.

Ruffin se tordait. T. Déome lui expliqua tout, lui faisant jurer de garder le secret.

* * *

Et c'est ainsi que le lendemain, à sept heures précises, T. Déome qui s'était endormi en pouffant et qui s'était réveillé en éclatant de rire, déposait triomphalement sur la table familiale du ménage Antoine Culot-Nys un haut-de-forme splendide, au poil laqué, dont les reflets, au moindre mouvement, se poursuivaient en un vertige aveuglant.

— *V'là*, dit tout bonnement le gros. *Dj'ai yeú dou mau. Dj'ai mînme passè l'nû à travayi... Mais, pou fini, dj'ai trouvè l'truc... À c't'heûre dji vas m'riposè.*

Et, drapé dans une magnanime simplicité, il sortit sans se retourner.

II

AUBES

On n'aime que ce dont on souffre.

FLAUBERT.

Quelle noce !

La veille, les invités de Flandre arrivèrent. En cortège, la famille Toine alla les attendre à la gare. Le gros Cyriel, qui se conservait de façon étonnante, lui aussi, plongea dans les bras de T. Déome et ils s'étreignirent comme deux frères. Cyriel était suivi de neuf magnifiques Flamandes et Flamands de tous âges, colorés, tranquilles, mais de la joie plein les yeux et bien décidés à s'amuser. Hilda les interrogeait tous à la fois et, le long de la route, c'était une telle jacasserie flandrienne que T. Déome déclara au gros Toine, qui portait deux valises, et à Cyriel :

— *Nos aurons appris l'flamind d'vant d'arrivè.*

Soudain, Hilda, s'arrêtant, questionna d'un air malheureux :

— *Maar, Stinneke, waar is Aloys ?*

C'était là du flamand limpide que Toine lui-même comprit. Et il répéta :

— *Oui, cousine Stinneke, il n'est pas venu, Aloys ?*

Stinneke, une bonne grosse mère rieuse que l'on aimait beaucoup, répondit un peu énigmatiquement, dans un français fort hybride :

— *Aloys, c'est jamais lui qu'il faire une fois comme les autres...*

Mais, en flamand, elle fit une confidence plus explicite à Hilda, qui sourit.

Sur le chemin qui filait entre des prairies déjà toutes mouchetées de pâquerettes, c'était un cortège joyeux de plus de quinze personnes, « de quoi, constatait T. Déome, faire une belle procession ». Les quatre filles de Toine étaient toutes là. On taquinait Godelieve. Deux grands jeunes hommes de vingt ans, le cousin Flup, minotier et tireur à l'arc, et le cousin Pietje, imprimeur et colombophile, encadraient les jumelles, qui allaient sur leurs dix-sept ans, et qui riaient de confiance à tout ce que disaient les deux gaillards, tout fusants de la joie un peu enfantine qu'ils accumulaient depuis des semaines à l'idée de venir à la noce, en Wallonie, chez cette cousine Hilda qu'ils voyaient presque tous les ans et qui avait quatre filles si aimables, si cordiales, et que l'on trouvait chaque année un peu plus belles.

Cela faisait beaucoup de femmes ensemble. Et les gens du village, d'abord étonnés en voyant de loin cette caravane joyeuse, entendaient rouler le rire de T. Déome qui fermait la marche avec son ami Cyriel, et alors on comprenait. Et lui, le gros, en passant devant des connaissances, lâchait des blagues. Montrant le groupe des femmes, il disait :

— *Tout ça, c'est des anciennes à mi !*

Plus loin, il confiait à la vieille Miyenne Burtombois, fort curieuse et un peu naïve :

— *Ça ? C'è-st-ène binde di couméres qui sont v'nues en pèlerinâdge à Saint Caboulet, pasqui leu z'hommes sont des bwèveûx.*

... Godelieve et les deux jumelles lançaient parfois une œillade mi-piteuse, mi-narquoise, à leur sœur Stéphanie, « le numéro deux » comme l'appelait parfois Toine. La jeune fille, une bonne enfant, un peu timide, au parler un peu lent, douce comme une agnelle, fraîche comme une aube d'avril, semblait porter en elle la peine silencieuse et pudique d'une grande déception. Toine, qui avait pour elle un grain de prédilection parce que (tout le monde l'affirmait) c'était celle qui lui ressemblait le plus, s'aperçut tout de suite de l'air malheureux de la pauvrette et s'approchant, lui demanda à mi-voix :

— *Ça n'va né, fiye ?*

Elle eut le grand courage de répondre :

— *Oh, si fait, papa, ça va.*

Mais il vit bien qu'elle avait le cœur gros. Et, pour ne pas la faire pleurer, il n'insista pas.

* * *

Sept mois en deçà, Stéphanie, avec une de ses sœurs jumelles, était allée passer une vacance de quinze jours au pays de sa mère. Quel enchantement ! On leur avait fait fête avec cette cordialité sans apprêts ni lècheries qui est la marque de la vraie affection. Toutes deux étaient revenues du pays d'Alost comme d'une terre d'enchantement. Durant tout l'hiver, elles avaient ressassé leurs souvenirs. C'étaient les seuls qu'elles eussent, les braves enfants, mais c'est ainsi que l'on fait du simple et profond bonheur. Et souvent, Mathilde, d'un air impayable, affirmait :

— Moi je ne me marierai qu'avec un Flamand. Et encore, il ne me faut qu'un Flamand du pays d'Alost !

Tout le monde riait. Toine protestait d'une grosse voix drôle :

— *Sacrée gamine ! Vèni causè d'mariâdge. È ça n'saureùt co fai cûre in bouli* [1] !

Mais elle savait bien, la futée, parlant ainsi, où tombaient les fléchettes qu'elle lançait et quel cœur elle chatouillait... Stéphanie rougissait jusqu'aux racines de ses cheveux, baissait les yeux sur l'ouvrage qui semblait soudain l'absorber toute, et Hilda, mère attentive, contemplait avec une malice un peu compatissante l'enfant timide, au profil de madone pensive, qui gardait dans le silence de son âme pudique son beau rêve transi.

Pauvre Stéphanie ! Du pays d'Alost, elle avait rapporté un grand amour. Pour elle, désormais, tout le mystère de la destinée se résumait ainsi : la terre est éclairée et réchauffée par la bonté de Dieu qui y fait luire un soleil qui s'appelle Aloys Verluysen. Moi, je suis venue au monde pour glorifier Dieu, aimer mes parents et assurer mon bonheur terrestre, et même l'éternel, en épousant Aloys Verluysen. Hors de là, point de salut ! (Il y a aussi le couvent, pensait-elle parfois. Je n'y survivrais pas longtemps à ma peine...)

Il faut avouer que ce grand diable d'Aloys valait bien, comme on dit en Ardenne, le « dérangement ». C'était un de ces gaillards intraduisibles et inclassables qui font à la fois la joie et le désespoir de ceux à qui fut infligée la déconcertante responsabilité de leur éducation. Un corps d'athlète, avec une taille mince, une tête bien plantée sur des épaules larges ; une solide chevelure toute en vagues, ondulée comme un champ de blé dans le vent et, surtout, une figure de grand gamin, fantasque, affectueux, avec des yeux pétillants de claire franchise, toujours rieurs, où chacun retrouvait l'enfant, le bébé presque, le gosse irrésistible qui désarmait tout le monde après chacune de ses frasques ingénieuses et puériles. Il se faisait aimer en fâchant son monde, car on se fâchait pour le plaisir de lui pardonner. Il était le cadet d'une famille de quatre enfants, dont l'aîné était mort au front. Ses deux sœurs étaient mariées. Lui, « le petit » venu plus de vingt ans après le premier, il était l'idole de son brave épicier de père et de sa mère, la bonne Stinneke. On l'avait mis au collège. Même, sur les conseils du curé, on l'avait embarqué dans les humanités ancien-

1. Cuire un bouilli.

nes. Jamais, de mémoire de férule, on n'avait vu pareil pupille. Les résultats, au bout de la première année, ne permettaient que ces conclusions :

1. L'élève Verluysen Aloys a un appétit vigoureux et conciliant, car il mange de tout, abondamment et sans commentaires critiques. L'éclat de son teint et la souple vivacité de ses mouvements sont, à cet égard, une incomparable réclame pour le régime alimentaire de la maison.

2. Le latin n'intéresse pas ce jeune homme qu'un guide bien intentionné, mais peu judicieux, a fourvoyé dans le jardin des humanités. Il en piétine les plates-bandes avec délices.

3. L'histoire des peuples antiques ne retient son attention que dans ses aspects accessoires, pittoresques ou sportifs. L'idée que l'on puisse s'appeler Aménophis, Hasdrubal ou Caracalla, provoque chez lui une incompressible hilarité. A fait des recherches personnelles sur l'armement des peltastes et la tactique de la Phalange macédonienne. A sollicité des éclaircissements complémentaires sur la performance tragique du courrier de Marathon. Mettant à contribution les ouvrages spécialisés qui traitent des Jeux Olympiques, en a poussé l'étude jusqu'à profondeur d'érudition. Comme cet éclectique gaillard est intelligent, il a même découvert et démontré de subtiles erreurs dans lesdits ouvrages.

4. Son amour de la géographie ne se dépense que sur les régions sauvages ou peu explorées. Pour lui, une terre n'offre d'attirance que si l'on peut y chasser, sans port d'armes, des bêtes dangereuses, et trouver dans chaque jour des possibilités d'imprévu que ne présentent pas les programmes d'études et les horaires réguliers de la vie civilisée.

5. Mathématiques : Est devenu d'une force qui tient du prodige dans la solution des problèmes de courriers et fontaines. A inventé lui-même des problèmes marqués d'un modernisme hardi où l'on voit, par exemple, un coureur cycliste renouveler, par la seule puissance de ses jambes et de sa volonté, l'exploit de la tortue battant le lièvre, en l'occurrence une automobile du dernier modèle.

A déclaré, avec une crânerie impavide, à son professeur de mathématiques, homme timide qui en est resté pantois, « que tout le reste, manquant de portée pratique, n'était que de la foutaise pour enfants rêveurs et débiles ».

6. Dessin : Les œuvres de l'élève Verluysen ne sont jamais que l'imagerie artistique de ses rêves de vitesse. La superficie du papier

qu'il a couvert d'autos rouges et de cyclistes à maillots bariolés est impressionnante. Le ciel y est toujours bleu et le cycliste souriant.

7. Musique : Apprécie la Radio parce que, dit-il, on peut se créer des plaisirs raffinés dans le montage et le démontage des appareils.

8. Gymnastique : Premier. Maximum des points.

9. Caractère et conduite : Bonté foncière, très agissante. Ignore la vanité, la rancune, le mensonge et même la diplomatie. Joue franc jeu, gagne avec élégance, perd sans aigreur. N'a pas de vocation nette, sauf celle du mouvement dans la joie. À l'un de ses maîtres, qui l'interrogeait sur ses projets d'avenir, a répondu qu'il se proposait de construire des machines et de les défaire ; de se marier avec une femme riche et sportive, munie, si possible, d'une auto rapide ; d'élever une famille de dix garçons avec lesquels il pourrait former une équipe de football dont il serait le capitaine.

Au total, nature généreuse, fantaisiste et optimiste.

Conclusion : Ce garçon très attachant doit inéluctablement doubler sa sixième.

*
* *

Aloys avait doublé sa sixième. Il avait doublé sa cinquième. Il aurait dû doubler sa quatrième. Mais ses dix-huit ans allaient sonner. Le père avait décrété : Il en sait plus qu'assez. Et Aloys avait pensé : Dommage quand même. Je m'amusais bien. Les copains étaient gentils. Et le programme des études comportait de bonnes choses, les vacances par exemple.

Que faire de ce gaillard ? Aloys n'avait pas l'épicerie dans le ventre. L'idée de passer sa vie à ouvrir des caisses de sucre, râper du gruyère et débiter le picallili lui paraissait tellement morbide qu'il regardait maintenant son père avec un étonnement mêlé de pitié. Cet homme-là, pensait-il, devait souffrir d'une infirmité secrète qui l'enchaînait à son comptoir.

Lui, Aloys, il s'était lancé dans la mécanique. Il avait débuté dans un garage, à huit kilomètres de l'épicerie paternelle. Il aurait pu aller moins loin, mais ces huit mille mètres lui offraient l'occasion de rouler à bicyclette. Et des occasions pareilles, un honnête homme ne les rate pas. Quatre fois par jour, il avalait cette route dont la moitié était asphaltée et l'autre cabossée de pavés en tête de nègre. Il vous liquidait ça en quinze minutes. Une fois, pris de la rage de se battre lui-même, il avait chronométré 10 minutes, 28 secondes, 3 cinquièmes !

Puis il s'était essayé dans les courses cyclistes. Les kermesses de Flandre sont d'incomparables pépinières de champions pédaleurs. Aloys n'était jamais le dernier. Presque toujours, au contraire, il arrivait dans le peloton de tête et, plus d'une fois, il avait gagné le trophée : deux cents francs en espèces, un jambon, une caisse de cigarettes, un air de musique, les acclamations de la foule, une gerbe de roses et de fougères, l'embrassade d'une jeune sportive vêtue de blanc et, surtout la formule de la victoire... Pour gagner une course, s'était dit l'avisé gaillard, c'est bien simple, il faut le vouloir dès le départ et jusqu'à la ligne d'arrivée.

Et l'impétueux jeune homme s'était lancé sur les routes brûlantes de la gloire cycliste. À dix-neuf ans, il avait à son tableau quelques belles performances, entre autres un « Tour de Belgique amateurs » dans lequel, totalisant deux victoires d'étape, il s'était classé second en finale, à vingt-sept secondes du premier. Ces vingt-sept secondes, d'ailleurs, c'est un passage à niveau fermé qui les avait mangées, paraît-il.

Ce début si prometteur avait été interrompu par le service militaire. Descendant de vélo, Aloys était monté sur un canasson à sabot matriculé. La selle était plus large, mais la vitesse de l'engin fort réduite et les initiatives du coureur l'étaient encore plus. Heureusement, il avait emporté avec lui sa fine monture d'acier et l'avait confiée, comme un dépôt sacré, au baes du « Witte Vos », un de ces petits cafés bruxellois bas de plafond et saupoudré de sable blanc où la bière n'est pas chère, mais où la passion sportive va jusqu'aux idolâtries les plus touchantes. Aloys y buvait pour rien ou presque. Le patron l'eût payé pour l'honneur de garder sa bicyclette, car le pétulant soldat attirait au « Witte Vos » une clientèle nombreuse et intéressante. Chaque jour, ou à peu près, botté et éperonné, Aloys, sur sa bicyclette, filait vers la forêt de Soignes, où il continuait son entraînement. Trempé de sueur, il revenait heureux. Le baes l'épongeait et le bouchonnait comme son propre fils. Il prêtait même des chemises propres à ce futur champion, qui en faisait une consommation immodérée.

Et chacune des permissions du coureur Verluysen était l'occasion d'une nouvelle victoire dans les kermesses de son pays.

Avec un programme où le galop alterne avec le sprint, dix-sept mois sont vite passés. Aloys, rendu à son foyer, s'était remis à la mécanique et au pédalier.

Par décision d'un jury plus grave qu'une Cour d'Assises, il allait être promu au rang de coureur professionnel.

Stéphanie possédait de lui, enserrée dans un livre, une photo extraite d'un journal sportif des Flandres... Dans une figure noire de poussière, où la sueur avait tracé des rigoles, il y montrait toutes ses dents en un rire éclaboussant de jeunesse triomphante. Le guidon de son vélo était surchargé de fleurs et des jeunes filles regardaient le gars avec ferveur.

— Peut-on épouser pareil gaillard ? se demandait souvent la pauvre fille.

— Pourquoi pas ? se répondait-elle. Il est beau, il est grand, il est bon, il est gai et il m'a dit, la veille de mon retour de là-bas, qu'il m'aimait bien. Il me l'a dit, les yeux baissés et la voix tout émue... Il m'a juré qu'il allait travailler, courir sérieusement, pour gagner de l'argent et acheter des meubles. Il m'a dit aussi que si je voulais bien l'aimer un peu de mon côté, il se sentirait capable de gagner le Tour de France, qu'il s'envolerait dans les côtes, sur sa bicyclette, rien qu'en pensant à moi. Pauvre garçon, c'est bien sûr qu'il m'aime ! Le jour du départ, à la gare, il m'a embrassée sans rien dire et, quand le train s'est mis en marche, il m'a fait un geste de la main et son menton tremblait...

... Sur la route qu'égayait le caquetage joyeux des gens de Flandre, Stéphanie, avec un pauvre sourire héroïquement poli, se répétait :

— Il m'a envoyé des cartes postales, des journaux relatant ses courses. Mieux, il m'a fait parvenir, par un automobiliste du pays, une gerbe de fleurs gagnée à l'étape. Tout cela était adressé à la famille Culot-Nys, mais j'ai bien compris... Alors, pourquoi ne vient-il pas, comme c'était convenu ? Dites, bonne Sainte Vierge, pourquoi Aloys ne vient-il pas à la noce de ma sœur ? Ma robe est si belle... Donnez-moi seulement le courage de ne pas faire trop triste figure dans toute cette joie dont les autres sont comblés...

Le cortège arrivait en face de la maison neuve qui allait être le foyer du docteur et de Godelieve. Toine, très fier, proposa de la visiter. En une minute, disait-il, on aurait tout vu.

Stéphanie, elle, dit : Je prends les devants. Et elle fila vers sa maison pour s'isoler avec sa peine. Une couronne de migraine lui enserrait les tempes.

Elle courut au jardin, alla s'asseoir dans la tonnelle et, les coudes sur la table, le front dans les mains, se mit à pleurer chaudement. On a beau philosopher, ces chagrins-là sont de gros chagrins. Et pleurer, eût dit Pestiaux, c'est lénitif, mais pas curatif.

— Oh ! soupirait Stéphanie, pourquoi suis-je allée là-bas ? J'étais si tranquille ici. Cette gloriette ne m'avait jamais vue que rieuse et apaisée. Pourquoi l'ai-je rencontré, lui, sur mon chemin ?

Et la pauvre Stéphanie pleurait, pleurait. Elle oubliait tout le reste, les invités qui allaient venir, ses yeux qui seraient rouges comme des framboises écrasées ; elle en oubliait même sa fierté d'enfant bien élevée à qui l'on a fait comprendre qu'une jeune fille doit s'imposer jusqu'à la pudeur de sa peine.

Mais, à cet âge, on pleure comme on rit, c'est-à-dire de grand cœur.

Soudain, Stéphanie eut comme le sentiment d'une présence. Le mouchoir sur les yeux, elle n'osait regarder. C'était son père, sans doute, le gros Toine, qui était là... Il allait sûrement se pencher sur elle, lui poser sa large main de jardinier sur les cheveux et lui dire doucement, comme lorsqu'elle était petite et qu'elle avait un gros chagrin :

— *Allons, fifiye ! Allons, m'pètite !*

Mais la grosse main ne venait pas. Aucune parole apaisante non plus... Elle écarta son mouchoir...

— Aloys !

Nulle autre qu'elle ne l'eût reconnu. Pourtant, il était là, devant elle, immense, penaud, la figure mâchurée d'une pâte noirâtre, poussière et sueur mélangées. Autour de ses yeux, un cerne ovale était resté bizarrement propre. Un maillot de fil vert laissait à nu ses bras musculeux et rôtis par le soleil. De grosses lunettes de chauffeur pendaient sous son menton. Et il portait, pour compléter cet équipement, une culotte courte de boy-scout qui lui découvrait les genoux, des bas anglais et de souples souliers de cycliste.

Il restait là, immobile, gourd, avec une expression de tristesse drôle sur sa figure de charbonnier, et ses grandes mains pendaient, encombrantes et stupides.

Mais déjà, devinant que le gaillard, dédaigneux du chemin de fer, avait avalé toute la route à bicyclette, Stéphanie lui faisait de tendres reproches :

— Oh, grand fou ! grand fou !

Il se mit à rire et, sans répondre, embrassa la jeune fille, deux fois, trois fois, et longuement.

— Pourquoi, lui demanda-t-elle, m'avoir fait transir ainsi ? J'ai cru mourir en ne vous voyant pas avec les autres, à la gare.

— Moi, fit-il très sincère, mais je suis venu à vélo pour arriver plus vite ! Je roule depuis cinq heures du matin. Si je n'avais pas

« crevé » à la sortie de Namur, je serais ici depuis longtemps. D'ailleurs, je suis le premier arrivé, il me semble.

Un joyeux brouhaha interrompit l'entretien. Des voix hélèrent Aloys, de qui la bicyclette, posée contre la façade de la maison, révélait la présence. Stéphanie, radieuse, se tamponna les yeux, rajusta sa coiffure, et les deux jeunesses s'en revinrent vers la maison.

Dans tous les coins du grand jardin, des merles riaient comme des hommes.

Tout de suite, on entendit rouler la grosse voix de T. Déome :

— *Stéphanie, quand on donne in betche à in coureúx cyclisse, on commince pa li r'lavè l'mouzon. Ainsi, on n'si colle né l'cachet del commune dissus l'nez.*

Hilda traduisit. Tout le monde regarda la pauvre Stéphanie, dont la figure, toujours si fraîche, ressemblait à celle d'une hiercheuse. Elle jeta un coup d'œil à son miroir et s'enfuit vers sa chambre, poursuivie par des rires taquins et les brocards sonores de T. Déome, qui conseillait :

— *Si les tatches ni s'è vont né, y faut z'y mette del droque d'à Pestiaux, aveù ène plome di pouye.*

Le grand drôle d'Aloys, lui, comme personne ne voulait l'embrasser avant qu'il fût débarbouillé, demanda un seau d'eau et du savon. Sa mère lui passa une petite valise qu'elle avait emportée. Avec son eau et sa valise, il se dirigea vers le jardin et s'isola dans un massif de lilas. Un quart d'heure après, il reparut, frais et appétissant comme une pêche, avec une chemise éblouissante, un pantalon de flanelle et son rire de gavroche. Alors, il embrassa tout le monde, chacun d'une manière différente et fort fantaisiste. Sa mère, il lui encadra la figure de ses larges mains et la fit crier, pour le plaisir. Il défit le chignon des deux jumelles, secoua par les épaules le gros Toine, tout essoufflé, et qui criait aussi. Il lutina tous les autres, appliqua une tape sonore dans le dos du gros Cyriel, se coiffa de la casquette du Choumaque, chatouilla dans les côtes le gros T. Déome, qu'il ne connaissait pas, mais qui lui plaisait, et, enfin, revenant à Stéphanie, il la souleva de terre, comme un bébé, et l'embrassa si bien que T. Déome cria au gaspillage. On riait chez le gros Toine plus haut qu'à une course aux sacs.

Il vint encore d'autres invités, comme le père et la mère du docteur, escortés par plusieurs membres de leur famille, tous braves gens aussi, et qui ne venaient pas pour s'ennuyer. Des amis du docteur devaient encore arriver, le matin de la noce.

Le mariage civil fut célébré une heure après, sans apparat.

Puis on soupa. La maison était bondée. Il s'agit alors de répartir le logis à tout ce monde pour la nuitée. Toine en abrita toute une compagnie. Un autre contingent alla dormir chez T. Déome. La parenté du docteur inaugura la maison neuve, déjà meublée fort confortablement.

*
* *

Oui, ce fut une belle noce. Souvent encore, on en reparle dans le pays. Toutes les femmes du village, en double haie, avec leur descendance dans les pieds ou sur les bras, étaient béantes d'admiration devant le cortège qui partait de la grande maison de T. Déome. De là, jusqu'à l'église, il y avait à peine deux cents mètres. Godelieve, rose dans sa vaporeuse parure blanche, avait la fraîcheur gracile des pétales de l'aubépine et ses longues boucles d'oreille scintillaient à chacun des imperceptibles saluts qu'elle adressait à droite, à gauche, à toutes ces commères qui la contemplaient avec une sympathie teintée d'émotion. Appuyée au bras de Toine, elle marchait d'un pas un peu processionnel, mais sans raideur. Sa dignité était souriante. Celle de Toine était plus amidonnée. Se croyant obligé de tenir la tête très droite pour assurer la stabilité de son haut-de-forme, il vous portait ça comme une cariatide soutient un temple ou comme une négresse transporte une corbeille de manioc. Il souriait aussi, à droite, à gauche, mais sans tourner la tête et, seuls, ses yeux bougeaient.

Vingt-deux couples entrèrent dans l'église, suivis de la mêlée bruissante des femmes et des gosses curieux, tandis que l'harmonium, minuscule et languide, vagissait une marche nuptiale, solennelle quand même. La cérémonie fut très belle et le curé y alla d'un laïus plein d'un évangélisme débonnaire et amical.

Ce que la grosse Phanie pleura, durant toute cette messe ! Beaucoup plus qu'au mariage de Toine, vingt ans auparavant. Et elle avait le pleur peu discret et fort contagieux. Beaucoup l'imitèrent donc. T. Déome, cette bonne rosse sensible, fut sur le point de succomber aussi. Pour se contenir, il s'hypnotisa sur le haut-de-forme de Toine... Mais alors, il dut se retenir de pouffer.

Oui, une belle noce. Et quel dîner ! Monsieur Pestiaux, qui réussit par la suite à s'en procurer le menu, en fit une critique très serrée et fort savante. Lui et Pélagie y relevèrent ce qu'il appelait des « inharmonies » mais ils durent convenir que c'était tout de même plantureux.

À table, quelques mémères voulurent y aller d'une nouvelle crise d'attendrissement. Toine, mélancolique, se mit à parler comme un vieillard. Il disait :

— *Comme li vie passe ! Y m'chone qui dji m'ai mariè l'samwain-ne passée...*

Et il soupirait, l'œil humide, en regardant son Hilda, avec laquelle on eût encore fait une jeune mariée fort présentable.

Mais T. Déome ne raffolait pas de l'élégie. Et puis, lui aussi sentait des brumes moroses flotter sur son vieux cœur... Il chercha le remède et il se mit à raconter, en enjolivant le récit de détails de son cru, les amours du Choumaque et de Phanie. L'histoire était vieille d'un demi-siècle, mais elle y avait gagné, comme le vin et la poudre. Le Choumaque riait d'un petit rire grêle qui découvrait ses trois chicots, et il vous prenait l'air égrillard du vieux beau qui fut irrésistible. Phanie se démenait et protestait, fort animée. À chaque détail nouveau, inventé par l'impayable T. Déome, elle glapissait :

— *Mînteúr ! Gros mînteúr ! Les dgins vont l'croire è c'est l'pus mînteúr di tout l'payis.*

Le curé, invité aussi, n'était pas celui qui riait le moins.

Des amours du Choumaque, T. Déome passa au huit-reflets de Toine. Il lui dit qu'avec sa « buse », il ferait un beau maïeur... Toine riait. T. Déome murmura, d'un air assez mystérieux :

— *Nos è r'causerons.*

Mais, pour l'instant, l'esprit de Toine n'était guère à ces fariboles. Souvent, il tournait les yeux vers un jeune couple qui, vers le bout de la table, paraissait follement heureux : le beau cycliste Aloys Verluysen et Stéphanie Culot. Ils semblaient déjà loin sur le sentier des accordailles, ces deux-là, et le gros Toine, plus tracassé qu'il ne le laissait voir, ressassait cette idée :

— *Non, ça n'est né ça in gayard à mariè... Ça n'est né ça in mesti... In braque qui court su les voyes sins marronne è qu'est toudis ossi mannè qu'in ramoneûx ! Non, ça n'est né ça in plan raisonnâpe...*

Les deux jumelles étaient l'objet, elles, des prévenances des jeunes amis du docteur, des « jeunes hommes bien », se disait Toine.

Et le gros se répétait :

— *Des pareils, à la bonne heûre ! C'est pôsè è c'est convenâpe. — Mais in braque qui mousse*[2] *ses djampes à toute li Belgique è qui pédale comme in fou, non, ça, c'è-st-ène drolle d'amantchure !*

2. Montre.

III

ESPÉRANCES

> Oh ! que troys et quatre foys heureux sont ceulx qui plantent choux !
>
> RABELAIS.

Godelieve, mariée depuis quelques mois, attendait dans l'allégresse son premier bébé.

Naturellement, celle qui eut la primeur de l'heureuse nouvelle, ce fut sa maman, la bonne Hilda.

Mais, au grand étonnement de la jeune femme, sa mère ne lui témoigna qu'une joie très tempérée et, même, accueillit l'annonce d'un air las et mélancolique qui attrista Godelieve.

Elle regarda attentivement le visage de sa mère et le trouva brusquement tout changé.

— Maman, questionna-t-elle, est-ce que vous êtes malade ?

Au lieu de répondre, Hilda baissa la tête puis, soudain, s'accoudant sur la table, la figure dans les mains, elle se mit à pleurer.

Alors, la pauvre Godelieve, toute transie d'inquiétude, écarta doucement les deux mains qui cachaient le visage aimé et, stupéfaite, vit que sa mère pleurait et riait à la fois.

Elle allait poser une nouvelle question quand Toine arriva de son jardin. Il vit le tableau. Mais il ne posa pas de question, lui, le gros. Non, il ne demanda pas à Hilda la cause de cette averse ensoleillée. Il se contenta de prendre une serpette dans une étagère, marmonna quatre mots pas clairs et ressortit tout de suite, la casquette chavirée sur l'oreille, très rouge, et, lui aussi, l'air bien malheureux.

Alors, Godelieve, câline comme une toute petite fille, dit sur un ton de condescendance gentiment apaisante :

— Vous vous êtes disputés vous deux, hein ?

Mais Hilda fit signe que non, et se reprit à pleurer.

Toute décontenancée, Godelieve restait debout, mains ballantes, dans la hantise de quelque catastrophe qui allait abîmer et, peut-être, anéantir tout le bonheur qu'elle attendait dans la tranquille espérance de sa jeunesse. Et elle eut ce cri :

— Maman, pourquoi me faites-vous souffrir ainsi ?

Alors, Hilda, touchée dans l'âme et rassemblant toutes ses forces, un peu honteuse, au fond, de cette nervosité, qui, chez elle, vaillante et bien trempée, était fort insolite, Hilda déclara posément :

— Godelieve, il y aura deux baptêmes !

La jeune femme, d'abord, se demanda si elle avait bien compris et, tout un moment, resta bouche bée, de l'étonnement plein les yeux. Mais Hilda reprit :

— Oui, deux baptêmes...

Et elle ajouta :

— Il est même possible que ce soit en même temps.

Godelieve s'assit, bouleversée, joignit les mains, garda encore le silence durant quelques instants et, enfin, trouva ce joli mot, déjà maternel :

— Est-ce que je pleure pour ça, moi ?

— Oh ! fit Hilda, déjà fort soulagée par sa confidence, ce n'est pas la même chose. Est-ce que vous me voyez, moi, bercer un petit qui aura le même âge que celui de ma fille et — qui sait ? — qui sera plus jeune peut-être ! Les gens vont se moquer de moi. Avec mes cheveux gris de grand'mère, ce sera beau !

Cette fois, Godelieve se mit à rire.

— Des cheveux gris, dit-elle, je voudrais bien les voir !

— Oh ! bafouilla Hilda, gagnée malgré elle par la gaîté, je n'en ai pas encore, mais après cette aventure, j'en aurai sûrement.

Et Godelieve trouva encore :

— Ce sera amusant, vous verrez, nous les élèverons ensemble. Et comme Hilda gardait un sourire rêveur, la bonne fille qui, décidément, prenait l'affaire du côté optimiste, s'exclama :

— Nous avons souhaité si longtemps avoir un petit frère. Cette fois, quelque chose me dit que nous aurons un petit garçon.

Toine rentrait encore à ce moment, pour boire une gorgée de café. Il entendit les derniers mots. D'une voix désolée, il souffla :

— *Oï, in gamin... !*

Puis, il ajouta sur un ton profondément pitoyable :

— *Si c'n'est né co deux fiyes !*

Et, lui aussi, les jambes mourantes à cette perspective, il s'assit en geignant comme un homme qui, écrasé par le malheur, renonce à la lutte.

Les bras croisés sur son gros ventre, il gémit encore :

— *Dji veùx bé quatte gamins. Mais des fiyes, dji n'nai assè. Dji d'vé vî, mi !* (il dit cela d'un air pénétré). *Dji souffe dou cœûr... Et in djou ou l'aute, y m'faura in remplaçant pou mes affaires. Qwè c'qui dji f'rai aveù toutes mes fiyes ? On véra m'les qué toutes à l'file, è Toine dimeurra plantè tout seû au mitan d'ses z'haricots è d'ses scaroles comme in mannequin*[1]. *Dji n'ai jamais yeú d'tchance, mi, è chaque djou di m'n'existence...*

... Il se tut soudain. Les sabots de T. Déome sonnaient sur les pavés, devant le seuil de la maison. Puis il entendit la voix retentissante du gros drôle qui lançait une facétie à une voisine.

Toine en profita pour donner cette consigne aux deux femmes :

— *Né in mot d'tout ça à c'gros chinard-là*[2]. *Il aureùt trop d'plaigi.*

Mais l'œil exercé du gros ne fut pas long à voir l'allure réticente et mystérieuse du trio. Et ces allures-là ne lui plaisaient guère. Vlan ! il mit les pieds dans le plat par une de ces questions sonores et directes qui brisent toutes les glaces avant de les fondre.

— *Qwè c'qui n'va né ? Vos avou tertous des tiesses comme des vias sins mére.*

— *Mais ça va fort bé, qui dou contraire,* affirma Toine, avec une hâte un peu maladroite.

— *Bon !* dit T. Déome, qui ne se méprit point sur cette assurance, *si ça va si bé, c'est l'momint d'fai m'commission.*

Il envoya une claque sur la cuisse de Toine et, le regardant bien dans les yeux, lui servit :

— *Toine, nos maïeûr veùt distèlè*[3]. *Y dit qu'il est trop vî. Gnia qu'in homme pou l'remplacè : c'est Toine Culot-Nys. On vôte l'année qui vé. Faureùt sawè qwè...*

Après un regard lourd d'amertume, Toine répondit avec un détachement sincère :

— *L'maïeûr distelle ? Y faura wéti après ène aute biesse qui mi pour rat'lè.*

Et il poussa un soupir pathétique.

— *Ah !* fit T. Déome un peu déconcerté quand même.

Et il répéta :

— *Ah !*

Au bout d'un moment, il questionna :

1. Épouvantail.
2. Moqueur.
3. Dételer.

— *Pouqwè ?*

— *Pasqui*, éclata le gros Toine, *dj'ai djà assè su mes spalles sins vos acramiyâdges*[4] *di politique... Pasqui dj'ai assè d'tracas dins m'tiesse è d'miséres dins m'côrps sins co n'allè m'fourrè là d'dins. Dji n'nai djà trop vu su m'pètite viye. Il est timps qui dji m'ripôse.*

— *À quarante-céq ans, il est djà trop tôrd*, ironisa T. Déome.

Mais il vit bien que, ce jour-là, il n'y avait rien à faire. Toine, d'ailleurs, partait de nouveau vers son jardin. Il le regarda déambuler par une allée d'espaliers. Dans ce canal d'ombre jaspée d'éclaboussures blanches de soleil, le gros Toine marchait lentement, les mains à l'abandon, voûté et, par la fenêtre ouverte, on entendait ses sabots racler la cendrée. Ils faisaient à peu près la même chanson que ceux du Choumaque.

T. Déome roulait des yeux étonnés, presque gênés. Alors, les deux femmes se regardèrent et eurent un bon sourire qui le rassura un peu.

— *Enfin*, supplia-t-il, *qwè c'qu'y va d'triviè*[5] *?*

Godelieve regarda vers le jardin pour s'assurer que son père était loin. Puis, ayant fait jurer au gros qu'il garderait le secret, et qu'il n'y ferait jamais aucune allusion et qu'il ne taquinerait pas Toine, même quand le secret serait public, elle expliqua.

T. Déome, d'abord, se gratta la nuque, souleva sa casquette, la fit jouer sur sa tête comme pour élargir la coiffe, renifla, se pinça le nez, souffla dans sa pipe, s'agita sur sa chaise et, enfin, déclara gravement :

— *C'ti-ci, c'est pour mi ! Dji l'adopte ! È ça s'ra in gamin. Dji sins ça à mes agaces*[6].

Un moment, il demeura tout attendri, puis, riant de bon cœur, il fit encore :

— *Oï, dji l'adopte. Mais y faut qu'on l'nomme comme mi : Tchophile !*

4. Complications, emmêlements.
5. De travers.
6. Cors au pied.

IV

TE DEPRECAMUR, AUDI NOS...

J'ai mis mon jugement à la place de la Providence, et l'heureux enfant s'est transformé en homme soucieux.

Émile SOUVESTRE.

Ce beau soir de septembre ne veut pas s'obscurcir. Il est plein de lumière encore, de lumière douce et bleue comme celle d'un sous-bois. Ce soir a l'âme d'un enfant heureux et fatigué qui lutte contre le sommeil parce qu'il voudrait jouer encore.

La famille Culot, au complet, est au salut. L'église est tiède. Durant le jour, elle a sucé du soleil par toutes les ardoises de son toit, par toutes ses baies, par toutes les vieilles pierres de ses gros murs. Et les bougies, à l'autel, et devant les saints et les saintes des piliers, ont des flammes immobiles, rêveuses.

Toine est à gauche, à sa place habituelle, tout près de la chaire de vérité, entourée de chaises. De là, il voit bien Saint Antoine, debout sur un autel latéral, et il voit tout aussi bien Saint Caboulet, que l'on a érigé sur une colonnette de pierre bleue, avec ses pigeons et son air naïf, à l'angle du chœur et du transept, à quelques pas de Saint Antoine. Ainsi, le gros a ses deux saints à la fois à portée d'oraison. Ce qui s'adresse à l'un est toujours peu ou prou entendu par l'autre. Ils ont, c'est entendu, des pouvoirs respectifs, nettement séparés. Dans l'esprit du gros, Saint Antoine a gardé le prestige de l'ancienneté, et des titres spéciaux à une gratitude d'exception pour des faveurs inoubliables. Depuis toujours, Toine lui réserve les affaires qu'il considère comme spirituelles : son mariage, par exemple, qu'il n'a jamais eu à regretter. C'est encore au bon Saint Antoine qu'il recommande l'âme de son pa Gusse et de sa man Justine, et tous ceux qu'il a aimés et qui ne sont plus. Saint Antoine, toujours lui, a été prié de décider du mariage de Godelieve. De ce côté-là aussi, du beau travail... Le tronc des aumônes, aux pieds du Saint, en a tinté d'une belle pièce que Toine y a laissé tomber dans un accès de reconnaissance fort enthousiaste et un peu prodigue. Il s'est même demandé, une fois la pièce dans le tronc, s'il n'avait pas exagéré un peu.

Saint Caboulet, lui, c'est le spécialiste du temporel, et ses attributions sont toutes simples. Au sens du gros, le bienheureux Caboulet, trouvé dans le jardin de Toine, par l'initiative — accidentelle — de Toine, ne peut être que le régisseur céleste des affaires horticoles de Toine. À lui la terre, la fumure, la carotte, le chou-fleur et la poire de cuisse-Madame. À lui encore le soin des bonnes inspirations sur l'opportunité des semis, des greffes et des boutures. Et Toine élève des lapins, quatre moutons, des poules. Il a un beau colombier, plein de roucoulements bleus, blancs, roux, ardoisés. Et depuis quelques mois, des abeilles font chanter chaque fleur autour du gros qui travaille. Toute une richesse, goutte à goutte, s'accumule dans les huttes jaunes du rucher. Les abeilles connaissent et aiment le large chapeau de jonc du gros, et sa vaste culotte qui, lorsqu'il se baisse, tend à craquer une grande pièce rectangulaire, d'étoffe plus foncée. Elles aiment aussi ses sabots qui évitent d'écraser les fleurs, et surtout, elles aiment sa bonne et ronde figure rougeaude, amie aux abeilles, et ses gros doigts qui touchent au rucher comme à une chose fragile et respectable...

Tout cela, terreau, légumes, fruits et bêtes, c'est sous la juridiction de Saint Caboulet. Le gros ne lui demande que la prospérité. Et il le traite familièrement. Il n'a pas à se gêner avec lui, puisqu'il lui a rendu le grand service de le déterrer. Saint Caboulet lui doit la résurrection, tout simplement. C'est pourquoi le gros lui parle assez rondement, en un patois que le saint doit comprendre, étant du pays.

Avec Saint Antoine, le gros s'explique en français. Et il soigne ses phrases !

* * *

Hilda et ses quatre filles sont dans l'autre nef. Elles occupent une rangée de chaises, devant l'autel de Sainte Anne.

Toute la famille prie, tandis que le curé chante une oraison à laquelle T. Déome répond d'une voix qu'il s'efforce d'adoucir, comme ému, lui aussi, par la suavité de l'heure.

Toine, sa femme et ses quatre filles prient chacun à leur façon. Le gros pense ses prières plutôt qu'il ne les exprime. À ses exposés personnels, il mêle des réminiscences déchiquetées d'oraisons lues mille fois dans son Paroissien romain. Rarement, il achève ses phrases. Il se dit que les saints complètent l'inexprimé. La preuve, c'est qu'ils l'ont toujours compris.

En oraison, Toine reste debout, les bras croisés, les jambes écartées, la tête fixe, et, l'un après l'autre, il dévisage ses deux saints protecteurs.

Hilda, le plus souvent, reste debout aussi, son chapelet dans les doigts. Elle prie dans sa langue à elle, et les avé qu'elle récite sont les avé flamands que lui apprit une maman trop tôt partie. Les lèvres de Hilda remuent à peine. Son regard est arrêté, songeur, sur un vase doré qui brille sur l'autel.

Godelieve, agenouillée, semble méditer, le visage dans ses mains longues.

Stéphanie, agenouillée aussi, ne bouge pas. Les coudes appuyés sur le prie-Dieu, elle a les mains jointes et le bout de ses doigts lui clôt les lèvres. Ses yeux, pleins d'une confiance infinie, contemplent l'image de la Vierge avec une fixité extatique.

Les deux jumelles ont chacune un beau livre à tranche dorée. Elles lisent leurs prières, sagement, comme des enfants bien élevées.

La mère Phanie et son Choumaque sont derrière. Quatre rangées de chaises les séparent du reste de la famille. La grosse femme reste assise et elle récite des chapelets vertigineux.

Le Choumaque, lui, ne prie plus guère. Cela le fatigue. Mais il est là... Et pour lui, vieux bonhomme à l'esprit un peu usé, se nouer un foulard sous le menton, se coiffer de sa bonne casquette et aller à l'église, c'est une grande et méritoire prière. Sa présence est une offrande. Parfois, l'office terminé, il se surprend à penser qu'il n'a rien demandé au Ciel et qu'il a rêvé au lieu de prier. Alors, en une seconde, il rattrape tout le temps perdu et, les yeux tournés vers le chœur, il pense :

— *Not-Seigneur, dji sûs v'nu pou vos fai plaîgi... Vos savou mia qu'mi c'qui convé è c'qui n'convé né... Amen.*

* * *

Toine. — Saint Caboulet, protégez mes pigeons, mes lapins, mes moutons et mes ruches... *Mes choux sont pleins d'oulènes* [1]. *On wèt clair au triviè des feuilles. Mes cèlèris sont bias, mais y gnaura qu'seize*

1. Chenilles.

Durondeau su l'grand poirî. È y gnaura co bramin des peumes qui s'ront moulonnées[2].

(Sévère et regardant le saint dans le nez). — *Ça n'est pu ça nos convenances. Y faut wéti di m'fai rattrapè ça aveù mes mouches à miel. Dji compte sur vous. L'courtil c'è-st-à nous deux è y faut fai vos mesti comme dji fai l'menne.*

HILDA. — Que votre volonté soit faite !

GODELIEVE. — Moi, ce sera ce que vous voudrez, ô bonne Sainte Vierge. Mais, chez eux, envoyez donc un petit garçon ! Ils seraient tous si heureux et ce serait si beau. À la procession, on vous l'habillerait en petit Jésus, ou en Saint Jean-Baptiste et il serait à vous.

STÉPHANIE. — Vous le savez bien, ô bonne Vierge, j'ai fait ce que j'ai pu ! Je vous ai demandé longtemps la force de l'oublier. Je n'y parviens pas. Je l'aime bien... chaque jour un peu plus. Je souffre. Il est bon, il est fort, il est beau, il m'aime aussi. C'est un grand enfant, sans raison ni méchanceté. Non, je ne pourrai jamais l'oublier. Je sais bien que c'est un drôle de métier, courir à bicyclette... Mais ce n'est pas malhonnête, n'est-ce pas ? Il en faut, des hommes pour courir ainsi. Papa prétend que c'est un métier de fou. Mais tout le monde ne peut pas être jardinier ! Arrangez tout ça, ô bonne Sainte Vierge... Je ne désobéirai pas, bien sûr, et rien ne presse, d'ailleurs. Mais j'ai tant de peine ! Je fais tout de travers. Autrefois, je chantais vos cantiques en travaillant. À présent, je n'ose plus chanter. Ma propre voix m'attriste et je dois m'arrêter pour ne pas pleurer.

... Dites, envoyez-nous un petit frère. Il arrangerait les choses. Papa serait content et disposé à la réconciliation.

PREMIÈRE JUMELLE. — *(Avec une conviction toute formaliste).* — *Prière à Saint Joseph pour obtenir la grâce d'une bonne mort...*

SECONDE JUMELLE. — *(Machinale et un peu distraite par les roucoulements de T. Déome).* —

Tour de David, priez pour nous
Tour d'ivoire, priez pour nous...

TOINE. — *(Tourné vers Saint Antoine).* — Vous comprenez bien que cette affaire-là, c'est une amanchure de carabistouille et que ce n'est pas le moment de venir me tracasser avec des coureurs à vélo. Stéphanie, je sais bien qu'elle a de la peine. C'est malheureux. Mais elle n'est tout l'mînme pas raisonnâpe, allons ! D'ailleurs elle aura de

2. Véreuses.

la distraction dans quelques mois, si tout va bien. Elle bercera et elle s'occupera des brayes et des biberons et des tututes [3]. Un coureur cyclisse ! Je vous demande un peu...

Un braque, toujours en route aux cinq cents diables en Belgique, en France et même dans le Grand-Duché et core plus loin, avec un costume de fou, ses jambes toutes nues comme un sauvâche, tout plein de sueur et de poussière et des lunettes de casseur de cailloux sur le nez. Et toujours roule et roule, et pédale et pédale, et toujours de son plus vite. Moi, Saint Antoine, au bout de huit jours d'un jeu pareil, je serais foutu. C'est des plans pour se détruire le cœur et s'échauffer l'entraille et se casser la figure et, pour finir, laisser ma fille veuve avec, peut-être, toute une triclée de petits enfants que je devrai core nourrir, moi... !

HILDA. — Onze lieve Vrouw, Aloys est un bon garçon, franc comme l'or. Jusqu'à présent, il a fait beaucoup d'enfantillages, mais j'en ai connu, dans la famille, de plus diables que lui, qui sont devenus très sages et qui font de bons maris et de bons pères de famille. Rien ne presse. Une chose à la fois. Donnez à Stéphanie un peu de patience et beaucoup d'espoir.

LES DEUX JUMELLES. — *(Presque ensemble et avec enthousiasme).* — *Prière à Saint Joseph pour obtenir un bon mari...*

T. DÉOME, *au jubé.* — Da robur, fer auxilium.

LE CHOUMAQUE, ruminant. — *Gnia pôs d'pus mwais pavemint qui l'cia d'nos èglige. Vlà qui dj'ai djà freù mes pîs. Qwè c'qui ça s'ra à l'hivier ?*

LA MÈRE PHANIE. — *Pauf Toine ! Pauf Toine ! Y n'a jamais fini. Après ène sôte, c'est l'aute ! Heureusemint qu'il è-st-intelligent et qu'y s'tire toudis d'affaire. Mais quand c'qu'y sôrtira di toutes ses miséres ?*

T. DÉOME, *au jubé.* — ...in saecula saeculorum...

M. PESTIAUX, *à l'oreille de Pélagie.* — Cet individu ne semble pas comprendre un traître mot de ce qu'il chante. *(M. Pestiaux tourne vers le jubé une face impertinente et dégoûtée.)*

PÉLAGIE. — On ne devrait pas tolérer des z'hurlements pareils dans une église.

T. DÉOME, *qui a vu et compris. Penché sur la balustrade du jubé, il regarde Pestiaux dans le nez et, désignant Pélagie d'un index précis, roule d'une voix torrentielle :*

— ...et antiquum documentum...

M. PESTIAUX, *assommé.* — Brute ! Mal embouché ! Pachyderme !

3. Tétines.

À la première occasion, je te le ferai ravaler, moi, ton antique document !

T. DÉOME *continue d'une voix suave, toute en modulations précieuses :* ...novo caedat ritui...

LE CURÉ, *in petto.* — Décidément, il me mettra le plain-chant à toutes les sauces.

TOINE. — Gnia pas, Saint Antoine, il faut liquider ça au plus vite. Je veux bien le jeune homme mais sans sa bicyclette infernale. Y n'a qu'à prendre un métier sérieux : jardinier, par exemple. Ou bien tenir un commerce ou une petite cinse. Pour le dégoûter de courir, gnia qu'à lui casser une patte, sans le tuer, bien entendu, ni mînme le stropier, ou bien lui pèter une bonne poque qu'il ne sache plus pédaler et qu'il arrife le dernier à toutes les étapes et qu'il crèfe à tous les tournants et dans tous les sprints, comme on dit dedans ma gazette...

STÉPHANIE. — Petit Jésus, aidez-le dans son dur métier. Il m'a dit que c'était pour moi qu'il courait. Il m'a dit que parfois, dans les côtes très dures, il était pris d'une telle lassitude qu'il pensait abandonner, mais qu'il continuait quand même... pour moi. À chaque coup de pédale, les dents serrées, le nez sur le guidon, il pense : « Pour Stéphanie, pour notre ménage. Encore un kilomètre, j'aurai gagné six chaises. Encore vingt, j'aurai le buffet. Au bout de l'étape, j'aurai la chambre à coucher... Pédalons ! Pédalons ! Dans quelques années, j'aurai la maison, avec un atelier où je ferai de la mécanique et la réparation des vélos des autres. Et j'aurai encore un grand jardin avec des arbres, des fleurs et des pigeons... ». Aidez-le, petit Jésus, secourez-le dans les défaillances. Faites-lui la main heureuse dans le choix de ses pneus, pour qu'il ne crève pas. Et surtout, conservez-lui la santé. Préservez-le des chutes, des refroidissements et des imprudences...

TOINE. — Oui, Saint Antoine, une bonne petite chute, et une bonne poque, avec son sale vélo en mille morceaux, c'est core ce qu'y gnaurait de plus mieux. *(Le gros rumine une minute puis, gravement, sert à Saint Antoine cette belle question, qui a dans son esprit la valeur massive d'un argument « ad hominem »)* : Si vous auriez une fille, vous, Saint Antoine, est-ce que vous voudreriez la donner à un arlan [4] qui court sans marronne sur tous les chemins ?

SAINT ANTOINE, *au paradis, tourné vers la Vierge.* — ? ! ?

LA VIERGE, *avec un sourire infiniment indulgent, fait à Saint*

4. Échauffé - casse-cou.

Antoine un léger signe de tête et son regard dit : « Nous avons déjà arrangé plus difficile que cela ».

HILDA. — Oui, je crois qu'un petit garçon rendrait tout le monde heureux.

GODELIEVE. — Alors, c'est entendu : un petit garçon chez eux et, chez moi, tout ce que l'on voudra.

TOINE, *s'adressant à lui-même, avec un soupir désolé. — Qué misère ! È l'aute qui vé fai l'malin aveù ses fôfes*[5] *di maïeúr. C'est l'momint ! Si y saveùt seulmint... Dji vas co n'natînde quand y s'ra au courant di c'qui m'pind au nez !*

LE CHOUMAQUE, *à Phanie, d'une voix de sourd qu'il croit basse et que tous ses voisins entendent. — Man-nette pavée*[6]. *Dj'ai mes pîs adjalès au triviè d'mes sabots... Vos n'avou né vos satcho d'pastilles au goudron ?*

TOINE. — Quant à l'autre histoire, je vous laisse faire à vot' môte. Je sais bien qu'y gnia pas d'avance de vous aterprente[7] là-dessus. Ça sera core une fille. Et dans vingt ans, si je vique toujours, j'aurai core un coureur cyclisse à mes guettes[8] et personne pour repiquer mes poireaux et mîn-ner l'bigô...[9]. Je vois ça : il faudra que je travaille comme un galérien, toute ma vie...

LE CURÉ, *psalmodiant.* — ...in saecula saeculorum...

T. DÉOME, *mugissant.* — Amen !

. . . .

Bénédiction. — Tous les fronts sont inclinés. Silence. Un cliquetis de chaînettes sur le métal de l'encensoir qui fume. Adoration. Parfum d'encens.

. . . .

LE CURÉ. — Dieu soit béni !

TOUTE LA FAMILLE DE TOINE ET TOUS LES ASSISTANTS. — Dieu soit béni !

LE CHOUMAQUE, *qui n'entend qu'un bourdonnement, croit que l'on récite des litanies et répond à tout hasard : — « Ayez pitié de nous ! » Phanie le pousse du coude. Il se tait. Le curé, descendant la nef, asperge les fidèles d'eau bénite. Le Choumaque s'est à peine signé qu'il*

---

5. Fables.
6. Sale pavement.
7. Entreprendre.
8. À mon compte, à mes dépens.
9. Transporter le purin.

passe une main jouisseuse dans sa poche sur le fourreau poli de sa pipe. Il n'est pas encore sous le porche qu'il fait flamber une allumette et tire une bouffée énorme.

Phanie le regarde avec sévérité. Il se justifie d'un mot :

— Lostrie di pavée [10] *! Dj'ai des pîs comme des mouzons d'tché...* [11].

10. Saleté de pavement.
11. Museaux de chien.

V

SURMENAGE

> Vous devriez vous reposer, voyager, vous distraire, ne penser à rien.
>
> LES MÉDECINS, aux bagnards et aux mourants.

Le gros T. Déome tint parole. Il ne souffla mot, devant Toine, de l'événement dont le secret lui avait été confié. Pas la moindre taquinerie, pas la moindre allusion. Naïvement, Toine finit par se dire qu'il était de son devoir de cesser les cachotteries et, un beau jour, avec des circonlocutions bredouillantes, il mit son cousin au fait.

T. Déome dit, d'un ton détaché :

— *Tout l'villâdge è-st-au courant.*

Et, sans autres commentaires, il revint à la charge, une fois de plus, avec l'affaire de l'écharpe municipale. Il était grand temps, affirmait-il, de prendre une décision. Le maïeur actuel, le vieux Titisse Cuvelier, n'en voulait plus à aucun prix. Il souffrait de la goutte (*il a des deùs comme des cosses di pwès* [1], affirmait T. Déome) et éprouvait mille difficultés douloureuses à apposer simplement sa signature sur les paperasses. On avait parlé de tout cela au conseil. Tout le monde était d'accord : Toine, et Toine seul, était l'homme qui convenait. Un père de famille... nombreuse (T. Déome dit cela d'un certain air), bien dans ses papiers, de bonne réputation, populaire (Toine rougit en baissant les yeux), au courant déjà d'un tas de choses administratives, puisqu'il avait joué secrétaire chez M. Duverger des Sprives ; décoratif pardessus le marché, cela s'était bien vu à la noce de Godelieve ; et d'autant plus considérable et prestigieux qu'il était devenu le beau-père d'un médecin. Enfin, Toine avait tout du maïeur idéal. Dans quelques mois, on allait procéder à des élections. Une formalité sans arias ni fatigues, puisque, de mémoire d'homme, on n'avait jamais présenté aux élections, à Trignolles, que deux listes de candidats, la liste des

1. Des doigts comme des cosses de pois.

Intérêts communaux n° 1 et la liste des Intérêts communaux n° 2. Le numéro 2, la liste d'opposition, ne comptait pas, composée qu'elle était de deux ou trois pauvres bougres à qui l'on faisait jouer ce jeu de nicaises, histoire de connaître le plaisir de voter et de rire un bon coup.

* * *

Heureux village ! Hé, oui, c'était bien ainsi... Notez que tous les électeurs de là-bas s'intéressaient à la politique. D'aucuns même étaient ce que l'on appelle des passionnés, voire des enragés. Mais leur passion s'était créé une zone neutre délimitée par les bornes cadastrales de la commune. Les soirs d'élections municipales, ils se chamaillaient un peu à propos des résultats des villages voisins et, dans un bel éclat de rire, se réconciliaient sur la liste pratiquement unique de leur oasis. Il faut reconnaître d'ailleurs que la liste était toujours composée de façon à satisfaire toutes les classes sociales, toutes les tendances philosophiques, et même toutes les familles. En tête venait donc le vieux maïeur, Titisse Cuvelier, agriculteur. C'était un homme intelligent et serviable : il savait saigner les cochons, connaissait les maladies des poules, et on l'appelait toujours pour les vêlages difficiles.

Le second candidat, c'était le clerc-chantre, Vital Cuisset, surnommé « Vital du Critchou ». Il était d'église, mais n'aimait pas les curés. Exactement, ce que l'on appelle un modéré, un homme aux idées larges. À chaque élection, il recueillait au moins quinze voix de préférence, dont la sienne, celle du curé, et trois de la famille Lamèdeux, qui passait pour libertaire et spirite. Dans ces suffrages préférentiels comptait aussi le coup de tampon de M. Pestiaux, avec qui le Vital échangeait de temps à autre des billevesées que tous deux croyaient violemment voltairiennes. Depuis bientôt vingt ans, Vital assumait — et honorait — l'échevinat des Travaux publics. Médard Lorsignol, le troisième candidat, était contremaître métallurgiste dans une usine de la frontière. Mais, pendant que Médard surveillait ses cubilots, sa femme dirigeait de main de maître une ferme à trois vaches, un mulet et trois cochons. Le contremaître ne savait pas trop ce que c'est qu'une messe, mais sa femme y allait chaque dimanche, et sa fille y allait tous les jours. Et Médard attrapait des suffrages métallurgiques et même, à cause de sa femme, des voix agronomiques. Il était bel homme et ce n'était plus un secret que la sœur du curé votait pour lui. Médard avait des connaissances en électricité et, à l'occasion, réparait les pompes et les écrémeuses. Ce spécialiste était donc tout désigné pour l'échevinat de l'Instruction publique.

Zéphir Bouchat, gendarme pensionné, échevin des Finances, représentait les anciens combattants et l'idée patriotique. Il s'était spécialisé dans l'organisation des fêtes. Le programme en était toujours conçu de manière à mettre en vedette les trois berloques honorifiques que le pandore avait gagnées à pandoriser durant trente ans.

L'épicier Moïse Ramponette, dit « Balouge », un petit gros asthmatique, avec une tête chauve, approbative et bénisseuse, était l'homme du commerce et des classes moyennes. Au conseil il votait toujours le dernier. Et c'était toujours pour exprimer qu'à son sens, le maïeur avait raison, que l'idée de Vital du Critchou n'était pas mauvaise non plus ; que le point de vue de la métallurgie lui paraissait raisonnable et que l'opinion de chacun des trois autres valait qu'on la considérât. Au vote, il demandait à réfléchir et, une fois la majorité acquise, la renforçait d'un « oui, c'est ça ! » qu'il prononçait, tout rouge d'asthme et d'enthousiasme, et qui sifflait dans ses bronches comme la bise à travers les haies.

Évariste Catrevaux, célibataire de trente-quatre ans, boucher et maquignon, beau comme un tambour-major, avec des joues rouges de soldat de bois, une chevelure huilée, et deux virgules de poils gras sous les narines, ne représentait vraiment que lui-même, ou, si l'on veut, la bêtise au cosmétique et l'inanité bovine. Durant les délibérations, il restait silencieux, abîmé dans la contemplation extatique de ses propres charmes. Une vieille glace piquée ornait un panneau de la salle du conseil. Toujours, il trouvait le moyen de se placer en face d'elle et, mignardant sa moustache, distrait, souriant et heureux, il découvrait des dents de rongeur entre lesquelles il modulait durant des heures un bizarre petit sifflement : « zû, zu, zu, zû... ». Parfois, cet imbécile avantageux arrêtait ses zuzuzu pour rajuster sa cravate, ou se lisser le crâne, ou épousseter sa manche d'une chiquenaude.

Il votait tout ce que l'on voulait, ce qui lui avait créé une réputation d'homme aimable et conciliant. Aux dernières élections, il avait recueilli vingt-trois votes de préférence. Sa parenté était large, mais, quand même, il se trouvait là-dedans pas mal de suffrages féminins, qui n'avaient rien à voir avec la sympathie gentilice.

Ce bellâtre d'Évariste portait un surnom étrange. Pour tous, il était : Varisse du Pichoulit... Il le savait, mais il ne s'agissait pas de le lui dire en face. C'eût été le drame, avec au moins un mort !

Le dernier élu, Gusse Bienaimé, était, lui, un fort brave homme. Ancien maçon, septuagénaire, il était sourd comme un pot. Il ne comprenait goutte aux délibérations, mais n'en ratait pas une, parce que sa pipe lui semblait particulièrement délectable dans la salle du conseil, et qu'après chaque séance, on allait boire du péket chez le maïeur ou chez T. Déome. C'est d'ailleurs aux lumières de ce même et éternel T. Déome, secrétaire communal, que les hommes du conseil recouraient dans les cas difficiles. À la vérité, le gros, qui n'avait pas voix délibérative, était le grand maître des affaires de la commune et n'en faisait qu'à sa tête. Et tout marchait très bien. Les finances s'avéraient saines. La commune disposait d'ailleurs de sérieux revenus forestiers. Les écoles ne manquaient pas de tenue. Les routes étaient sales, très sales, mais pas plus que dans les villages voisins, et pourtant, le cheptel de l'endroit totalisait dans les deux cents vaches et dans les quatre-vingts chèvres. Les fumiers s'entassaient à même la rue, sous les fenêtres et même devant les portes de maints logis, mais c'est là une tradition aussi vieille et aussi solide que la ducasse. Il paraît d'ailleurs que c'est hygiénique.

Administrer dans ces conditions, c'est un rêve. Le maïeur a tout juste le mal de porter son écharpe, de présider annuellement à la conclusion d'une douzaine d'accordailles, de s'asseoir dans un fauteuil, sur l'estrade de chacune des deux écoles, au mois de juillet, devant la table chargée de livres de prix, et de dire aux moutards cramoisis qui tendent la main vers leur Rostopchine ou leur Zénaïde Fleuriot : « C'est très bien ! » ou « À la bonne heure... continuez comme ça ! » Il y a bien les petits ennuis inattendus : les épizooties, qui exigent des mesures d'exception ; les statistiques qui portent sur des objets invraisemblables ; un incident sur lequel il faut enquêter et dresser rapport ; un cas d'indigence qu'il faut soulager ; parfois, mais c'est bien rare, une mesure de police à décréter.

T. Déome expliquait tout cela au gros Toine, qui le laissait parler...

— *Toine, y faut s'dècidè, è sins tôrdji* [2] !

Il exagérait. Rien ne pressait puisque les élections n'auraient lieu que dans un an. Mais T. Déome avait son plan, qu'il s'agissait d'appuyer avant tout sur une certitude : le consentement de Toine.

Le gros n'objectait pas grand'chose. Tandis que l'autre parlait, il se voyait, lui, coiffé de son haut-de-forme, en jaquette et la bedaine tricolore, s'avançant majestueusement vers l'estrade de l'école des garçons, puis de l'école des filles. Et il s'asseyait dans le fauteuil tapissé de velours grenat, croisait les jambes, écoutait d'un air digne et intelligent le discours prononcé par l'échevin, mais rédigé par l'instituteur. Puis il se levait, troussait un bref compliment à chaque lauréat et, pour clôturer la séance, joignait les talons durant l'exécution de la Braban-

---

2. Sans tarder.

çonne, bombait le torse, et s'en revenait, très fier, troquer son équipement de magistrat contre le coutil de l'horticulteur, le chapeau de jonc et les sabots... Oui, c'était séduisant... Et les processions où il défilerait en tête du conseil, et les fêtes dont il aurait les honneurs ! Beau tableau... Cette écharpe lui revenait, d'ailleurs. C'était son devoir de l'accepter. Toine, rêveur, écoutait la voix de T. Déome.

Mais, brusquement, il gémit :

— *Non, c'è-st-impossipe !*

L'autre le regarda, étonné.

— *Non,* répéta le gros Toine, les épaules soudain affaissées, *non, dj'ai djà assè d'tracas !*

Et il s'expliqua. Les soucis l'assiégeaient. Stéphanie l'inquiétait. Elle pleurait souvent en cachette, perdait l'appétit, dépérissait...

— *Ça,* coupa T. Déome, *gnia in reméde facile : gnia qu'à l'mariè aveu s'n'Aloys.*

Toine se redressa, le masque cornélien, et dit avec un sourd trémolo :

— *Mi viquant, jamais !*

Il étendait la main comme pour un serment. Mais T. Déome l'arrêta et, avec un certain sourire qui déplut à Toine, demanda :

— *È les autes tracas, qwè c'qui c'est ?*

— *Les autes tracas ?* dit sombrement le gros...

Pou couminci, primo, gnia mes pîs qui sont d'pus en pus gonflès. Pa momints, dji stouffe. C'est l'cœûr ! L'Ugenne Tchouf-tchouf a beau dire li contraire. Dji sins mes maux è li n'les sint né. È quand dji m'abache [3], *dj'ai mau mes reins.*

Ségondo : Dj'ai toudis l'invie di dôrmi quand dj'ai mîndgi. C'est co mwais signe, ça pou in homme di m'n'âdge !

Tierço : Par nût, dj'ai des cauchemars. È dji m'wès aveù des berces dins tous les coins è des èfants qui dji n'arrife pus à nourri...

Quatro : Dij m'sins del neurasthénie. Dj'ai l'tiesse vûde comme in saya trawè [4]. *C'est d'l'anèmie cèlèbrale qu'on nomme ça ! Dji wès tout en noir, dji n'ai pus jamais l'invie di rire. Gnia pus ré qui m'chone bon, è pou tout dire, l'monde mi disgousse...*

Et soudain éclatant :

... Tout le monde è tout l'bazar, les choux, les porias, les mouches à miel, les bèdos [5], *les coureux cyclisses, les fiyes à mariè, les fiyes à bap-*

3. Se baisser.
4. Un seau troué.
5. Moutons.

tigi, les métcins co pus tiestus qu'des bourriques, les élections, les maïeûrs è co vous pas d'zeú l'martchi, T. Déome. È surtout, y n'faut pus y r'vèni !

Et Toine, tremblant d'une fureur dont T. Déome le croyait incapable, planta là son cousin et s'en alla, roulant les épaules, le sabot sonore, les poings serrés.

L'autre le regarda filer, sourit, bourra sa pipe et marmonna :

— *Maïeúr, pussqui c'est ça, tu brairas pou l'yesse. Dji t'è foutrai, mi, del'neurasthénie è d'l'anèmie cèlèbrale... grosse biesse !*

* * *

Moins de deux heures après, Toine, calmé par un bêchage enragé, arriva s'excuser d'un air piteux auprès du gros. Il bafouillait :

— *Faut né m'tèni rancune. Dji sûs d'vènu colèrique è sensipe. Dj'ai les niers* [6] *irritâpes... C'est m'n'ètat général qui fait tout ça.*

T. Déome, qui s'efforçait de garder une figure sévère, ne put y tenir plus longtemps.

— *État général !* gloussa-t-il. Et il pouffa d'un rire assez méprisant.

Toine, lui, se fit pitoyable :

— *Y n'faut né rire di mi. L'affaire est co pus grave qui dji l'aveùs cru.*

— *Bah !* fit l'autre.

— *Non*, reprit Toine, *y n'faut né rire !*

Et il tira de sa poche une espèce de bouquin, fort dépenaillé, dont la couverture s'ornait d'un portrait de curé chauve, gras et myope. Un grand titre : LES TROIS CENTS CURES DE L'ABBÉ MULET.

— *In curè qui s'occupe di trwès cents cures, au prix qu'c'est les atermints* [7]*, y deùt yesse ritche !* remarqua T. Déome.

Mais Toine, sans l'écouter, feuilletait le livre, et soudain, il dit :

— *V'là !*

Et, tandis que le gros, exténué, s'affalait sur une chaise, T. Déome lut cette belle prose :

« Les excès de tout genre, les excitations de toute nature, les peines, les soucis provoquent une grande dépense nerveuse et aboutissent à la neurasthénie. L'homme actif et courageux devient mou et faible, il perd la mémoire ; le sommeil est agité et, au réveil, il se sent plus fatigué que le soir ; l'appétit est nul, la dépense au point de vue intellectuel et physique n'est pas reconstituée, les systèmes musculaire et nerveux sont affaiblis, le sang se trouve de plus en plus anémié. Les digestions ne sont plus

6. Les nerfs.
7. Les enterrements.

normales, l'estomac est dilaté. L'individu a des bouffées de chaleur. La constipation est permanente, les jambes soutiennent à peine le corps. Le patient éprouve parfois des douleurs à la nuque, dans la tête, des lourdeurs dans le bas des reins, des éblouissements, des vertiges. Il sent ses forces lui échapper, la face est pâle, il maigrit ; c'est une débilité complète. Son esprit est tourmenté par des peurs diverses. Il souffre d'agoraphobie, c'est-à-dire de la hantise de paraître et de parler en public. La solitude, la foule, les espaces vides ou clos, les accidents provoquent aussi chez lui une grande angoisse, une grande terreur, mais c'est principalement la peur des maladies qui engendre la terreur. »

La lecture finie, T. Déome demanda simplement :

— *Su quel air qui ça s'tchante, hé, c'De profondis-là ?*

— *Oï, De profondis, bé sûr,* gémit le gros Toine. *Aveù ène seûle di ces maladies-là, on peut djà mori, è mi...*

— *È mi... qwè ?*

Toine poussa un soupir à attendrir un bahut de chêne et souffla, lamentable de conviction désespérée :

— *È mi dji l'z'ai toutes !*

— *Tu n'nas co rouvyi* [8] *yène,* constata placidement le gros drôle qui feuilletait le livre. Et il lut tout haut :

« La folie apparaît sous différents aspects : l'idiotisme, la manie, la furie, la mélancolie ; elle est très longue à guérir. Avant tout, on doit surveiller le malade et l'entourer de soins affectueux... »

— *C'est djà bon !* coupa Toine, vexé. *C'est facile di tournè à risée les misères des autes. Mais mi dji sins bé qui dj'ai d'l'angoraphibie è ça peùt d'vèni grave.*

— *D'l'angora... qwè ? On f'ra v'ni l'artisse* [9], pouffa l'autre, *pasqui pour mi t'as in tchè* [10] *dins les boyas è ène guernouye* [11] *dins l'tiesse.*

Alors, il déposa sa pipe sur la cheminée, croisa les bras, regarda Toine dans le nez, longuement, en silence, avec un air qui n'avait rien d'indulgent. Le gros, gêné, baissait les yeux. Enfin, T. Déome, détachant les mots, articula :

— *Tes maladies, dji vas t'les dire !*

Yinque : T'es trop bé.

Deux : T'es trop biesse pou l'comprinte.

Trwès : T'es trop djône pou fai des lectures pareilles. L'pus grande di

8. Oublier.
9. Le vétérinaire.
10. Chat.
11. Grenouille.

toutes tes maladies, c'est l'life du curè Mulet. È dji vas toudis t'rifai di c't'elle-là pou couminci...

Et T. Déome, empoignant le livre, le lança d'un air violent et dégoûté au-dessus d'un haut buffet. Et il ajouta :

— *On t'è l'rindra quand tu n's'ras pus fou !*

Le pauvre gros ne protesta que faiblement et s'en alla, penaud.

Mais T. Déome, le regardant partir, répéta encore :

— *Oï, rattinds, dji t'è foutrai, mi, del neurasthénie è « d'l'angoraphibie ! »*

* * *

Et, le dimanche qui suivit, après les vêpres, il accrocha son neurasthénique, lui servit des tas de breuvages fort alcoolisés, péket, vieux système, cognac, et autres remèdes très peu prônés par le curé Mulet. Quand le gros Toine en fut à la totale inconscience, il se mit à pleurer et à faire un récit interminable et richement dramatisé des malheurs de sa vie. Puis il s'attendrit sur sa postérité présente et future, improvisa une élégie surréaliste où il était question de berceaux, de bicyclettes, d'amour paternel, de poires de cuisse-Madame et d'élections communales. Pour finir, il entonna l'air de « Rosita l'Andalouse ».

Le soir venu, T. Déome, bon Samaritain, le reconduisit à domicile. Sur la route, Toine, fort déclamatoire, jura qu'il serait aussi bien, et même mieux, maïeur que n'importe qui ! T. Déome le rentra comme on rentre un colis mal ficelé, en le tenant à pleins bras. Il le laissa s'effondrer et s'éparpiller dans un fauteuil, sous le regard scandalisé de Phanie, du Choumaque, et de toute la famille. Et il dit gravement :

— *Dji l'ai entourè de soins affectueux... Y va djà bramin mia !*

VI

FRIMAS

Deux pigeons s'aimaient d'amour tendre...

LA FONTAINE.

Morale (arrangée par Tristan Bernard) :
L'un d'eux s'ennuyait au logis...

Cet hiver fut bien triste pour le gros Toine. Une âpre gelée, suivie de neiges qui persistèrent durant plus de deux mois, frigorifia le pays. Le sol, dur comme un grès, emprisonnait les légumes et, pour extraire de là ses poireaux, Toine, maniaque et obstiné, recourait à des moyens insolites et fort discutables, très pénibles d'ailleurs pour ses reins, son cœur, et son hypersensibilité de neurasthénique.

Ainsi, parfois, après s'être chauffé longuement les pieds, les mains, le dos et le ventre, il s'emballait la tête dans un grand cache-nez sur lequel il enfonçait encore sa casquette ; les mains dans des moufles doublées de peau de lapin, il endossait un vieux pardessus loqueteux et courait au jardin, dans ses sabots qui faisaient crisser la neige. Il obligeait ses filles à le suivre, munies de seaux d'eau bouillante. Elles déposaient leurs seaux, puis, le châle sur les oreilles, rentraient en s'ébrouant de froid.

Lui, avec son eau bouillante, il commençait par dégeler la terre autour de ses légumes. Ensuite, il s'escrimait de la pioche, tapant rageusement, à coups précipités, entre les poireaux. Enfin, pesant de tout son poids sur un levier de fer, il soulevait des blocs de terre gelée, durement, comme on arrache une molaire et, parfois, le bloc venant à céder brusquement, Toine tombait à la renverse sur les poireaux qu'il cassait net au ras du sol.

Il revenait en geignant, tout près des larmes. Ces mésaventures minuscules lui paraissaient tragiques. Il se croyait harcelé par une fatalité implacable qui ne le lâcherait que brisé, et il contemplait, avec une douleur muette, les gerçures saigneuses de ses mains grasses, comme il eût regardé des moignons.

Les poireaux de Toine se vendirent cher, cet hiver-là.

* * *

Et tout lui était prétexte à quérimonies hargneuses et reproches malveillants. Pendant cette période de gel, toutes les demi-heures, il empoignait la cafetière posée sur le poêle et se versait une pleine tasse de café chaud. Seulement, distrait, obsédé par ses soucis, au lieu d'utiliser la même tasse pour toutes ses lampées (ce qui est courant ailleurs que dans les ménages de jardinier), chaque fois, il prenait une tasse propre.

Il paraît que beaucoup d'hommes font ainsi. C'est un vice masculin, un vice d'égoïste, à ce que prétendent les femmes.

Avec, à peine, un soupçon d'impatience, Hilda fit observer à son gros que s'il devait laver lui-même la vaisselle, il y regarderait sans doute d'un peu plus près... Bien des fois, depuis leur mariage, elle lui avait chanté ce couplet et, chaque fois, il riait, incorrigible. Mais ce jour-là, il se retourna, éleva vers sa femme le regard du misérable qui se voit frustré de sa dernière espérance et il larmoya :

— *Est-ce qui vos allou m'persécutè ossi, vous ?*

Hilda fit ce qu'elle avait de mieux à faire : elle rit au nez de Toine, ce qui, de la désolation, le fit passer à la colère. Il quitta les lieux en grognonnant. Mais Hilda l'entendit qui disait :

— *Ces Flamindes-là, ça n'a pôs d'cœûr pou leu z'hommes...*

Elle rit encore, mais se promit qu'elle lui ferait ravaler ce mot-là une fois ou l'autre.

* * *

Il est vrai que Toine faisait bien le renchéri depuis qu'il suivait dans son journal un beau feuilleton intitulé : *« On a volé mon amour »*. Il y lisait — et appréciait — des tirades comme celle-ci :

« — Allez, dit le Comte avec un geste altier et méprisant qui glaça le sang de sa malheureuse épouse, vous m'avez trahi, vous, misérable créature que j'ai tirée de la misère où vous croupissiez !

« Pâle comme une morte, livide, tremblante, l'œil hagard, la pauvre Lisette Fourneau, comtesse de Montrochu, porta sur son cœur défaillant sa main de marbre et tomba en poussant ce cri qui retentit jusque dans les souterrains du château :

« — Clodomir ! Clodomir ! je vous jure que je vous adore ! »

(La suite à demain)

— *Gnia tout l'mînme des couméres qui savaient causè à leu z'hommes,* murmurait Toine, rêveur, en repliant la feuille. *Mi, si dji n'aveùs ène pareille, dji n'n'aureùs sogne* [1].

*
* *

La pauvre Stéphanie, elle, n'osait plus souffler mot. Une fois, Toine, après une culbute au milieu des céleris, était revenu en boitillant. Il avait une fesse mortifiée, et le manche de la pioche, dans la chute, lui avait griffé le nez. Rentrant au logis, avec sa boiterie et son nez en fraise écrasée, il avait dit d'une voix moribonde :

— *Vlà ayu c'qui ça mwîn-ne vos pére, Stéphanie, vos amantchures aveù les coureux cyclisses !*

La jeune fille ne voyait pas bien le rapport (Toine non plus, mais il lui fallait un responsable) entre sa tendresse pour le coureur Verluysen et les maladresses de son père. Mais elle fut touchée par le son pitoyable de la jérémiade et elle se demanda si elle n'était pas occupée à commettre une grande faute. Si elle s'obstinait, sûrement, Toine allait, comme il disait, « tourner à rien », dessécher de chagrin et de privations, et mourir dans une désolation squelettique et maudissante.

Un soir, elle s'en fut chez Godelieve. Son beau-frère, le docteur, était là, fatigué d'une longue randonnée de visites à travers le pays encroûté de neige dure et glissante. Tout de suite, il devina la peine de Stéphanie. De quelques mots optimistes, il la réconforta. « Comment ? Comment ? s'exclamait-il. Tourner à rien ! Lui ? Mais il est de chêne, le bonhomme, de chêne ! Le printemps remettra tout ça, oui, le printemps... Père et grand-père, c'est ça qui le retapera. Quant au cyclisse, gentil garçon, oui, gentil, et sympathique. Il me plaît à moi, plaît beaucoup. Il est vivant, très vivant, ce garçon-là. Oui, sympathique, sympathique... »

T. Déome, qui entrait à ce moment, entendit les derniers mots et comprit. Il vit les larmes de Stéphanie. Il éclata :

— *Qwè c'qu'y nos veùt à l'fin, aveù ses maladies di viye fiye ritche è ses idées à tchantè su l'air des Requiem ! Pus on l'plaindra è pus y nos è f'ra vèye. Y n'faut né si r'tournè d'ses grimaces. S'grand tracas, c'est qu'il est sûr di co attrapè ène pètite fiye. Si elle l'embarrasse, y n'a qu'à mè l'rivînde. Quant au cyclisse, mi, y m'rivé bé, pasqu'y r'muwe, qu'y rit toudis è qu'il est del famille d'à vos moman... Faut*

1. J'en aurais soin.

rattinde ène miette. Tout ça va s'arrindgi tout seu, è si ça n'va né, on s'y mettra tertous, hein, Ugenne ?

— Bien sûr, fit le docteur ! Au printemps, après les événements, on réglera tout ça. Oui, au printemps. Provisoirement, laissez-le tranquille et n'accordez pas d'importance à ses propos désolés.

Godelieve prit dans ses mains la tête de sa puînée et dit drôlement :

— Tu l'auras, va, ton Aloys à pédales !

Stéphanie se tamponna les yeux en riant et sortit avec T. Déome. Il gelait à soulever l'église. T. Déome marchait avec précaution sur les cendrées dont les ménagères avaient parsemé le verglas, au milieu de la route. Stéphanie avait passé son bras sous le sien. Soudain, T. Déome glissa, entraînant la jeune fille. Tous deux tombèrent. Le gros n'était plus jeune. Cela pouvait faire du vilain. Mais, le premier émoi passé, ils se relevèrent indemnes et riants. Avec eux, une joie sonore et un peu puérile rentra dans la maison de Toine et, comme Hilda, touchante d'attention, examinait la main éraflée du gros et s'enquérait de la façon dont il avait chu, il expliqua, montrant son large fond de culotte encore poudré de grésil :

— *Dj'ai tcheu su m'neurasthénie... Elle est spotchie* [2] !

* * *

Et l'hiver passa. Sévère, mais de bon compte, il replia, dès les premiers jours de mars, ses blancs bagages et rentra dans les coulisses du temps. Sans désemparer, tout se mit à s'essorer. Sur les routes, on revit les cailloux déchaussés par les gelées et tout branlants, comme les dents d'une gencive échauffée. Des plaques de crépis se détachèrent des façades humides que le gel avait sournoisement travaillées et qui montraient maintenant des lèpres grises. Là-haut, les arbres de la forêt n'eurent plus l'air d'être posés sur une feuille de papier blanc et, sur le flanc des « tiennes », de larges sarts de bruyères roussies réapparurent sur un fond reverdi, tandis qu'au creux des combes, les ruisseaux gonflés se mettaient follement à jouer les petits torrents ; ils effritaient leurs berges de schiste déjà en surplomb, si bien qu'il s'en éboulait, de ci, de là, de vastes pans qui venaient former des barrages et arrêtaient les épaves, casseroles éculées, souliers morts, parapluies martyrs, chats pourris.

Puisque l'hiver avait fait sa besogne sans tricher, le soleil se mit

2. Écrasée.

à la sienne sans bouder ni lésiner. Dès la mi-mars, on vit, le jeudi après-midi, des ribambelles d'enfants munis d'un couteau et d'un panier d'écorce de coudrier parcourir les prairies aussi vertes que du cerfeuil, à la recherche des pissenlits naissants. Ils en rapportaient de pleines charges sur leurs épaules, en sifflant d'orgueil, et recevaient dix sous de leur mère dans leurs doigts terreux, tout maculés des taches brunes du lait de pissenlit. Puis les femmes lavaient cette amère salade à pied blanc dans les cuviers à lessive, la faisaient égoutter sur une claie et, le lendemain, la marchandise se vendait de porte en porte, dans la villette voisine, par les soins d'une grande gamine qui revenait, le soir, avec dix ou douze francs dans sa bourse de toile.

Et les sèves montaient. Les bourgeons chauffaient doucement leur pointe pour en fondre la colle brunâtre. Presque en même temps, les jonquilles épanouirent leurs étoiles au pied des haies des potagers. Des oiseaux frileux reparurent, qui s'en revenaient du Sud. Et les rouges-gorges, sans dire merci aux gens qui les avaient nourris et réchauffés, regagnèrent leurs bocages.

Quelle joie partout et dans tout ! Les cloches de l'église eurent un autre son, chaud de vibrations qui s'en allaient s'éteindre très loin. Des chèvres sautaient sur les accotements et les talus des routes. On revit les « fournias » dans les jardins, et le village respira comme un parfum cette fumée de résurrection. On y brûlait toutes les glanures sèches, fanes et branchettes, mais on y calcinait aussi les gazons parasites et les racines de mauvaises plantes, que l'hiver ne tue pas, parce qu'elles sont les vices de la terre.

De neige, il n'en était vraiment plus que quelques maigres résidus au pied de vieux murs qui n'avaient jamais vu le soleil. Quelques plaques de verglas encore, étroites, sales et rongées par les deux bouts, persistaient au creux des sentiers encaissés, mais se décollaient de la terre comme des écrouelles mûres... Un peu de boue, bientôt... Et puis la boue elle-même sécherait en poussière. D'ailleurs, de ci, de là, dans les caillasses des « tiennes », les prunelliers blanchoyaient précocement de mille boutons qui allaient donner la fleur la plus neigeuse qui soit. Et, dans la même messe, le curé publia les bans de trois couples nouveaux. Toine écouta le brelan et pensa :

— *Bonne tchance ! Mi, si ç'asteùt à r'fai...*

En attendant, l'échéance du double événement approchait.

* * *

La besogne ne manquait pas, dans le vaste jardin du gros. Il s'y mit sans ardeur, se répétant sans cesse que le métier d'horticulteur était le dernier de tous, un vrai métier de galérien où l'on n'avait jamais fini, et qui donnait toujours trop chaud, ou trop froid, nuisible aux reins, au cœur, au cerveau, parce qu'il tient son homme courbé, le nez sur la terre, et congestionné. *In mesti d'esclâfe !* ronchonnait-il. Et, avec une pensée jalouse pour T. Déome, il ajoutait :

— *Dji m'aureùs bé fai martchand d'graines ossi, mais dj'asteùs trop vayant, è pus dj'ai des èfants, mi...*

Puis il soupirait, l'âme chavirée :

— *Oï, des èfants, sins sawè c'qui m'pind co au nez !*

Et sa bêche elle-même n'était plus qu'un outil désespéré.

VII

ÉCLOSION

> On est heureux ou malheureux par une foule de choses qui ne paraissent pas, qu'on ne dit point et qu'on ne peut dire.
>
> CHAMFORT.

Vraies campagnardes, Hilda et ses filles se levaient très tôt. Aux beaux jours, elles étaient debout dès cinq heures. Toine, par prérogative magistrale, se levait dès qu'il sentait le parfum du café frais-filtré. Mais, depuis quelques jours, il semblait être devenu insensible à ce réveille-matin émoustillant. Il fainéantait encore au moins une demi-heure sur son matelas et, enfin, se décidant à se lever, bâillait, gémissait et descendait lentement l'escalier, avec, dans ses yeux, le morne blasement de l'homme qui va vivre, aujourd'hui comme hier et comme demain, une journée insipide sur une glèbe marâtre, devant un horizon figé dans son indifférence éternelle.

Or, voilà que ce matin-là, un samedi, Toine, qui non seulement était resté indifférent à l'appel parfumé du café, mais s'était franchement rendormi, Toine entendit au rez-de-chaussée un joyeux brouhaha. Toutes ses femmes jacassaient à la fois. Et soudain, la voix de son gendre, le docteur, claironna dans l'escalier :

— Eh bien, grand-père, on s'est rendormi ?

— *Grand-père... Grand-père ? Qwè-c'qu'y veùt dire aveù ça,* bougonna le gros, une jambe hors du lit.

— Allez, ouste ! venez voir votre petit-fils ! cria le docteur.

Petit-fils... petit-fils ! Quel coup pour Toine ! Il ne sut pas très bien, d'abord, s'il devait pleurer ou chanter.

Pieds nus dans des pantoufles, le pantalon à peine agrafé, il apparut relevant de ses cinq doigts écartés sa tignasse qui lui chatouillait les yeux et, à mi-hauteur de l'escalier, il s'arrêta, penché sur la rampe et questionna avec un grand sérieux :

— *Ça fait qui c'è-st-in gamin ?*

— Oui, et un vivant ! assura le docteur tout guilleret.

Toine, accroché à la rampe, resta bouche bée tout un moment. Il regarda le docteur avec des yeux où l'on pouvait lire autant d'envie que de joie. Mais Toine était homme du monde. Il se ressaisit et y alla d'une courageuse politesse :

— *Proficiat !*

— Merci, dit le docteur en riant, j'espère avoir le plaisir de vous rendre bientôt la pareille...

— *Oh ! nous autes,* dit le gros lâchant enfin la rampe et laissant flotter ses deux bras inertes, *nous autes, on sait bien d'avance que not' planette* [1] *est assorcelée avec les filles.*

Le docteur éclata de rire et, pour couper court, conclut :

— Le plus malin n'en sait rien. Venez toujours voir mon gaillard. On vous attend. Nous prenons les devants.

Il partit, suivi de sa belle-mère et de ses trois belles-sœurs. Toine, lui, remonta dans sa chambre, pour achever sa toilette.

* * *

Il n'arriva chez sa fille qu'une demi-heure après. Il l'embrassa et se pencha sur le berceau où dormait un amour de bébé, de teint brunâtre, avec de minuscules frisettes dans le soupçon de chevelure qui se détachait sur l'oreiller blanc.

Toine, fort ému, la tête penchée en une attitude attendrie, contempla un instant son mignon descendant. Assise de l'autre côté du berceau, Hilda était muette d'extase. Déjà, elle aimait ce petit avec une indicible ferveur. Toine aussi, sans doute, mais son bonheur, à lui, s'empoisonnait de l'amer alliage de l'envie. Chacun l'observait un peu malicieusement. Il le sentait et ne savait que dire... Enfin, il trouva la formule qui, avec son faux air d'inquiétude affectionnée, rendait le son d'un dépit qui ne fit mal à personne, parce qu'il était comique et désolé.

— *Y m'a l'air bé bâti,* concéda le gros, *mais,* ajouta-t-il, sans oser lever les yeux, *y m'chone qu'y n'est né là bé gros !*

Et il s'en retourna le premier, tout seul, alléguant qu'il était accablé de besogne.

Il y avait du vrai là-dedans. Le malheur, c'est que, désemparé et, à présent, énervé, il ne savait par quel bout commencer.

Soudain, il trouva... Quelques mois auparavant, il avait acheté

1. Planète = horoscope.

une part d'affouage dans le bois du Blanc-Renaud. Une de ses filles rentra. Toine, sur le ton de l'homme qui n'a pas une minute à perdre, lui dit :

— *Abie* [2], *Toinette ! Faut m'aprustè à mîndgi* [3] *pour l'djournée... Dji vas tayi* [4] *mes fagots.*

Et un peu après, guêtré, la scie sur l'épaule, la serpe dans la poche, une gourde en bandoulière et, au dos, une besace énorme, il partit vers la forêt.

Aux gens qu'il rencontrait et qui lui demandaient s'il ne connaissait rien de neuf, il répondait sans affabilité :

— *Non, sauf qui dj'ai del besogne à m'aranè* [5].

---

2. Vite.
3. Préparer à manger.
4. Tailler, façonner.
5. Écraser, briser les reins.

VIII

SOLITUDE

La solitude rétablit aussi bien les harmonies du corps que celles de l'âme. C'est dans la classe des solitaires que se trouvent les hommes qui poussent le plus loin la carrière de la vie : tels sont les brames de l'Inde.

Bernardin DE SAINT-PIERRE.

Le travail dans la forêt, c'est encore ce qu'il y a de mieux pour les nerfs malades. On y est tranquille. Rien n'y trouble le silence que les fredons heureux des pinsons et des merles et les prises de bec des pies et des geais qui échangent en leur vert jargon des injures de truands et de poissardes. Il y a encore le radotage, discret et tellement frais et sympathique, du ruisseau qui lave et relave ses vieux cailloux et les grosses racines qu'il s'amuse à dénuder. On a pour soi seul tout le bruit de sa propre activité, que l'écho multiplie. Un coup de serpe vous prend tout de suite l'ampleur sonore d'un vaste abatage. Rien de tel pour encourager son homme. Il se sent fort, libre. L'espace est à lui. Il s'anime au fracas de ses propres gestes et vous fait un travail de franches coudées et de larges brasses, comme un nageur dans une pleine eau. Recéper le perchis, scier la branche, tailler la falourde, nouer la hart autour de la fascine, faire sauter le copeau, cela vous retend les nerfs d'un bonhomme déprimé, en l'éreintant joyeusement.

... Mais rien, rien, ne pouvait guérir le gros. Du moins, il le prétendait. Il se croyait au bout du rouleau. Pour se traîner jusqu'au haut de la côte où s'étendait son affouage, il mit cinq grands quarts d'heure. Il est vrai qu'il avait flâné, s'arrêtant souvent à contempler les bagatelles de la route... Son cœur, n'est-ce pas !

Arrivé, il s'assit sur le tronc couché d'un hêtre magnifique. De là, il voyait tout le village blotti dans sa couette de collines. Il distingua le toit de sa maison, et le grand rectangle de son jardin. La maison de T. Déome, elle, était tout entière visible avec son verger qui faisait comme un bosquet. Et, au bout, dans les arbres, la maison neuve de Godelieve livrait un morceau de son pignon de pierres bleues.

La pensée flottante de Toine s'arrêta sur ce pignon. Il rêva un instant, soupira et, enfin, murmura :

— *In gamin... Ène belle malice ! L'est métcin, li, l'Tchouf-tchouf, après tout !*

Puis, énergique, il se leva et contempla le chantier. Riche, le chantier ! Il y avait là du bois pour chauffer tout le village pendant trois mois. Le chiendent, c'était de le façonner, tout ce bois...

Allons, il faudrait bien s'y mettre !

* * *

Mais Toine eut encore une hésitation. Cette marche au grand air forestier lui avait creusé l'appétit. Et puis, il allait oublier un rite, cher à tout boquillon. Avant de se mettre à la tâche, l'homme des bois allume toujours un petit feu. Toine alluma son petit feu, qui devint vite un beau brasier, avec des flammes transparentes où voletaient, comme de noirs papillons, des fragments de feuilles brûlées. Toine, sensible à toutes les simples beautés, rêva un instant devant la flamme...

Puis il mangea longuement une épaisse tartine, s'offrit une ou deux lampées du café de son bidon chauffé dans la cendre.

Puis il prit un petit temps pour digérer et réfléchir. Un moment encore, il contempla le village, là-bas, au fond. La maison de T. Déome ! Un veinard, celui-là, qui n'avait jamais eu de soucis. Ça crie vengeance, une chance pareille ! Il serait puni, le T. Déome...

La maison de Godelieve... Un pincement au cœur de Toine... Du bonheur, là aussi... Leur premier enfant : Pan, un garçon !

Mais un pinson, sur la cime d'un tremble, délirait de joie. Ses roulades emperlaient l'azur. Une bouffée d'espérance rôda autour du gros et, soudain, enlevant sa veste et la jetant sur le hêtre couché, il ricana :

— *In gamin... Tant mieux pour zya* [1] ! *Mais in djou ou l'aute, après tout, y brairont p'tête pou z'awè des fiyes.*

Et, de deux coups de serpe, à pleine volée, il fit dans une grosse branche une entaille telle qu'il semblait travailler dans du nougat. Il était près d'onze heures.

1. Eux.

Toine tapa ainsi jusqu'à midi.

Alors, de la vallée, il entendit monter l'Angelus. Il le récita à sa manière et en profita pour recommander à Saint Antoine le souhait qui lui était le plus cher. Il se signa... Mais, brusquement, au lieu de la paix confiante qu'il espérait, une pensée calamiteuse s'agriffa dans son cœur :

— *È si dj'aveùs co des jumelles !*

À cette perspective, au lieu de manger, il reprit la serpe... Et taille par ci, et coupe par là, Toine, enragé, se remit à la besogne. Il ne s'arrêta qu'une heure après, exténué. Lançant la serpe dans la mousse, il jura :

— *Si dji saveùs ça, dji m'saufe à l'Légion étrangère !*

Puis il s'accroupit près de son feu, qui n'était plus qu'un monticule de braises, ouvrit sa besace, en tira douze belles pommes de terre, les ensevelit dans la braise. Adossé au hêtre abattu, il s'assit sur une fascine et attendit que son dîner fût à point, ce qui ne demanda guère plus de dix minutes.

Quel appétit ! Douze grosses pommes de terre, cinq tranches de pain beurré, deux pommes de belle-fleur. Et il avait un litre de bière dans sa musette, indépendamment de son flacon de café.

Bien restauré, il fuma une pipe et, les jambes allongées, les omoplates calées sur le tronc du hêtre, s'offrit une sieste qu'il n'avait pas volée.

Il était près de trois heures quand il se remit à la besogne. La digestion était bonne, mais il se sentait quand même un peu pesant et ses jointures lui faisaient mal.

À quatre heures, il mangea encore. Pas grand'chose : deux tranches de pain, avec un morceau de fromage. Il acheva sa bouteille de bière.

Vers cinq heures, il prit le chemin du retour.

Il rentra avec l'air d'un homme qui sort du bagne.

T. Déome arriva un peu après. Histoire de voir ce que disait l'autre, il insinua :

— *In bia p'tit valet, hein, li p'tit d'à Godelieve, è in raveyi !*

— *Oï,* concéda le gros, *il est bia, è viquant, mais mi, dji dis qui c't'èfant-là n'a né l'pwè* [2]*... Faura l'sogni.*

Puis il ajouta :

— *Dji vas coutchi. Dji sûs à mitan môrt di scrandichure* [3].

2. Le poids.

3. Fatigue.

— *Gnia brâmin dou bo, lôvô ?*[4] questionna T. Déome.

— *Oh !* dit Toine, qui se rappelait vaguement ses nomenclatures de système métrique, *gnia bé in « kilostère ».*

T. Déome sursauta, sourit et fit :

— *Y veùt dire in « Culot-stère ».*

Mais Toine était déjà dans sa chambre à coucher.

* * *

On baptisa le lendemain, sans apparat, le fils du docteur. Il fut prénommé Camille du nom de son grand-père paternel, car, suivant une tradition à laquelle on déroge peu là-bas, on avait choisi pour parrain le père du jeune papa, et, pour marraine, Hilda, la jeune grand'maman.

Une heure après son baptême, le petit Camille était déjà, pour la famille, Mimile et même Milot.

Toine, lui, durant cette cérémonie, sciait ses bûches au bois du Blanc-Renaud.

Il y alla, au bois, sans désemparer durant cinq jours. Le dimanche qui suivit fut peut-être le plus morne dimanche de sa vie. Sorti de la messe basse, il flâna dans son jardin, rentra, sortit encore. L'après-midi, excédé des allées et venues de ses femmes qui faisaient la navette de la maison au berceau du jeune Milot, il finit par s'isoler, avec son journal, dans la gloriette. Là, il lut le numéro 123 de son feuilleton : *« On m'a volé mon amour »* par Frédéric de Moncrépin. Il s'attendrit un instant sur le sort de la jeune et belle comtesse séquestrée et martyrisée par la fourbe démoniaque du pseudo-vicomte Satrogne de Veuvetour et il retourna longuement cette pensée :

— *Qué malheur ! Ène si belle coumère è si dgintiye...* [5].

Il en eût pleuré. Il s'endormit sur sa pitié.

Il rentra pour le goûter. Ses filles l'énervèrent avec leurs louanges intarissables du petit Milot. L'une parlait de ses yeux, l'autre de ses cheveux. Que d'histoires pour un morceau de gosse brun comme un jambon fumé et qui pesait à peine six livres !

Enfin, ce vilain dimanche tomba dans le passé. Et Toine se mit au lit en poussant un soupir de délivrance.

Le lundi, au bois, il travailla pas mal, car il se sentait plus frais.

---

4. Y a-t-il beaucoup de bois, là-bas ?
5. Gentille.

Le soir, T. Déome vint bavarder. Comme Toine lui disait, d'une voix d'ailleurs indifférente, que, de la forêt, il voyait très bien la maison et le verger du gros, celui-ci, ayant réfléchi, fit sans rire cette proposition :

Si, d'aventure, l'événement attendu se produisait pendant que Toine travaillait au bois, il irait, lui, T. Déome, planter dans son plus haut pommier, au milieu du verger, un grand drapeau blanc, fixé à une longue perche... oui, un grand drapeau blanc qui se détacherait sur la verdure et les floraisons et que le gros ne pourrait pas ne pas voir.

S'il voyait donc flotter le drapeau blanc dans les pommiers de T. Déome, Toine pourrait déduire en toute certitude : « Ça va. Ma famille s'est heureusement agrandie. Replions bagages et recourons au foyer enrichi ! »

Le gros ne sourit pas même de l'idée qu'il trouvait drôle, mais pourtant pratique. Il fit d'une voix blasée :

— *Drapia blanc... drapia blanc, c'est pou d'mandè « l'armistie » ça !*

Puis il ajouta :

— *D'ailleurs, gnia co toudis bé pou quinze djoûs au moins.*

* * *

Le lendemain, un mardi, il hésita au moment de partir. Tout le village se cotonnait d'un épais brouillard froid. On n'y voyait pas à dix pas. Et Toine, mettant le nez à l'air, eut un frisson. Il partit quand même, maussade et graillonnant, avec la vague espérance que, une fois sorti de ce vilain brouillard tassé dans la vallée, il grimperait le « tienne » dans la lumière et la chaleur.

Il ne se trompait qu'à demi. La rivière franchie, il sortit du gros de la brume au bout de cent pas. Pourtant, l'air de la côte manquait de limpidité. Et le soleil n'était qu'une indécise patène d'argent, sans rayonnement. Là-haut, sur son chantier, le gros mit du temps à allumer son feu parce que l'aiguail avait mouillé les brindilles.

— *C'est comme ça qu'on z'attrape des « pulmonies »,* pensa-t-il.

Le feu flamba tout de même, faisant la nique au soleil, qui ne sortait pas de ses brumes. Et la fumée s'immobilisa longuement sous les basses branches des réserves de futaies, en nappes horizontales qui s'effrangeaient en charpies bleues.

Toine, moins que jamais, avait le cœur à la besogne. Il se chauffa longtemps, et de tout près, les mains, les jambes, le ventre, le dos. Il était près de neuf heures quand il empoigna sa serpe. Mais il ne touchait que du bout des doigts de sa main gauche les branches mouillées et froides qui l'aspergeaient de gouttelettes. Il revenait souvent près de son feu.

La rosée persistait. Tout à coup, les grosses bottines cloutées du gros glissèrent sur une touffe de carex. Il tomba et poussa un « aïe ! » douloureux. Sa main droite, éraflée, saignait et sa joue avait donné sur une grosse branche de chêne écorcé.

Triste comme un blessé perdu, Toine sentit des larmes lui rouler sur les joues. Et il revint encore s'asseoir près de son feu un long moment. Une seule pensée flottait dans sa peine, comme une épave :

— *On m'les f'ra toutes... toutes !*

* * *

Tout de même, il atteignit ainsi l'angelus de midi. Mangeant ses pommes de terre grillées dans la braise, il grogna :

— *Dji commince à n'n'awè assè di c'caboulée-là*[6].

Il ne mangea donc que neuf pommes de terre, mais but beaucoup.

Pendant qu'il mangeait, le soleil languide se dévoila un peu.

Les brumes, dans la vallée, se déchirèrent par endroits comme de la mauvaise laine. Quelques gros moutonnements, happés par le courant de la rivière, partirent dans une lente dérive qui les étirait. Toine distingua des moirures de l'eau qui frétillait au pied des saules, dans les coudes.

Le clocher, là-bas, surgit d'un déballage de tulles, dominant les toits encore indécis de la paroisse.

Mais Toine dormait déjà.

Il dormait bien, adossé à son hêtre. Le soleil, décidément, triomphait. L'air en fut tout de suite vibrant de chaleur et de lumière. Une bonne tiédeur baigna les membres et caressa la figure tuméfiée du gros qui sourit, bouche bée, inconscient, la casquette sur les yeux.

Il ronfla... Que c'est bon le soleil !

Mais le soleil chauffait si bien que des mouches voraces vinrent se poser sur ce gros visage rose, l'explorer et l'exploiter.

Toine s'éveilla en sursaut, bien mordu et furieux.

* * *

6. Pâtée bouillie.

Il bâilla, s'étira, rêvassa un moment et, machinal, se mit à bourrer sa pipe.

Son regard errait, pendant ce temps, sur la vallée. À cette heure, l'eau de la rivière y brillait sous le soleil, de ci, de là, comme une truite qui fuit, en éclats spasmodiques de turquoise et de nickel. Le coq en vieil or de l'église luisait doucement sur son clocher, petite étoile en veilleuse. Une face de la tour carrée, celle que Toine avait devant lui, était argentée par la lumière. Une autre face, en perspective très fuyante, était noire d'ombre. Le gros, cillant un peu, devina l'heure sur le cadran : « *Deux heûres è des...* », murmura-t-il. Et il pensa :

— *Y m'faura bé râte des lunettes.*

Il alluma sa pipe, mais, avant de se lever, réfléchit encore un tantet et, pensant à son jardin qu'il négligeait scandaleusement, tourna son regard du côté de sa maison. Il s'agirait d'y aller d'un fameux coup de collier, dans ce jardin du diable !

— *Y m'fra mori, c'pourcia d'courtil-là,* gémit-il tout bas. *Qué mesti d'galérien ! C'est toudis à racouminci.*

Puis il pensa que ceux qui étaient médecins « l'avaient autrement belle ».

Et il regarda les pierres bleues de la maison de Godelieve, là, un peu à gauche, derrière les arbres de T. Déome...

* * *

... Soudain, les dents de Toine... les dents de Toine lâchèrent la pipe. Il pâlit, ouvrit des yeux ronds, dilatés, fixes, et porta la main sur son cœur...

... Là-bas, dans les arbres du verger de T. Déome, un drapeau blanc qui devait être immense, s'érigeait au-dessus du plus haut pommier. Pas un pli ne bougeait dans l'air calme. Figé dans sa gloire, le drapeau se contentait d'être.

Toine, debout d'un seul élan, rassembla pêle-mêle ses outils, sa besace, arrosa le feu du café qui lui restait et partit, dévalant la côte avec une légèreté de lapin sauvage, sautant par-dessus les souches, écrasant les bouquets de recrûs, cassant comme des ficelles pourries, sur ses guêtres de cuir, les longues ronces vertes qui l'empêtraient. Sa besace brimbalait à son dos, et son bidon de fer blanc cliquetait, la lame de la scie sonnait sur les branchettes qu'elle accrochait au passage. Des oiseaux chantaient. Des faisans poussaient leur cri enrhumé. Sur le sentier qu'il rejoignit, Toine se mit à chantonner aussi et à lancer, en riant, de durs coups de pied, de la pointe de ses souliers cloutés, à des cailloux qui jonchaient le sentier raide. Les cailloux n'en finissaient plus de rouler.

Tout à coup, Toine, cessant de chantonner, s'arrêta, mit une main en abat-jour sur ses yeux, devint tout cramoisi, puis pâlit, s'appuya sur sa scie. Ses jambes, sous lui, devinrent comme des piliers de gélatine, et son cœur s'affola comme une petite bête qui étouffe dans sa cage.

... Dans le verger de T. Déome, près du large drapeau blanc, lentement, implacable annonciation, montait un second drapeau blanc !

* * *

Le gros se mit en route à la cadence d'enterrement, tête basse, l'épaule affaissée. Chacun de ses pas, sur le sentier caillouteux et sonore semblait scander lourdement :

Une... deux !... Une... deux !... Deux... dra... peaux... dra... peaux... blancs... deux... filles... deux... deux... ju... melles... deux.

Et chacune des syllabes cognait dans sa tête comme une bille de plomb.

À devenir fou !

Il sortit du bois. Les drapeaux blancs étaient toujours là.

Vu de loin, descendant les essarts qui séparaient la forêt de la rivière, il avait l'air d'un vieillard.

... Une... deux... deux... dra... peaux... dra... peaux... blancs... deux... deux...

Une pétarade de motocyclette éclata dans le village. Toine pensa sans bienveillance :

— *V'la l'aute, li ! Y s'en fout, aveù s'gamin d'céquante grammes.*

Il fit encore quelques pas sur un chemin de terre encaissé dans des talus schisteux, couverts de thym sauvage et de bugrane. Comme il en débouchait, il s'arrêta stupéfait.

Insecte noir et vertigineux, son beau-fils, le docteur, couché sur sa motocyclette, franchissait le pont du Viretienne à toute allure et, porté par l'élan, montait à l'assaut du raide chemin des essarts.

Toine eut à peine le temps de sauter sur le talus et de grogner :

— *Sacré gamin ! Des plans pou s'distrûre...*

... La moto jaillissait au haut du raidillon. Le docteur apercevait son beau-père, coupait les gaz, s'arrêtait et, à califourchon sur sa machine, criait joyeusement en levant un bras :

— Alors, grand-père, ça y est !

Dégringolant de son talus, Toine s'approcha avec des yeux pleins d'une interrogation angoissée.

— L'est magnifique ! dit le docteur, tout guilleret. Et il répéta, suivant son tic : magnifique... magnifique...

— Ma... ma... magnifique ? bégaya Toine, soudain cramoisi. Qui ça, magnifique ?

— Mon jeune beau-frère, tiens ! fit l'autre en riant.

La cervelle de Toine bouillonnait comme un pot-au-feu. En un effort suprême, il rassembla toutes ses bribes d'idées pour faire cette déclaration tremblante :

— Ugenne, il ne faut pas me blaguer... Si c'est core des jumelles, disez-le moi franchement. Je suis un homme et je serai courageux.

D'abord éberlué, le docteur éclata d'un beau rire.

— Des jumelles ? Jumelles ? Qui vous parle de jumelles ? Quand je vous dis que c'est un garçon, et un vrai, et un fameux ! Il vaut bien des jumelles. Il pèse dix livres, le double du mien, exactement.

Toine eut ce cri où passa tout son cœur :

— Hilda ?

— Tout va bien, rassurez-vous, bien, très bien !

Lentement, les épaules affaissées de Toine remontèrent, sa taille se cambra, son gros ventre se mit en valeur et, sur un ton réconfortant où perçait pourtant l'accent d'une supériorité condescendante et bon enfant, posant sa grosse main sur l'épaule de son gendre, il dit :

— Y n'faut pas vous chagriner, Ugenne. Moi, n'est-ce pas, tel que vous me voyez, quand j'ai venu au monde, je n'étais pas plus gros qu'un jeune de chat scorché. On prétendait même que je ne viquerais pas... Regardez comme j'ai profité !

Et passant soudain à une autre idée, Toine brandit un poing terriblement menaçant vers le village en grondant :

— *Tu m'pa-yeras ça, grosse rosse !*

— Mais, fit le docteur ahuri, à qui en avez-vous ?

— Regardez ! grinça le gros en pointant un index frémissant vers le verger de T. Déome.

Le regard du docteur se tourna vers les pommiers lointains et il découvrit les deux grands drapeaux blancs.

Il comprit tout en un éclair et, toujours chevauchant sa moto, un pied à terre, il éclata d'un rire plein d'allègre jeunesse, mais que le gros ne partagea pas.

* * *

— Et maintenant, proposa le jeune homme, pour rentrer plus vite, voulez-vous vous installer sur le strapontin de la moto ?

Toine hésita. Il regardait le noir engin avec des yeux méfiants. Finalement, il objecta :

— C'est que je suis un peu « pesant », moi, savez-vous. Ça pourrait faire du tort à vot'moteur.

Et puis, trancha-t-il, beaucoup plus sincère, je ne tiens pas à me tuer un jour pareil, vous savez, moi !

* * *

Peut-être, la première entrevue de Toine et de son fils pourrait-elle se peindre, ou se mettre en musique. La raconter, c'est impossible. D'ailleurs, avant de monter dans la chambre au berceau, le gros avait fait descendre tout le monde. Seule, la brave Hilda fut témoin de cette scène presque muette, sobre, auguste. Et elle garda pour elle le souvenir des larmes silencieuses de son gros Toine, tremblant de bonheur, émouvant de gratitude.

... En bas, les jeunes filles, avec le Choumaque et Phanie, ne parlaient qu'à voix basse. Ils étaient graves et rayonnants.

Toine descendit de là-haut, une demi-heure après, avec un visage sanctifié.

IX

IMMOLATION

Éclate, mon amour, tu n'as plus rien à craindre :
Mon père est satisfait, cesse de te contraindre.

CORNEILLE. (*Le Cid.*)

Mais Toine n'oubliait pas qu'il avait un compte à régler avec T. Déome, qui ne se montrait guère.

Vers six heures de l'après-midi, il sortit tout guilleret, transformé. L'homme que l'on avait vu partir le matin pour la forêt, traînant des bottines de plomb, voûté sous le faix de ses misères, et cet homme-ci, qui sifflotait en martelant la route, non, ce n'était pas le même Toine.

Aux questions qu'on lui lançait à la volée, du seuil des portes, il répondait, hilare et bafouillant :

— *Ça va ! Ça va bé !... Oï, in solite !... On n'est né volè su l'pwè... N'a né l'air pwètrinaire.*

La porte de l'église était entre-bâillée. Après une courte hésitation, Toine, tâtant son porte-monnaie dans sa poche, entra. Saint Antoine, cette fois, n'avait pas volé ce que le gros allait lui offrir.

... Là-haut, dans l'ombre du transept, devant l'autel blanc et or de la Vierge, une jeune fille était agenouillée sur un prie-Dieu.

Toine, d'abord, ne la reconnut pas, parce que, la tête fort inclinée, elle se tenait la figure dans les mains.

Elle-même, absorbée, n'avait pas entendu l'homme entré sans bruit.

Mais, presque tout de suite, le gros, qui s'était immobilisé sous le jubé, eut comme un mouvement d'étonnement et pensa :

— *Mais c'est nos Phanie, là !*

Pauvre Stéphanie ! Il ne savait pas, lui, de qui les soucis et même la joie n'allaient pas sans égoïsme, il ne savait pas quelle peine profonde portait en elle cette brave enfant qu'il oubliait depuis des mois... Ni, surtout, quelle fleur de sacrifice s'épanouissait dans ce cœur sensible, frais encore comme les premières aubes de l'amour.

Non, il ne savait pas, le gros. Il était excusable. Mais il réalisa en un instant sa longue cruauté et il devina vaguement que quelque chose de plus beau encore et de plus grand que son bonheur se consommait là, à vingt pas de lui, dans l'âme de l'enfant agenouillée...

Le matin du même jour, vers dix heures, quand chacun s'affairait dans l'inquiétude, quittant la maison où sa présence pourtant silencieuse ne faisait qu'ajouter à l'encombrement et à la fébrilité, Stéphanie, avec une apparence calme, presque indifférente, s'était rendue à l'église. Jusqu'au pied de ce même autel où trônait une Vierge très douce, avec un enfant Jésus rieur, elle s'était avancée, et là, droite, calme, mais tout entière offerte, elle avait laissé sourdre ces paroles de son cœur :

— Bonne Sainte Vierge, pour que maman ne souffre pas trop longtemps, pour qu'il nous vienne un beau petit frère, pour que papa soit content et retrouve ses bons jours et sa gaîté, pour que tout le monde soit heureux, je vous fais le sacrifice de mon grand amour... Je sais bien que, jamais, je ne l'oublierai. Il est... il était bon... il me parlait comme un grand enfant affectueux... Il m'aimait bien aussi... Mais vous m'aiderez, bonne Sainte Marie ! C'est pour maman et pour mon père. Et vous aussi, petit Jésus. Tous les deux, vous avez connu les déchirements d'autres séparations... Vous m'aiderez, j'en aurai besoin.

Puis, elle avait encore prié longuement. Et elle était sortie, avec, dans l'âme, un apaisement qui l'étonnait elle-même.

Et, rentrant, elle avait découvert, dans un berceau plus beau et plus blanc que l'autel de la Vierge, un mignon petit frère qui ressemblait au petit Jésus de l'église, mais en plus dodu.

* * *

Et maintenant, nul ne s'occupait d'elle. Le petit frère accaparait tout. Toine, visiblement, n'avait plus qu'un enfant : son fils ! Elle aurait pu s'en aller, loin et longtemps, que l'on ne s'en fût pas aperçu.

Et c'est ainsi qu'une fois encore, elle était venue à l'église, de ce même pas tranquille et avec ce visage placide et doux qui faisait dire à tous :

— Stéphanie, quelle bonne fille, et rassise !

Mais à présent qu'il lui fallait payer son dû, la pauvre avait bien mal. Sans doute, elle était contente de voir toute cette averse de bonheur tomber sur le vieux toit, contente de voir sourire autour d'elle et d'être devenue, elle aussi, la sœur d'un nouveau petit à aimer. Celui-là, pensait-elle, la guérirait de l'autre... un peu plus tard. Elle l'aimait déjà tant, ce petit. Mais le souvenir du grand n'était pas aboli.

... Toine, toujours immobile sous le jubé, regardait sa fille. Il était le prisonnier de son propre silence, qui l'oppressait. Et tout à coup, il vit les épaules et tout le corps de la jeune fille secoués de sanglots. Elle les étouffait, mais il les entendait.

Quel mal il en eut, le gros, dans le tréfonds de son cœur ! Sans essayer de démêler les causes, il comprit que cette bonne enfant, depuis des mois et des mois, dans l'indifférence cruelle de ceux qui refusaient même de voir, avait voilé sa blessure d'un émouvant et pudique silence qui, souvent, avait eu l'héroïsme du sourire.

Durant un instant, Toine se détesta, se traita de brute et de sans-cœur. Sans bruit, il sortit pour ne pas pleurer aussi.

Et il n'alla pas encore chez T. Déome à ce moment, mais rentra chez lui.

* * *

Stéphanie quitta l'église longtemps après, avec des yeux encore rouges, mais un bon sourire sur son calme visage.

Tout de suite, elle monta, pour contempler son petit frère. Il dormait comme un bienheureux, avec, parfois, un retroussis gourmand de ses lèvres arrondies en suçoir rose. Et tandis qu'elle le contemplait, elle entendit sa mère, la bonne Hilda, qui disait doucement, d'une voix un peu lasse, et fort émue :

— Aimez-le bien, ma fille. Vous lui devez beaucoup...

Stéphanie, étonnée du mot et surtout de l'accent, leva les yeux.

Toine était là aussi, assez gêné. Il toussota et dit :

— *Hum... Nos avons rèflèchi, nous deux vos moman... Oï, on a rèflèchi... è y faureùt in parrain, pour bé fai.*

Elle ne dit rien et il continua :

— *Pou fai plaigi à vos moman, on a décidè qu'ça s'reùt... vos chôse... vos camarâte, enfin !*

Elle ouvrit de grands yeux qui semblaient bien ne pas comprendre. Et Toine, se soulageant d'un coup, lâcha :

— *Aloys, qwè !*

Tremblante, les yeux baissés, pâle, elle appuya les deux mains sur le bord du berceau. Un instant, elle resta ainsi, sans parole, et brusquement courbée, elle offrit à l'innocence salvatrice du petit le tribut de son indicible gratitude. Longuement, la brave enfant baisa les deux petites mains, rouges, frêles et tendres comme un calice de tulipe.

D'autres l'avaient fait avant elle, déjà, mais avec moins de fervente douceur peut-être...

Et c'est pour cela, sans doute, que Stéphanie la douce eut le premier sourire de son petit frère, filleul du grand Aloys.

X

DÉVOUEMENT

> Malheur aux siècles qui n'ont pas de Don Quichotte, il ne leur reste que des Sancho Pança.
>
> A. DE GASPARIN.

Ce diable pansu de T. Déome, il n'y avait vraiment pas moyen de lui en vouloir... Quand il arriva, le soir, avec sa grosse pipe, sa grosse voix, et ses gros sabots, Toine, debout, jambes écartées et bras croisés, l'accueillit avec un visage de magistrat instructeur.

T. Déome, pas impressionné du tout, regarda le gros dans le nez et lui servit :

— Bonjour, Monsieur Culot ! Mes félicitations. Vous avez là un beau petit gamin. J'espère qu'il sera plus dégourdi que vous, Monsieur Culot.

Chacun se mit à rire.

— *Né d'tout ça T. Déome !* répondit glacialement Toine. *Qwè c'qui ça veùt co dire, vos deux drapias blancs ? C'asteùt co pou m'fai d'l'émôtion è vos foute di mi après, hein ?*

— *Bon,* grogna T. Déome, *v'là c'qu'on gangne à fai plaîgi aux ingrats. L'premi drapia a sti plantè à midi è d'mie. Tu n'l'as né vu. Pouqwè ? Co adôrmu, bé sûr ! L'deuxième drapia, c'asteùt pou t'raveyi, hé neurasthénique !*

— *Neurasthénique ?* bougonna Toine, *dji n'ai jamais causè d'ça, mi... C'est co les dgins qu'ont inventè ça, les dgins è vous, gros vauré !*

Mais l'affaire des drapeaux blancs tourna court, car on avait d'autres chats à fouetter. Le lendemain, c'était le baptême. Dans quinze jours, on ferait une grande fête qui réunirait tout le monde. En attendant, il s'agissait de choisir un prénom pour le gros bébé.

Toine rêvait d'un beau prénom pêché dans il ne savait plus bien quel feuilleton, mais qui lui semblait fort distingué : Claude.

— *C'est comme les bioques !* [1] constata T. Déome.

Toine se rabattit sur un autre prénom, encore plus aristocratique : Gui.

— *Bon ! Les aut'gamins l'nommeront Guitare ou bé Guibolle*, prédit T. Déome.

Et il proposa Théophile, son prénom à lui :

— *Gnia djà trop d'yinque dins l'famille !* lui renvoya Toine.

Hilda aurait voulu : Cyrille, prénom de son père.

Toine était perplexe. Il n'avait rien à refuser à sa femme en ce moment. D'un autre côté, il confiait à T. Déome :

— *Cyrille, c'è-st-in nom d'Flamind, hein ça ! Si ça n'dureùt qu'in djou ou deux, ça n's'reùt ré, mais c'est pou toute si vie !*

— Antoine... proposa l'une des jumelles.

— *On nos prindra yinque pou l'aute,* objecta le gros. *È pus, ça s'ra co « Toine ». Ça n'est né bia.*

— *On pourreùt p'tète li nommè Léger,* insinua T. Déome.

Toine n'y vit pas malice, ou n'entendit pas, car il consultait la liste des patronymes sur son calendrier. Il s'en révélait de bien curieux... Le mois de Janvier, à lui seul, alignait Basile, Rigobert, Arcade, Sulpice et Babylas.

Février détenait Boniface.

Mars, rien que dans ses quinze premiers jours, offrait Simplice, Casimir, Blanchard, Patrice et Longin.

Toine arrêta sa lecture un peu plus bas, et demeura un moment rêveur.

Puis il alla consulter sa femme. Ce ne fut pas long. Redescendant, il déclara, fort soulagé :

— *C'est réglè... C'est Joseph !*

* * *

T. Déome, le lendemain matin, acta sur les registres communaux de l'État civil la naissance d'un Trignollard appelé : CULOT, Joseph, Antoine, Cyrille, Théophile.

Il ajouta : Gillain, parce que tout le monde, là-bas, s'appelle ainsi.

... Et, au bout, il mit encore : Aloys, pour faire plaisir au parrain qui avait répondu par un télégramme enthousiaste qu'il serait là le jour même pour le baptême.

---

1. Les prunes.

Le coureur arriva cinq minutes avant la cérémonie, par chemin de fer, fort propre, fort ému, encombré de cadeaux pour son filleul et pour tous les autres, et il ne repartit que le surlendemain, avec promesse de revenir quinze jours après, pour la grande fête de famille.

Stéphanie, extasiée, souriait à tous et à tout.

Après le départ du jeune homme, Toine confiait à T. Déome :

— *Dommâtche qui ça mwîn-ne*[2] *ène vie di fou. L'cœur su l'mwain, è honnéte, è bé causant, è né affrontè... Mais pouqwè qu'ça n'est né djardini, ou bé métcin ?*

* * *

Et Toine se remit à la besogne, avec méthode et ardeur. D'abord, il acheva, en deux journées, la mise au net de son affouage. Les bûches, bien rangées dans leur gabarit de pieux, et les fagots empilés n'attendirent plus que le bon vouloir du charretier.

Le gros en fut doublement heureux, car, à présent, il n'était vraiment content que dans les parages de sa maison, à portée de berceau, si l'on peut dire.

Sans désemparer, il aborda les travaux de son jardin, fort en retard cette année. Quel allant ! Quel cœur à l'ouvrage ! On vit un Toine paradoxal, un Toine qui sifflait en transpirant, et qui ne se plaignait pas de ses reins, et qui riait pour tout et rien, et qui trouvait que le métier de jardinier, eh bien ! tout compte fait, c'était un bel et bon métier !

T. Déome, qui contemplait le tableau d'un œil malicieux, conseillait au gros, sans rire :

— *À in certain âdge, y faut travayi pôsémint, pou l'cœúr.*

— *L'cœúr ? l'cœúr ?* ripostait l'autre non moins sérieux... *Pou qu'y route bé, l'cœúr, c'est l'travail qui l'y faut !*

Et il retournait des mottes grosses comme sa tête.

* * *

... Une fois, que T. Déome est encore là à contempler le labeur de Toine, celui-ci, sans s'arrêter de bêcher, et regardant la terre, demande d'un ton détaché :

2. Mène.

— *À propos,* (le fer de la bêche s'enfonce jusqu'à la douille) *à propos... à qwè c'qu'on n'n'est* (il soulève une motte) *aveù l'affaire* (la motte retournée, il prend la peine de la faire éclater d'un coup puissant) *aveù l'affaire dou maïeúr ?*

Et il attend la réponse sans s'arrêter de fouir.

T. Déome feint de tousser et répond avec une calme indifférence :

— *C'è-st-arrindgi.*

— *Ah !* fait tout de suite le gros. Et son mouvement se ralentit un tantet.

— *Titisse f'ra co chîx ans.*

— *Ah !* dit encore Toine, mais sur un ton un peu oppressé que l'on peut, à la rigueur, mettre sur le compte de l'essoufflement.

Puis il ajouta précipitamment :

— *L'est vî assè pou printe si pension, pourtant.*

Et il coupe un gros ver en deux, trois tronçons.

T. Déome y va d'une sentence de son cru :

— *C'est co les clôs rouyis les pus malaugis à disclawè* [3].

Une pause. Toine, enfin, s'arrête de bêcher. Les paumes appuyées sur le manche de son outil, le regard perdu au loin, vers le Tienne des Pernellis, il répète :

— *Y d'v'reùt pourtant comprinte qu'il est timps d'distèlè. On rit d'li. Y n'sait pus routè ni signi s'nom su les papîs. C'est d'l'ambition !*

— *Gnia nèlu* [4] *qui v'leùt l'remplacè*, objecte T. Déome.

— *Nèlu ?* s'étonne le gros Toine. *Y n'manque né des hommes capâpes, pourtant...*

— *Qui ça, capâpe ?* questionne T. Déome. *L'seúl qu'asteùt capâpe a r'fusè.*

— *Qui qu'a r'fusè ?*

— *Toine Culot !*

— *C't'à dire*, fait Toine vivement, *r'fusè... r'fusè... dj'ai d'mandè à rèflèchi ! À c'timps-là, dj'aveùs des tracas, è dji n'asteùs né bé, mais dji n'ai jamais r'culè d'vant l'devoir.*

T. Déome, impassible en apparence, exulte. Il tient le gros, comme un chevreuil dans une bricole. Tranquille, sans même regarder son prisonnier, il le laisse se débattre tout seul et resserrer le nœud. Et Toine répète :

— *Dj'aveùs d'mandè pou rèflèchi... C'est né r'fusè, ça ! Gnia ène nuwance, comme dit Mossieu Chaboteau. È ène grosse, co !*

---

3. Les clous rouillés sont les plus difficiles à déclouer.

4. Personne.

— *L'est toudis trop tôrd,* constate le gros. Et il formule cette vague consolation : *L'cô qui vé* [5], *p'tète...*

— *L'cô qui vé ? Ça fait chîx ans à rattinde,* observe Toine sans plaisir.

Et il reprend sa bêche, l'air pas content du tout. T. Déome continue de fumer sa pipe placidement et sourit d'aise.

Contemplant la cime d'un prunier, il lâche doucement :

— *Dommâtche quand mîn-me, ça aureùt bé fait dins l'tableau.*

— *Qwè ?*

— *Antoine Culot-Nys, horticulteur, pépiniérisse, membre de la Ligue des familles nombreuses, et bourgmesse de Trignolles.*

— *Falleùt m'laissi l'timps d'rèflèchi,* grogne Toine, très rouge, en arrachant rudement une longue et dure racine de pissenlit.

— *L'liste est faite,* tranche l'autre, d'un air désolé.

— *È bé mi, dji nomme ça ène gaffe, mi !* (Toine se baisse, ramasse un caillou et le lance, d'une force à tuer un chien, sur un tas de détritus)... *è ène grosse di gaffe !*

— *L'liste est faite !*

— *Ène gaffe ossi grosse qui vous !* (Second caillou. Toine grince : *Pourcellerie* [6] ! et le lance si loin que le caillou file dans le jardin du voisin.)

— *L'liste est faite !*

— *L'a stî faite pa des biesses... Dji n'sais né c'qui m'rasté* [7] *d'fai ène lisse « dèssidente ».*

— *Bonne idée, mais on n'peut né s'mette su deux listes !* objecte l'autre d'une voix suave.

Toine, à qui la colère engourdit l'entendement, plonge encore sa bêche dans la terre avant de saisir, et s'arrête, l'œil rond :

— *Qwè ?*

T. Déome le regarde dans le nez, durant au moins cinq secondes, éclate de rire, lui tourne le dos et, s'en allant, déclare, machiavélique :

— *T'è-st'à l'coupette* [8], *hé, del liste... gros neurasthénique !*

Toine, bouche bée, reste un moment immobile, regardant le gros drôle, qui s'éloigne et remplit le jardin de son rire en coups de gong, puis, brusquement, sans lâcher sa bêche, qu'il porte sur l'épaule, il

5. La fois prochaine.
6. Saleté.
7. Ce qui me retient.
8. Au sommet.

le suit, à vingt mètres, et retrouvant enfin ses esprits et sa voix, commence :

— *Oï... mais !... Oï... mais...*

T. Déome, sans se retourner, glousse entre deux coups de gong :

— *À l'coupette !*

*
* *

Et c'était vrai !

Voyant le gros bien revenu des zones brumeuses et mornes de la neurasthénie et de l'« angoraphibie », plein d'allant et d'actif optimisme, T. Déome n'avait plus hésité : il avait arrangé les affaires et vous avait hissé son Toine au sommet de la liste, en lieu et place du vieux maïeur, tout heureux d'affubler le gros ventre de l'autre d'une écharpe qui, depuis pas mal de temps, pesait lourd sur son maigre bassin de goutteux.

Toine, le jour où T. Déome vint ainsi lui révéler le beau tour, ne fit plus grand'chose de fameux jusqu'au soir. Lâchant ses sabots, il monta auprès de Hilda, presque rétablie et, bégayant d'émotion, lui expliqua. Elle écoutait, mi-étonnée, mi-souriante. Il répétait :

— *C'est quand mîn-me in drolle di tour qu'y m'djowe co là, l'gros chinard*[9]*. Dji n'm'y attindeùs né. Il aureùt dû m'préveni...*

Elle répondit :

— Bah ! il aura réfléchi pour vous. Ce qu'il fait n'est pas souvent mal fait.

Penché sur le berceau de son Joseph, qui dormait comme il buvait, c'est-à-dire en toute béatitude, Toine se laissait aller maintenant à de souriantes perspectives qui calmaient un peu son énervement. Et, pour finir, avec un soupir de fausse résignation, il concéda :

— *Enfin, dj'accepterai p'tète... Né pour mi... Mi, dji m'fous des honneùrs, mais on n'sait jamais ! Ça peut yesse utile pour l'avenir è l'avancemint d'nos p'tit Joseph.*

Joseph, sur ce propos courageux, marqué d'une pure abnégation, remua, s'étira, miaula. Et son père, pris d'un attendrissement admiratif, murmura :

— *On direùt vraimint qu'y comprind djà !*

---

9. Moqueur.

Joseph ne comprenait qu'une chose, c'est que son père, le gros Toine, avec ses histoires d'écharpe municipale, d'avenir et d'avancement, l'empêchait de dormir en paix.

* * *

Un monsieur que la candidature de Toine indisposa très fort, ce fut Monsieur Pestiaux-Ronvaux, droguiste, philosophe et inventeur. Devant cette liste dont ce n'était pas le moindre mérite, pourtant, de représenter toutes les professions, toutes les tendances politiques et même tous les clans familiaux du village, il ricana et fit des réflexions assurément pénétrantes, mais aussi très désobligeantes :

— Pélagie, disait-il, cette liste atteint le « summum » de l'insanité humaine. Voter pour ces gens-là, autant voter pour un troupeau de dindons conduit par un âne. Je les mets au défi de rédiger eux-mêmes le moindre prospectus électoral, ou de prendre la moindre décision qui s'inspire à la fois de l'intérêt communal, du bon sens et de l'esprit scientifique. Pas un homme intelligent, pas une seule compétence n'émerge de ce ramassis. Administré par de tels béotiens, un village doit sombrer inéluctablement dans la décadence et la ruine, vous entendez, Pélagie : I-né-luc-tâ-ble-ment !

— Que voulez-vous, Adhémar, minaudait Pélagie d'un air pénétré, à un village de bêtes gens, il faut des maîtres du même genre !

— La remarque est judicieuse et ne manque pas de piquant, approuvait Adhémar. C'est un axiome que les naturels d'ici atteignent une telle profondeur dans l'ineptie qu'ils en sont devenus incapables de remarquer l'intelligence quand il leur arrive de la coudoyer... Ainsi, tenez : hier, le vieux Chicagauche vient ici acheter des pastilles vermifuges pour son petit-fils. Au moment de payer, il dit effrontément :

— *Elles sont tchères... Vos divrez mette ène ètiquette su chaque pastille. Les viers crèvré ré qu'en veyant l'prix !*

— Croyez-vous donc que j'aie fait mes études au rabais, moi, Monsieur ? lui ai-je répondu.

Mais ce rustre voulait le dernier mot. Il a cligné de l'œil d'un air canaille et, sur le seuil de mon officine, il m'a servi, après avoir craché sur le trottoir :

— *Des ètudes ! Des ètudes ! On fait ça quand on n'est bon pou ré d'aute. È y faut'z'è fai des fameúses, d'ètudes, pou vinte dou chôcolat pou les viers, è des éponches pou les pias douces, è des sabots spéciâls pou les artias racrapotès*[10] !

J'ai feint de rire, par esprit commercial. Mais j'étais furieux d'une telle incompréhension. Je n'ai pas eu le temps, d'ailleurs, de protester contre les incongruités de ce malotru, car il a éclaté de rire et, du milieu de la route, il m'a encore lancé :

— *Des ètudes ! Qu'on m'y installe, mi, pa drî l'comptoir ! Aveù des lunettes è ène barbe di capucin, au bout d'huit djous, dj'aurai l'air ossi malin è ossi distinguè qu'vous au mitan d'vos bocâls, è dji vindrai mes pastilles au prix des bioques*[11] *d'hivier.*

Et il pouffait de rire en s'en allant, et il répétait :

— *Des ètudes ! Pou vinde dou fayé*[12] *chôcolat qui vos scrèpe*[13] *les boyas !*

Pélagie soupira et conclut :

— Seigneur, pardonnez-leur : ils ne savent pas ce qu'ils « fesont » !

Après un moment de méditation, Monsieur Pestiaux déclara :

— Écoutez, Pélagie... Selon toute vraisemblance, ce bélître de Toine Culot va devenir bourgmestre. Il se croit tout permis depuis qu'il est le beau-père de Tchouf-tchouf qui, soit dit en passant, me paraît faire fi de mes avances, d'ailleurs désintéressées, et de ma vieille expérience. Ajoutez que ce gros nigaud de Culot, inoffensif par lui-même, a du toupet quand il sent derrière lui l'illustre T. Déome, le roi des mal embouchés et des arrivistes... eh bien, Pélagie, vous me connaissez, vous savez que je partage ma vie entre la science et vous... pardon, entre vous et la science... et que je suis pacifique, comme tous les savants, mais, je le jure, la comédie dure depuis trop longtemps et, d'ici les prochaines élections, je lancerai aux trousses de tous ces intrigants plus d'un chien de ma chienne !

Monsieur Adhémar n'en dit pas plus pour ce jour-là. Les fermes décisions ne s'usent pas en verbiage.

Pélagie, elle, resta songeuse... Un chien de sa chienne !... Encore une expression distinguée que lui apprenait son savant époux. Décidément, le cerveau de cet homme contenait l'Univers.

* * *

10. Les orteils recroquevillés.
11. Prunes.
12. Mauvais.
13. Gratter.

Provisoirement, l'allégresse de Toine se moquait des menaçantes imprécations de l'apothicaire. Tout entier aux préparatifs de sa fête de famille, à ses labeurs horticoles et à la fièvre électorale, il traversait la vie avec une jubilation éclaboussante et une bienveillance qui prenait sa source au berceau de Joseph et s'élargissait, comme un rayon de soleil, sur les gens, les bêtes et toute la nature. Toine était devenu l'homme qui, par l'exemple, prêche la joie dans la confiance et l'hygiène par la joie.

La noce de Godelieve, bien sûr, ç'avait été une belle cérémonie, mais, malgré tout, un peu guindée par l'émotion. La fête des deux nouveau-nés, elle, ne connut pas l'ombre. Ce fut la fête à franc soleil, à frairie débridée. La maison était pleine à craquer. Un fort contingent de parents flamands avait encore fait le voyage du pays d'Alost à Trignolles, avec le bel Aloys, tellement heureux qu'il en était devenu grave.

L'impayable T. Déome, d'abord, se montra très digne. En face de Toine, il observait sur le visage du gros les effets progressifs de la bonne chère et des vins, puis du cognac, que Toine, rouge et fort loquace, buvait distraitement et sans mesure.

Quand il le vit à point, T. Déome embarqua le gros sur la question des élections. Toine s'agita et s'échauffa. Il but d'autant plus. Au sommet de l'enthousiasme, il se crut déjà maïeur et, debout, y alla d'un discours démagogique. Des bribes de phrases particulièrement éloquentes, sorties autrefois du gosier de l'illustre Goulvent, lui revinrent à la mémoire. Le pastiche était plus beau encore que l'original... Le gros Toine, l'œil révulsé, la bouche en passe-boules, une main sur le cœur et l'autre ramant dans le vide, clamait :

« Oui, Mesdames et Messieurs, c'est pour la bonne cause que nous sacrifions not'santé, not'tranquillité et not'repos, et nous ferons-t-un barrâche à la calomie mensongère avec nos femmes, nos enfants, not'pain quotidien, et du w'haut de ce barrâche, nous ferons claironner le tambour de la patrie, pour sonner l'alarme en rattendant la victoire ! »

On se tordait. Le docteur n'en pouvait plus. Le vieux Monsieur Chaboteau, près du curé, paraissait rajeuni. Et Toine l'interpellait, lui adressait des compliments débordants de gratitude :

« Si je cause si bien, Mesdames et Messieurs, c'est parsque j'ai fait toutes mes études chez Monsieur Chaboteau, un homme capâpe et fort modesse, qui en avait une bonne avec nous autes et que nous lui devons tous de l'estime pour le développement de not'intelligence et dont je bois à sa santé. »

Puis Toine porta un toast à son beau-père, le gros Cyriel qui, disait-il, était « le père des plus belles filles de la Flandre et core d'ailleurs et qui lui avait donné la plus belle de ses filles de qui il n'avait, lui, Toine, que du bien à dire, vu qu'elle était une ménagère avisante, une épouse... (il chercha un beau qualificatif, et il en trouva un, dans le fond de sa mémoire horticole) une épouse sélectionnée et une mère de famille comme on n'en fait plus ».

Le curé reçut sa part d'éloquence, et Toine lui servit « que tout le village le regretterait quand il serait mort ».

À quoi le curé répondit :

— Ça me fait plaisir, mais je ne suis pas pressé de vérifier.

Mais Toine ne l'entendit guère, car T. Déome, qui ruminait son coup depuis un moment, venait de glisser au gros :

— *Gnia pas à dire, mais t'as tout c'qu'y faut pou yesse mayeûr ! t'as in gros vînte, tu plais aux couméres, tu causes comme in avocat è t'as in bia tchapia buse...*

À ce dernier mot, Toine, mû par une brusque et drôle d'idée, interpella l'une des jumelles :

— *Toinette, allou m'qué m'tchapia-buse !*

La jeune fille alla tirer d'une armoire de l'étage la fameuse boîte de carton cylindrique, qu'elle déposa dans les mains de son père.

Toine ouvrit la boîte... T. Déome s'absorba gravement dans l'examen de la vrille d'un tire-bouchon... Et Toine se mit à bêler d'étonnement.

La chose qu'il venait de sortir de la boîte, au lieu d'un haut-de-forme rayonnant, c'était une lamentable ruine de chapeau, écrasée, cabossée, roussie par endroits, avec des hérissements de bête mal léchée et des plissements d'éventail dans le flanc ; une vraie pièce à conviction pour instruction judiciaire dans le crime de carnaval ou la bagarre mondaine.

Une clameur joyeuse enveloppa le gros. Debout, stupide, il retournait le couvre-chef et lisait et relisait ses initiales dorées A. C. collées sur le fond de la coiffe.

Phanie faisait ses yeux de poule arrêtée devant une ligne à la craie. Le Choumaque, lui, avait l'air du criminel que l'on met en présence de sa victime, et T. Déome, sérieux comme un pape, demandait :

— *Qwè c'qui c'est c'machin-là ?*

Toine, fatigué de contempler et de retourner le chapeau, essaya d'une dernière épreuve. Il se coiffa de la chose, pour en vérifier la pointure. On le trouva tellement drôle, il eut un tel succès qu'il garda fièrement sur sa tête cette coiffure d'épouvantail. Il remit à plus tard l'éclaircissement de ce nouveau mystère. Une fois encore, il y subodorait du T. Déome, mais l'euphorie bachique et demi-consciente dans laquelle il flottait ne lui inspirait qu'une joviale bienveillance.

Le Choumaque, lui, excédé de voir son fils étaler sous son nez cette forme pelue et roussie de son vieux remords, sortit sous prétexte qu'il lui fallait de l'air et il alla fumer sa pipe dans la gloriette, après s'être bien assuré que rien ne traînait sur le sol. Crachant avec délices, il fuma trois pipes et, là-dessus, alla se mettre au lit, jugeant que l'on finirait bien la fête sans lui.

Elle ne finit que bien tard. Le curé fut un des premiers à prendre congé. Avant de partir, il eut le temps de saisir la scène impayable d'un Toine, toujours coiffé de son galurin dévasté, qui donnait gravement à son gendre, le docteur, des conseils de puériculture. Toine disait :

— Ugenne, vous en ferez à vot'idée. Mais moi, n'est-ce pas, Ugenne, y m'sempe qu'y faudrait donner un fortifiant à vot'petit Camille. Vous comprenez bien : sept lifes, à l'âge de trois semaines, ça n'est pas un poids raisonnâpe... Quoi c'que vous pensez de l'huile de foie de morue, Ugenne ?

XI

ÉLECTIONS

Hommes, jusqu'au martyre acceptons le devoir,
Souffrons, aimons, soyons l'apôtre, soyons l'ange
Et ne demandons rien, pas même une louange.

V. HUGO.

Toine fut élu, malgré les manœuvres de Pestiaux. Pris de court, le savant n'avait pas eu le temps de semer sous les pas du gros les pièges de son arsenal, mais, tout de même, en dernière heure, il usa d'une perfidie que la morale électorale — on sait quelles marges elle se permet — ne pouvait guère excuser.

S'improvisant imprimeur, le droguiste, muni d'une boîte de caractères mobiles en caoutchouc, s'enferma dans son laboratoire et, patiemment, composa cet acide quatrain :

Donc, il veut être mayeur, le gros Toine Culot !
Non, mais, ce marchand de choux, il en a du culot !
À ce pansu qui ne porte pas chez lui la culotte,
Au lieu de l'écharpe, vous donnerez une calotte !

C'était signé : *Un électeur outré.*

Puis il découpa deux ou trois cents billets dans une rame de papier blanc et y alla de l'impression à l'encre sympathique.

La nuit qui précéda l'élection, sur le coup d'onze heures, il parcourut les rues principales du village, et, par petits paquets, sema ses billets à tous les vents.

Le lendemain, vers cinq heures et demie, T. Déome, déjà sur pied, en trouva un devant sa porte. Il en vit d'autres qui émaillaient la route. À l'emplâtre, il reconnut l'apothicaire... Il s'agissait de faire vite, et sans bruit. T. Déome réfléchit dix secondes... Pestiaux était muni du téléphone... Bon !

Courant chez son ami, le cabaretier Piroux, il le mit au fait. Une minute après, la sonnerie du téléphone réveillait en sursaut le savant droguiste qui, très fatigué, rêvait béatement aux effets électoraux de sa petite infamie.

— Allo ! disait dans l'écouteur une voix inconnue, ici le commandant de gendarmerie de V... Monsieur Pestiaux, une plainte nous est parvenue cette nuit, à votre charge. On vous accuse d'avoir rédigé et imprimé des papillons injurieux pour un candidat de Trignolles, et de les avoir semés durant la nuit dans les rues du village. Trois témoins affirment vous avoir vu. Nous sommes obligés d'aller perquisitionner chez vous au lever du soleil... Alors, amicalement, nous vous conseillons de courir tout de suite recueillir tous les papillons qui traînent dans les rues. C'est l'affaire d'une demi-heure... Quoi ?... Pas vous ?... Possible, mais on vous accuse formellement... Je vous donne ça comme un conseil d'ami, pour éviter de graves misères... L'affaire d'une demi-heure, en courant... Quoi ?... Oui, bien sûr, ça vaudra mieux, pour votre commerce et votre honorabilité... Oui, courez vite, Monsieur Pestiaux !

Affolé, le grand homme raccrocha le cornet en bégayant : « Merci, commandant ! »

Il l'était tellement, affolé, qu'il ne mit qu'une chaussette et enfila sa culotte par-dessus son pyjama de flanelle.

Pour Pélagie, qui ne comprenait goutte à ce branle-bas, il improvisa ce beau mensonge :

— On réclame mes services au bout du village, chez... chez Chôse, enfin ! Affaire urgente ! Je n'en ai que pour un instant.

Moins de dix minutes après, T. Déome et quelques amis, qu'il avait alertés, virent débouler au tournant de la route un Pestiaux-express. Courbé en deux, il galopait dans des sandales de sparterie dont l'une s'acharnait à lui lâcher le pied tous les trois pas. Comme un grand coq maigre poursuivant des moustiques, il courait à droite, à gauche, happait d'une main fébrile les petits rectangles blancs qu'il avait semés durant la nuit et qui jaspaient la route et les accotements. Cette gymnastique avait provoqué un débraillé cocasse dans l'accoutrement du savant. Le bas de son pantalon noir se trouvait dépassé par la flottante flanelle rose du pyjama. L'homme transpirait, et ses lunettes embuées le gênaient, au lieu de l'aider. Il les enleva, les tint en main et, toujours galopant, continua son « rallye paper » à l'aveuglette.

T. Déome et ses comparses, dans la maison du gros, qui avait légèrement entre-bâillé sa porte, n'en pouvaient plus.

Le plus beau, d'ailleurs, restait à venir. Quand T. Déome faisait une farce, il l'épuisait. Au bout d'un long fil blanc, il avait attaché un des billets de Pestiaux, puis l'avait déposé, bien en évidence, au mitan de la route. Celui-là, Pestiaux ne pouvait pas ne pas le voir. Quand le droguiste se baissa pour le cueillir, T. Déome, par l'entre-bâillement, tira vivement le fil et le papier suivit, filant sous le nez de l'autre, fort étonné de cet envol dans un air sans brise. Le papier s'arrêta. D'un bond il fut tout près, étendit la main... et le papier lui fila encore sous le nez.

Rageur, il allait s'élancer de nouveau... quand la porte de T. Déome s'ouvrit brusquement, toute large, et une voix formidable meugla :

— Beûh !

Monsieur Pestiaux, poussant un cri d'effroi, sauta en arrière, comme un bouquetin devant un ours. Il eut le temps de voir quatre ou cinq gaillards qui riaient à gorge déployée. Il s'enfuit à une telle vitesse qu'il lâcha sa pantoufle. Comme il se baissait pour la rattraper, une voix lui cria :

— *Attention, v'là les gendarmes !*

Ce mot sembla l'éperonner. Il se mit à courir à grands bonds de ses maigres guibolles. Une jambe du pyjama, à présent, lui flottait autour du pied, et, balayant le sol, soulevait des panaches de poussière. L'homme disparut, rentra chez lui, hagard, en nage, exténué. Pélagie l'interrogeait. Pour toute réponse, il respira de l'éther, fourra dans le poêle deux ou trois poignées des billets qui bourraient ses poches et, se précipitant sur le téléphone, débita d'une voix encore haletante :

— C'est vous, commandant ?... Ici, Monsieur Pestiaux-Ronvaux... Vous pouvez venir, commandant... J'ai ramassé tous les billets... tous... sauf quelques-uns. Mon imprimerie est en lieu sûr... Je l'ai cachée dans du linge sale... Merci, commandant, merci !... Ma gratitude, croyez-le... Comment ? Vous ne comprenez rien à mes ramages ?... Ah ! je devine. Discrétion professionnelle. Vous êtes censé ne rien savoir... Compris !... Entre gens intelligents, on se comprend toujours. Merci, commandant, et à tantôt !

Dans le petit bureau enfumé du district, le commandant, raccrochant le cornet, se tourna vers le planton et dit sur un ton pénétré :

— *Yinque di ces quat', faura fai v'ni les Fréres spécialisses pou mwîn-nè à Dave li droguisse di Trignolles.*

* * *

Monsieur Pestiaux en fut pour ses peines, ses petits papiers et sa typographie clandestine. Chacun vota sans tenir le moindre compte de l'opinion méprisante du savant à l'endroit de la tête de liste. Le soir, vers cinq heures, le dépouillement du scrutin révéla que la grande majorité des gens de Trignolles voulaient bien du gros Toine pour diriger les destinées du village. Une pluie de suffrages préférentiels, quarante-sept exactement, s'était abattue sur le nom de Culot Antoine. C'était là de l'ouvrage à T. Déome, et, pour une part considérable aussi, à Tchouf-tchouf, de qui l'entregent trépidant, mais charitable et dévoué, avait gagné les sympathies. Pestiaux même était pour quelque chose dans ce succès qu'il aurait voulu moins éclatant.

Ce soir-là, le gros Toine se montra à la fois fébrile et grave. Fort entouré, il trônait au milieu de l'estaminet Piroux. Les congratulations affluaient. Les plus démonstratifs des électeurs étaient vraisemblablement ceux qui n'avaient pas voté pour lui. Ces gaillards mettaient beaucoup de bonne volonté à exalter la victoire. Ils criaient à tue-tête : « *Vive el mayeur !* » et buvaient sans mesure sur le compte de Toine.

Car le gros, pris du vertige électoral, s'était emballé dans des générosités dont le total lui échappait... Et brusquement, dans le rideau trompeur de sa gloire, il y eut une déchirure. Derrière ce rideau de vaines fumées, Toine entrevit la glaciale addition de sa démagogie. Tous ces verres que l'on buvait à sa santé avec un empressement bruyant et souvent hypocrite, cela représentait pas mal de sueurs horticoles et d'ingéniosités ménagères. Toine-paysan eut tôt fait de réexpédier dans le chemin de la sagesse Toine-démagogue. Et les deux Toines s'y mirent pour trouver le geste et le mot qui convenaient à la situation.

D'un pas décidé, le maïeur s'approcha du comptoir, réclama à la grosse Charlotte Piroux la facture de ses largesses politiques... Pour cette seule et première journée, l'écharpe municipale coûtait au gros la somme de deux cent et trois francs !

L'air tranquille, mais le cœur naufragé, il nota le chiffre sur un bout de papier et dit à mi-voix à la Charlotte :

— *Bon... Dji passerai d'mwain pou réglè ça !*

Puis, tourné vers ses électeurs, il y alla de son discours inaugural.

Toine-démagogue dit :

— *L'djournée a stî belle. Dji vos r'mercie tertous. Vos plous comptè sur mi !*

Et Toine-paysan, Toine-père-de-famille-et-marchand-de-cornichons, Toine-terreux-d'Ardenne ajouta :

— *È à c't'heúre qu'on s'a bé amusé, dji vas m'mette à l'bèsogne, tout t'chûte... Bonsoir, les amis !*

Il serra des mains innombrables et prit congé avec un sourire déjà professionnel.

* * *

Mais à peine au grand air, le sourire s'effaça. Toine s'arrêta, hésita, se demandant de quel côté diriger ses pas.

Ce soir d'octobre, malgré tout, était triste. Un vent déjà froid balayait les premières feuilles mortes qui faisaient tourbillonner aux carrefours leur bruissante valse de parchemin froissé. Les sapins du presbytère gémissaient leur mélopée d'hiver, qui ressemble au bruit de l'eau s'abîmant dans un gouffre. Déjà, de l'océan des forêts, descendait une funèbre et houleuse complainte, continue comme un grondement de marée. Le cœur de Toine en éprouva un frisson. Complètement dessoûlé de sa gloriole, courbé, il se mit à ruminer comme aux plus vilains jours de sa neurasthénie, et à sonder la vanité de l'équipée. Il se surprit à grogner à haute voix :

— *Deux cint è trwès francs ! Qué scandale ! Ça in fait, des porias è des cabusettes ! È tout ça pou ène biestrie...*

Par un cheminement naturel, sa pensée retourna vers celui qu'il considérait, à présent, comme l'auteur premier de la nouvelle mésaventure... Oui, c'était encore ce gros vaurien de T. Déome qui avait monté ça. Toine, sans doute, était trop tranquille et trop heureux à son goût. Il n'était donc venu sur terre que pour tracasser les autres, ce gros patapouf enrageant ! Mais Toine, maïeur, allait devenir son chef. Il lui en ferait voir de grises !

Et brusquement, à cent mètres à peine de sa maison, le gros fit demi-tour. Il souriait sardoniquement et murmura :

— *Deux cint è trwès francs !... Dji li f'rai accroire qui dji n'ose li dire à m'coumére è qu'y deùt m'les prustè. Mais y peùt bé l'marquè su s'calepin... Y n'les raura qui dins l'aute monde, si on s'rencontre !*

Happé par l'engrenage infernal de la politique, Toine, malgré lui, entrait dans la peau du financier combinard et machiavélique. Avec une aisance tranquille, le gros endossait la veste cynique dont le drap s'appelle « honnêteté » et la doublure, « indemnité ».

Il repassa devant le café de la grosse Charlotte. On y criait fort. Toine s'arrêta, tendit l'oreille. Une discussion vive, mais confuse, mettait aux prises, devant le comptoir, quelques braillards aux trois quarts ivres. Et soudain, une voix qu'il reconnut, celle du petit Colas

Singlet, un de ceux qui s'étaient offert la plus large régalade aux dépens du gros, la voix de Colas Singlet éclata, dominant le tumulte comme un clairon dans une fanfare. Et Colas criait :

— *È mi, dji dis qui fai in mayeúr aveù Toine Culot, c'est l'mînme qui d'attèlè ène bourrique divant les tch'vaux, pasqui c'est s'laissi mwîn-nè po pus biesse di tout l'villâdge.*

Toine, assommé, attendit vainement une réplique vengeresse. Il n'entendit qu'un grand éclat de rire, à peu près collectif. Le gros se raidit, serra les poings et les dents, et se prépara à bondir... Le vent de la nuit d'octobre continuait ses balayages capricieux. Dans les volées de feuilles mortes, des chiffons de papier tourbillonnaient aussi. L'un d'eux vint se coller sur la poitrine du gros Toine, dans l'échancrure de son gilet. Machinal, il l'enleva et vit que c'était un billet plié en quatre. Il l'ouvrit et, s'approchant de la lumière que laminaient les contrevents ajourés, il lut la belle épigramme du droguiste. « ... *Marchand de choux... Pansu... Pas maître chez lui...* » Toine reçut le poème comme un coup de poing au cœur. Stupide, bouche bée, tremblant, il en oubliait l'endroit où il se trouvait. Ce fut encore la voix de Colas qui le secoua. Colas criait :

— *Dji n'conneùs qu'in homme intelligent à Trignolles, è c'est Mossieu Pestiaux !*

Et, avec l'obstination rabâcheuse des avinés, Colas répéta pour la vingtième fois :

— *L'aute, c'è-st-in chou-cabus, aveù in gros vinte !*

Pan ! Toine reçut encore le compliment dans son gros ventre, comme un pavé.

Il fourra le billet dans sa poche, recula de quelques pas, dans l'ombre, boutonna son veston, assura son chapeau sur sa tête, cambra la taille, croisa les bras, darda sur la porte du café un regard farouche et, soudain, ayant craché par terre, il brandit le poing et gronda :

— *Tas d'prop'à ré ! Les bourriques, ça s'ra vous-autes. È dji vos mwîn-nerai comme on mwîn-ne les bourriques... à côs di scorie* [1] !

Et, au long de la route qui le conduisait chez T. Déome, il répéta, au moins dix fois, avec une sombre énergie :

— *... Oï ! à côs d'trique è di scorie !*

* * *

1. Fouet.

T. Déome, occupé à savourer une omelette au jambon, vit entrer chez lui un Toine méconnaissable, un Toine raide, cramoisi, avec des yeux de dogue furieux.

Sans paraître s'en apercevoir, le gros farceur, désignant une chaise à son cousin, dit en un français minaudé :

— Asseyez-vous, Mossieu l'bourmesse. Je suis à vous dans un instant.

— *Gnia pus d'Mossieu l'bourmesse, T. Déome ! È y faut m'laissi tranquille aveù ça, hein ? Dji démissionne.*

— Ah ! fit l'autre, très calme, la bouche pleine et sans même lever les yeux de son assiette.

Il mastiqua sa bouchée, posément, l'avala, but un grand coup à son verre de bière et, enfin, remarqua :

— *Dèmissionnè ? Impossipe !*

— *Commint, impossipe ?*

— *Tu n'es né co nommè.*

— *Dji m'ritire dou bazar.*

— *Mwaiche* [2] *affaire pou l'bazar !* constata le gros, d'un air faussement désolé.

Mais Toine, dépliant le billet rimé, le posait devant l'autre. T. Déome y jeta un coup d'œil et fit simplement :

— *Tins ! L'grande biesse ni les a né ramassès tertous.*

— *Qui ça, l'grande biesse ?*

— *L'droguisse di Pestiaux... Y n'na fait des chîlées* [3] *di pareils è y les a semès comme des graines di pichoulit su toutes les voyes...*

Toine devint pâle.

— ... *Seulmint, il a galopè pou les rattrapè !*

Le « maïeur » ne comprenait pas grand'chose à cette histoire. T. Déome la lui expliqua avec un plaisir que l'autre, gagné par la drôlerie de l'aventure, partageait progressivement. Quand T. Déome en arriva au tableau de Pestiaux courant après les billets comme un vieux toutou après des papillons, Toine éclata de rire.

Le gros, qui l'observait du coin de l'œil, insinua :

— *Si tu dèmissionnes, on n'aura pus jamais des plaigis pareils !*

— *Dèmissionnè... dèmissionnè... dji dis ça comme ça*, rectifia tout de suite le gros. Et, profitant de ce que la femme de T. Déome, le souper terminé, sortait pour donner la glandée au cochon, il dit à

2. Mauvaise.
3. Ribambelles.

T. Déome, tout d'une traite, et sur un ton de confidence malheureuse :

— *C'qui m'tracasse, c'est l'tournée !*

— *Tournée ?* questionna l'autre.

Toine s'expliqua. Les deux cent et trois francs étaient là sur son estomac, indigestes, brûlants comme un gros remords. Tous ces beaux deniers-là, c'était déjà un malheur de les voir filer stupidement dans le gosier de goinfres intéressés qui se moquaient du cochon sitôt le boudin mangé, mais ce qui le tarabustait le plus lui, Toine, c'était de savoir comment il allait s'y prendre pour annoncer ça à Hilda, sa diligente ménagère, comptable attentive et même un peu liardante, qui soulignait fort souvent qu'un chou n'est pas un bifteck, et que les petits Joseph qui viennent au monde apportent dans leurs bagages beaucoup de joie, mais aussi des biberons vides.

T. Déome affectait un air indifférent. Aux explications fort tendancieuses de Toine, il opposa seulement :

— *C'est l'programme !... Les honneúrs, c'est coûteux...*

Sa femme étant sortie, il osa ajouter :

— *È pus, in maïeúr, ça n'deùt né awè peú*[4] *di s'coumére. Il a les lwès*[5] *è co l'champette pour li.*

Toine était bien de cet avis. Il l'affirma énergiquement, mais il dut avouer quand même qu'il ne savait comment s'y prendre pour le faire admettre par sa légitime épouse.

Et comme la femme de T. Déome, la cousine Mélie, rentrait, il en resta là de ses pourparlers d'emprunt consolidé.

Pour ne pas repasser devant le café de la Charlotte et pour garder intacte sa demi-sérénité, il fit un long détour.

Mais il avait une fameuse migraine et les deux cent et trois francs se remirent à lui labourer l'estomac. Le gros se reprit à grogner :

— *A côs di scorie ! È l'Pestiaux, dji li f'rai in procès qui l'dismoussera*[6] *jusqu'à s'déré sou !*

4. Peur.
5. Les lois.
6. Dépouillera.

XII

MOLONZEF

Roland est preux, mais Olivier est sage.

LA CHANSON DE ROLAND.

L'arrêté royal qui conférait au gros l'écharpe tricolore parut un peu après le nouvel an. Toine lut et relut le papier avec une émotion qui ne connaissait pas le blasement, et il sut bientôt le texte par cœur.

Les deux cent et trois francs de libations électorales, Toine les avait réglés par un moyen auquel il n'avait recouru qu'après de longues hésitations, et devant le constat décisif que T. Déome, sur ce chapitre, était d'une surdité bétonnée.

Toine s'était donc ouvert de son grand embarras à sa mân Phanie. Elle avait d'abord poussé les hauts cris et fait ses yeux chavirés, mais on ne transige pas, à la campagne, sur ces questions où il va d'un honneur aussi vieux que la famille. Et puis, sans qu'elle l'avouât, Phanie se disait que l'écharpe valait bien un gros et silencieux sacrifice. L'honneur, bien souvent, c'est la chemise propre de la vanité. La mère Phanie paya.

L'hiver fut assez doux et sans histoire. Le petit Joseph allait sur ses dix mois. Il était, naturellement, le joyau de la maison. Toine tirait de lui plus de fierté encore que de sa magistrature. Et il y avait de quoi. Ce boulot de Joseph devenait superbe. Il passait toutes ses journées, à présent, dans une haute chaise qui le hissait au niveau de la table. Là, il mangeait comme un grand, ou presque. Son œil précocement exercé distinguait d'emblée tout ce qui était comestible. Et pour désigner toutes les bonnes choses qui s'étalaient sur la table, il usait d'un vocabulaire peu varié, mais fort clair. Il disait :

— *Hââ-bloutt !*

Quand Joseph disait *Hââ-bloutt !* c'est qu'il voulait une croûte de pain. Le même *Hââ-bloutt !* accompagné d'un geste plus énergique, voulait dire : Pommes de terre.

Et allez-y ! *Hââ-bloutt !* pour la bière, le beurre, les pommes et les poires ! Joseph faisait même *Hââ-bloutt !* devant les cornichons et la moutarde. Il eût fait *Hââ-bloutt !* devant le jambon et même le cochon.

Inutile de dire qu'il « profitait ». Dans sa haute chaise à peine assez large pour lui, avec ses deux menottes grasses posées sur la tablette, sa tête rose couronnée d'un halo de soie blonde, il ressemblait à un gros moine prêcheur dans sa chaire de vérité. Cent fois par jour, Toine le contemplait, durant de longs moments, avec des yeux d'extase.

Quotidiennement aussi, le petit Camille, sur les bras de sa mère, venait présenter ses hommages à son oncle Joseph, plus jeune que lui de dix-sept jours. Mon oncle Joseph voyait chaque fois, avec grand plaisir, entrer son neveu Camille. Deux tempéraments bien différents, pourtant. Joseph pesait le double de Camille. Du haut de sa chaise, Joseph posait sur Camille un regard sérieux et attendri, presque protecteur. Camille, lui, contemplait son oncle d'un air fort amusé. Parfois, Hilda, ouvrant une boîte de biscuits, en offrait un à son fils et un à son petit-fils. L'oncle Joseph criait triomphalement : *Hââ-bloutt !* et, d'un coup, se fourrait la moitié du biscuit dans le gosier. Le neveu Camille, beaucoup moins porté sur le bec, grignotait le bout de son biscuit et, brusquement, avant toute prévision des témoins, il criait son mot à lui, qui était *Hââ pouff !* et, pan ! il vous lançait le biscuit dans le nez de son oncle Joseph.

Puis il se trémoussait, joyeux, sur les bras de Godelieve, dansant comme un jeune singe et criant des *Hââ pouff !* à n'en plus finir.

Joseph, lui, d'abord interloqué, se frottait gravement le nez puis, se penchant, montrait du doigt le biscuit de Camille sur le pavement. Puis il disait *Hââ-bloutt !* et mangeait les deux biscuits.

Toine, un peu tendancieux dans ses appréciations, déduisit de *Hââ-bloutt !* et de *Hââ pouff !* cette conclusion conciliante :

— *Dji n'dis né qui l'Camille ni s'ra né pus « subtil » mais l'Joseph s'ra pus rèflèchi.*

* * *

Un matin, Godelieve, son Camille sur les bras, arriva chez sa mère avec un sourire amusé.

D'abord, suivant le protocole familial, fort attendrissant, elle fit embrasser le « mononque Joseph » par le neveu Camille.

Puis, toujours souriante, elle posa le petit Camille par terre et il se mit à trotter, tout seul, riant lui-même de la bonne farce.

... De son juchoir qu'il croyait de bonne foi l'habitacle éternel des bébés, mon oncle Joseph contemplait la scène, avec des yeux aussi ronds et aussi larges que la montre de son père. Il regardait la tête et plus encore les pieds de l'autre qui trottinait toujours, ivre de joie, comme un caniche libéré de la laisse. Hilda, Godelieve et les trois sœurs riaient. Toine, lui, n'en revenait pas.

Camille tomba, mais se releva aussitôt. À peine le gaillard debout, on le vit se précipiter vers la chaise de son gros oncle toujours engoncé dans sa cage. À deux mains, il saisit les pieds de la chaise, un meuble vénérable qui avait déjà servi à élever les filles de Toine, et il se mit à la secouer, à la secouer que les bajoues du gros en eurent un tremblotement de gelée de groseille. Et secouant la chaise, le jeune Camille criait *Hââ pouff !* avec un drôle de petit air qui voulait dire :

— Hé, mon oncle ! descends donc de ton perchoir et viens un peu essayer tes grosses guibolles. C'est bien plus gai que de se faire du lard dans un fauteuil percé. *Hââ pouff !* gros...

Mais l'autre, bouleversé par l'émotion, peut-être par l'envie, et par le tremblement de son échafaudage, se mit à hurler. Et pour bien prouver que sa peine était profonde et d'espèce nouvelle, il changea brusquement son cri et, lui aussi, pleurant, se mit à crier :

— *Hââ pouff !*

Les femmes le consolèrent, et quand le gros Joseph eut retrouvé sa tranquille indifférence, Toine, tourné vers Godelieve, lui dit avec le plus grand sérieux :

— *Y m'chone toudis qui pou in métcin, vos n'homme n'y wéte né d'fôrt près... c't'èfant-là route trop râte, ses ochats* [1] *n'sont né co assè formès...*

Et comme Godelieve protestait, Toine, presque fâché, accentua :

— *Dji sais bé c'qui dji dis. Après tout, vos Ugenne n'est né spécialisse pou les èfants, è mi dji n'nai alèvè toute ène binde ! Y faut li dire di m'pôrt qui les ochats d'à Camille sont co trop tinres* [2] *pou ces djeux-là et qu'il aura des crompès djampes* [3] *comme les tchés bassets...*

* * *

1. Ses os.
2. Tendres.
3. Des jambes tortes.

On fit chez Toine l'achat d'un « parc ». Dans cette cage de bois que l'on pose par terre, on installe les bébés qui ne marchent pas encore, mais surtout ceux qui marchent déjà.

Camille marchait depuis quinze semaines. Le gros Joseph ne s'y était pas encore décidé...

— *Gnia ré qui presse*, disait Toine, diplomatiquement.

Souvent, l'après-midi, Godelieve amenait son Camille chez sa maman Hilda. On portait le parc dans l'herbe du verger, au bout du jardin. Et là, dans l'ombre ronde d'un pommier, on encageait les deux gaillards au milieu des pâquerettes et des cardamines, sous la surveillance, assez distraite, du père Toine, occupé à biner ou à butter dans les parages.

Le tableau était charmant. Dans leur cage, avec leurs petites cottes de reps blanc, les deux bébés avaient l'air de deux poussins, l'un d'espèce blonde, l'autre noiraud, sortis de gros œufs de Pâques. Les abeilles bourdonnaient autour d'eux, familières et inoffensives. Des mésanges minuscules venaient jouer les acrobates dans le pommier et, parfois, un papillon se posait, petite chose de gaze safranée, sur le bord du parc.

Les deux compères, d'abord, se tenaient bien sages, Camille debout dans son coin et Joseph assis en face, sur une vieille couverture pliée en quatre.

Puis ils commençaient à converser en un langage connu d'eux seuls.

Joseph avisait une pâquerette, tendait la main pour la cueillir, chavirait, restait sur le flanc, le nez dans l'herbe, immobile et angoissé.

Camille s'approchait, contemplait l'autre un moment et, le plus souvent, l'empoignant par les cheveux et par l'oreille, le relevait.

Puis, serviable, il cueillait, non seulement la pâquerette convoitée, mais toute une poignée d'herbe avec. Suivant son habitude, il lançait la récolte dans le nez de son oncle en criant *Hââ pouff !* et se trémoussant de joie.

L'oncle, verdoyant et fleuri, cherchait placidement la fleurette dans ses cheveux. Le plus souvent, c'était encore Camille qui devait la lui dénicher.

* * *

Une fois, Joseph aperçoit à deux pas de son parc une belle primevère. Un moment ému par sa découverte, il se tait, puis se met à jargonner en son patois des Îles d'Enfance, faisant force gestes que l'autre comprend tout de suite.

Jamais, on ne saura au juste comment ce marmouset de Camille réussit son tour, mais il sortit de la cage. Toine, plus tard, prétendit que le « Gugusse », comme il l'appelait, s'était fait un escabeau de la tendre musculature de son oncle. Hypothèse plausible, étant donné la hauteur de la cage et le tempérament du « Gugusse ».

Pour expliquer la suite, Toine en fut encore réduit aux conjectures, comme disent les faits-divers. La plus raisonnable, c'est que Joseph, sollicité par son neveu, y alla aussi de sa petite tentative d'évasion et que l'autre, constatant l'impossibilité d'une ascension, souleva ce que Toine appelait « *l'gaïole* ».

Toine, en tout cas, trouva son fils unique à plat ventre avec la base de la « gaïole » sur le cou. Joseph, dans cette position de guillotiné, poussait tous les hurlements qu'il pouvait et travaillait mollement de ses grosses jambes. Sa figure était plus rouge qu'une pivoine, et ses yeux dilatés exprimaient une vaste terreur.

Son père le délivra, le cajola et, un peu plus tard, ayant raconté l'affaire à Godelieve, émit cette sentence :

— *M'fiye, ça n'peùt né durè comme ça... Y mè l'distrûra !*

Puis il ajouta :

— *Dji vos souwaite bonne tchance, mais vos n'avou né co tout vu aveù c'diâle-là !*

* * *

Joseph marcha à l'âge de dix-sept mois. Ces premiers pas de son Joseph ravirent le gros Toine et le soulagèrent plus encore. Jamais il ne l'aurait confié à personne, mais il s'était demandé avec anxiété, durant tout un temps, si ces jambes-là n'étaient pas trop mollasses pour les prestations qu'il en attendait.

* * *

Et le langage des deux gaillards, oncle et neveu, sortit aussi du rudiment. Le vocabulaire s'enrichit, se précisa, et la phrase, d'une syntaxe encore fort personnelle, offrit, du moins pour l'entourage, une physionomie assez traduisible.

On s'y reprit à plusieurs fois pour dresser le petit Camille à articuler : Mon oncle Joseph.

Tous les membres de la famille s'y mirent pour seriner : Dites bien « mon-nonk-Jo-seph ». Lui, regardant les lèvres des moniteurs, restait grave, muet. Puis, soudain, avec ce joyeux trémoussement qui lui était particulier, secouant ses bouclettes d'astrakan, il lançait, bref et sec comme un pétard :

— Molonzef !

L'autre, flatté, répondait sur un ton débonnaire :

— Tamèl !

XIII
BOHÈME

Toute politique est mauvaise qui ne s'inspire pas de la bonté.

Sir NEVILLE CHAMBERLAIN,
Homme d'État britannique.

Rapidement, Toine était devenu un maïeur bien au courant de son métier, c'est-à-dire qu'il commençait à voir à peu près clair dans les paperasses que T. Déome soumettait à sa signature. Au début, il signait sans y rien comprendre, mais d'un air fort entendu. Puis, il y regarda d'un peu plus près et même, parfois, lut jusqu'au bout. Son écharpe avait à peine un an qu'il se mit à ergoter, de temps à autre, sur tel ou tel détail, histoire de prouver à T. Déome que l'on s'y connaissait tout autant que lui et que, si l'on voulait se montrer difficile, mon Dieu, il ne faudrait pas chercher bien loin l'affaire.

Sans rire, T. Déome répondait :

— *Bien, Mossieu l'bourmesse !*

... Et continuait de n'en faire qu'à sa tête.

En tout cas, ça n'allait pas mal ainsi. Toine présidait des assemblées du conseil dont les débats tout pacifiques se concluaient par de réconfortantes unanimités, consignées dans des procès-verbaux que T. Déome aurait pu rédiger d'avance, tant ils se ressemblaient tous. Toine mariait les gens valablement, délivrait des extraits d'acte de naissance en due forme et des certificats de bonnes vie et mœurs à qui le demandait. Il assistait avec dignité à tous les enterrements, jusqu'à l'offrande incluse et se rendait dans tous les endroits où sa présence pouvait compter pour courtoisie ou bienveillance. Avec le curé, il entretenait des rapports amicaux et tenait en haute estime le successeur de Monsieur Chaboteau, un jeune instituteur très bien stylé, de qui les élèves se découvraient sur le passage du gros avec un respectueux *« Bôdjou Mon-sieur l'bourmésse ! »* auquel Toine répondait par « Bonjour, mon ami ! » Le plus souvent, il ajoutait un compliment :

— À la bonne heure ! C'est beau d'être bien « honnéte » comme ça... Continuez.

Sanglé dans son écharpe, Toine avait présidé la dernière distribution des prix. In petto, il s'était promis de prononcer un petit discours à la prochaine cérémonie du même genre.

Il n'avait qu'à se louer de son garde champêtre, Emmanuel Lalouette, ancien combattant, décoré comme pas un, éleveur de lapins russes et de canaris, magnifique gaillard haut et solide comme un bahut de chêne, moustachu, sentimental et hiérarchique, et, par-dessus tout, loustic à rendre des points à T. Déome, son grand ami. Emmanuel, pour les gens du pays, c'était Manu. Appartenant à l'espèce pince-sans-rire, Manu racontait, avec un sérieux papal, d'irrésistibles énormités. Il était seul à ne pas paraître comprendre ce qu'il disait...

* * *

Ce dimanche-là — on était en juin — le coureur Aloys Verluysen, qui « fréquentait » Stéphanie depuis bientôt deux ans, était accouru de Flandre pour faire aux parents de sa dulcinée une ferme demande en mariage. La navette, trop intermittente à son gré, qu'il devait s'imposer, l'impatientait, et il soupirait vers une solution. Seulement, son futur beau-père, s'il ne se montrait pas nettement réfractaire à cet harmonieux couronnement de la flamme du bel Aloys, tergiversait, traînait les choses en longueur, atermoyait. Le motif ? On a beau dire, Toine avait accordé sa permission paternelle lors de la naissance de Joseph, soit, et il ne le niait pas. On n'a qu'une parole, bien sûr, mais, tout de même, plus il y pensait, et plus le gros trouvait que cette « amanchure-là », comme il disait, c'était une « drôle d'amanchure ». Et il remâchait : « *Coureux cyclisse, ça n'est né tout l'mînme ça in mesti pou in homme... Y faut yesse à mitan fou pou fai ça !* » Et secrètement, il continuait d'espérer et de souhaiter l'incident qui mettrait fin aux exploits sportifs du bel Aloys et lui rendrait la raison, et le ferait rentrer dans le rang des gendres normaux, à profession régulière, sans éclat ni tapage, mais de rapport sûr et quotidien.

Et, souvent, le gros posait à Stéphanie cette question à laquelle la bonne fille répondait avec une assurance croissante :

— *M'fiye, est-ce qui vos avou bé rèflèchi ?*

Rien à faire, Stéphanie épouserait le jeune homme à pédales ou elle mourrait. Toine s'en rendait compte et il n'insistait plus, ce qui ne l'empêchait pas de ronchonner, souvent, de façon intelligible pour les bons entendeurs :

— *Les djônes fiyes d'à c't'heúre, c'est co pus lourd qui des berwettes* [1] *è co pus tiestu qu'des bourriques.*

Et il ajoutait, à voix beaucoup moins nette :

— *Gnaveùt djà assè d'Flaminds dins l'famille, pourtant...*

* * *

Le bel Aloys venait donc d'arriver, à bicyclette, avec son sourire de gavroche, ses belles espérances, de jolis cadeaux dans sa musette et le ferme propos de ne rentrer chez lui qu'après avoir fixé la date de son mariage.

Pour bien disposer le gros, il lui offrit un fume-cigares monumental. C'était une pièce magnifique, écume et ambre, recourbée comme une pipe, avec un cheval qui galopait sur le tuyau. Fort touché, Toine remercia avec effusion, mais se dit quand même que l'on n'aurait pas encore sa décision avec des fume-cigares.

Mais, de son côté, Aloys, encouragé par toutes les femmes, s'était promis de jouer serré. Prenant son courage à deux mains, il y alla d'un beau discours, qu'il débita sans bafouiller devant un Toine assez hermétique, et qui fumait un gros cigare dans l'ustensile d'écume. Il parlait bien, Aloys. Hilda et les autres l'animaient du regard. Ses projets, d'ailleurs, devenaient raisonnables. Il avait réfléchi. Il allait donc, puisque tel était le vouloir de Toine, abandonner le métier de coureur et, avec l'appréciable capital qu'il avait gagné à rouler, monter un garage en bordure du village de Trignolles, avec un atelier de réparations et un magasin. Il planterait ça tout contre la frontière, sur la grand'route qui conduisait en France. Mécano, marchand de vélos, louageur, bricoleur, il lâcherait ce fichu métier qui faisait le tourment de tous les siens, et qui retardait depuis trop longtemps l'accomplissement de ses plus chers projets.

Séduit par l'élégance pratique de la solution, Toine approuva :

— *Comme ça on peùt causè.*

Aloys rougit de bonheur, tourna un regard heureux vers Stéphanie, et continua :

— Je ne ferai plus qu'une course, une seule, et c'est parce que

1. Brouette.

mon engagement est signé depuis longtemps, mais c'est la toute dernière.

— Laquelle ? interrogea le gros.

Aloys hésita un peu, baissa les yeux et murmura d'une voix à peine perceptible :

— Le Tour de France...

Ensemble, les femmes poussèrent un « Oh ! » de stupeur. Toine resta muet d'ébahissement.

— ... Pour gagner la petite maison qu'il faudra construire près du garage, murmura Aloys.

— Le Tour de France ! souffla Toine. Et il faillit laisser choir de ses dents le beau fume-cigares.

Rattrapant son patois, il fit encore :

— *Il è-st-aradgi... Y f'ra l'tour dou monde divant d'yesse calmè !*

Aloys avait retrouvé un peu d'assurance et expliquait... Il n'avait pu échapper à l'engagement. Les instances étaient trop vives, et les conditions trop belles. De toute façon, il serait somptueusement payé de l'aventure. Mais il le jurait sur le guidon de son vélo et sur la tête du petit Joseph : C'était la dernière, la suprême course.

* * *

Toine allait encore répondre. Mais, à ce moment, le garde champêtre Manu entra. Il salua, la main au képi, et fit son rapport :

Des Tziganes, toute une tribu qui débordait de sept roulottes, rôdaient dans le pays. Pour le moment, cela campait dans le village voisin, à cinq kilomètres de Trignolles. Il y avait des chances de voir arriver bientôt les indésirables nomades dans la commune, car la loi leur interdisait de séjourner durant plus de vingt-quatre heures dans le même endroit. Alors, il venait, lui, Manu, prévenir le maïeur à toutes fins utiles, car ces Bohémiens, comme tous leurs congénères, avaient l'instinct pillard, et le village voisin s'était vu, en quelques heures, proprement razzié. Des mesures de précaution s'imposaient...

Toine était bien d'accord sur le principe. Mais quelles précautions prendre ?

— Prévenir les gens, opina Manu, qu'ils doivent surveiller leurs biens, et surtout prévenir les nomades qu'ils ont à se bien tenir, faute de quoi il leur en cuira !

Manu fut interrompu par un brouhaha et une sonnaillerie qui

venaient de la route. L'une des jeunes filles, jetant un coup d'œil par la fenêtre, s'exclama :

— *Les v'là !*

Toute la famille se précipita sur le seuil de la porte. Les sept roulottes allaient passer.

Le beau cortège ! Des haridelles, harnachées de cuirs recousus qui frottaient sur des plaies saigneuses, traînaient de vastes caisses bariolées, sur des roues aux bandages usés. Des sonnettes de cuivre tintinnabulaient au cou pelé des bêtes. À chaque caillou rencontré sur la route, les carcasses de planches gémissaient et, avançant, cahotaient avec le roulis du canard en marche. Cela tenait bon quand même. Personne, d'ailleurs, sauf une ou deux vieilles, n'était resté dans les roulottes. La tribu entière cheminait à pied, en un mélange de couleurs aussi hurlantes, sur cette route grise d'Ardenne, serrée entre ses maisons de vieux grès, qu'un carnaval de misère. Tous, hommes et femmes, jeunes et vieux, offraient le même teint d'huile sale, les mêmes tignasses de crin noir, les mêmes yeux mobiles de bêtes pillardes toujours à l'affût de la proie. Les hommes ne portaient sur le dos que des loques banales, celles que l'on voit à tous les chemineaux, mais les femmes balayaient la route de vastes jupes d'indienne à ramages criards. Un serre-tête rouge ou vert, fort graisseux, était noué dans leur nuque, et de grands anneaux de métal jaune ou blanc brimbalaient sur leurs joues. Plusieurs d'entre elles fumaient, criaillant sur leurs gosses qui trottaient pieds nus d'une roulotte à l'autre, parmi des chèvres qui boitaient de lassitude et une demi-douzaine de chiens de toutes races, efflanqués et de gueule hargneuse. Eux aussi avaient le regard inquiétant de leurs maîtres.

Toine dit un mot à Manu, et celui-ci, avec un geste d'arrêt, s'avança vers la caravane qui s'immobilisa.

— Le chef, s'il vous plaît ? demanda sèchement Manu.

Un petit vieux, avec une peau ridée et caoutchouteuse comme celle que l'on voit dans la paume des singes, se planta devant le garde, et, sans un mot, se désigna de l'index.

Correctement, Manu joignit les talons, fit le salut militaire et s'enquit :

— Avez-vous l'intention de vous arrêter dans le village ?

D'un signe de tête, le vieux fit « oui ».

— Bon, continua Manu tirant sa montre. Dans ce cas, vous connaissez le règlement. Il est dix-sept heures. Demain, à la même heure, vous devrez décamper.

Le vieux, toujours muet, considéra Manu d'un regard où l'on ne pouvait lire qu'une tranquille indifférence, à peine une pointe d'effronterie. Comme il ne bougeait pas, Manu reprit :

— Ordre de Monsieur le bourgmestre !

Et, se retournant, il désigna de la main Toine, très digne devant sa maison, au milieu, lui aussi, de toute sa tribu. C'était le même tableau, d'ailleurs, devant chaque maison. Tout le village était à l'air.

Le vieux, et tous les siens, contemplèrent avec attention le groupe du maïeur. Toine, boutonnant son veston, se redressa et prit un air olympien.

Sans prononcer un mot, le tzigane joignit le bout de ses mains, arrondit les bras devant son ventre et fit une simple mimique qui signifiait clairement :

— Le bourgmestre, c'est cet énorme individu ?

Toine rougit, fort vexé.

Manu, lui, rétorqua sévèrement au romanichel :

— Oui, « Monsieur » !

Alors, l'autre, croisant les bras, contempla longuement, d'un regard audacieux qui détaillait et défiait, le gros que la colère gagnait. Puis il eut un ricanement méprisant qui découvrit de vieux chicots pourris de tabac, cracha par terre et, enfin, haussant les épaules, dit deux mots dans son jargon.

Toute la tribu éclata de rire en regardant le gros. Les chiens se mirent à aboyer. Quelques chèvres béguetèrent d'émoi, et le petit Joseph, sur les bras de sa sœur Antoinette, eut un sursaut de peur. Le petit Camille, lui, cramponné à la main de sa maman Godelieve, voulait aller voir de plus près.

Beaucoup de villageois, qui avaient vu la scène, se laissèrent prendre par le comique du tableau. Toine se rendit compte que ses administrés se payaient sa tête. Or, Toine concevait très bien qu'un village s'amusât, mais pas aux dépens de son maïeur.

Furieux pour de bon, roulant des yeux terribles, il cria :

— Circulez !

Cette fois, les Tziganes se tordirent vraiment, si bien que les chiens se mirent à montrer les crocs et que Manu lui-même, qui avait pourtant fait la guerre, recula de deux pas. Cependant, il ne perdit pas son sang-froid et, soulignant l'injonction d'un geste sec, il cria :

— En avant !

Sans se presser, les nomades se remirent en route. Mais, défilant devant le maïeur, chacun d'eux le nargua. Et comme les derniers allaient passer, une des femmes, jeune encore et plus effrontée que les autres, se campa en face du gros, les poings sur la hanche, lui tira la langue, lui fit un pied de nez. Dix pas plus loin, encouragée par le succès de ses grimaces, elle se retourna et envoya au maïeur de Trignolles un large baiser.

* * *

Les Tziganes établirent leur camp à la sortie du village, au pied du Tienne des Spinettes. Ils n'y étaient pas d'une heure que le censier du Hierdy arrivait, fou de colère, chez Toine : les nomades avaient lâché dans ses prés leurs huit chevaux qui pâturaient comme chez eux. Un chien lui avait étranglé une poule qui cuisait déjà dans la marmite de la tribu. Et l'une des femmes, protégée par les mâles armés de gourdins, trayait les meilleures vaches du censier.

— *Qwè c'qui dji f'reùs co à ça, mi ?* gémit Toine levant les yeux au ciel.

— *L'z'eux foute des procès !* cria le censier.

— *Procès !* ironisa le gros. *Qui c'qui les payera ? Ça n'est né ça qui f'ra r'vèni vos pouyes è vos lacia...* [2]

Le censier hurla, féroce :

— *D'abôrd, qu'on l'z'eux foute des côs d'fusique !*

... Mais le beau Varisse du Pichoulit, le boucher, conseiller communal, entrait à son tour. Deux des bohémiennes étaient venues dans sa boucherie et avaient acheté pour trois francs de fressure. Les deux créatures à peine sorties, il avait constaté que près d'un mètre de saucisse avait disparu de son étal...

Toine allait répondre par une nouvelle déclaration d'impuissance, quand la porte s'ouvrit encore. Le vieux Ferdinand Pondrome, surnommé « l'Singlè », sourd comme un pot, entra et, sans saluer, se dirigea droit sur Toine. Sans autre préambule, il dit dans le nez du gros :

— *Les baraquis m'ont volè des porias dins m'courtil.*

Pour s'en faire quitte au plus vite, Toine lui cria dans l'oreille :

— *L'commune vos les payera !*

— *Oï*, dit l'autre comprenant de travers, *vingt-deux bias porias.*

Toine vit bien qu'il ne se dépêtrerait pas facilement de son Singlè.

— *On vos les rindra !* cria-t-il à bout portant.

Cette fois, le vieux saisit et sourit de contentement.

— *Ah ! bonne idée, bonne idée... C'est bé, ça !*

---

2. Lait.

Et s'asseyant, il ajouta :

— *Dji va les rattinde, d'abôrd.*

Toine, chez qui cette promesse de rendre les poireaux n'était qu'électorale, déboutonna son gilet. Il étouffait de colère et de désespoir.

Et le censier et le boucher ne semblaient pas vouloir démarrer non plus. Du maïeur, ils avaient fait un juge, et ils attendaient de lui la décision ferme et nette qui les dédommagerait. À la fin, Toine déclara :

— *Dji veùx bé donnè des porias à c'vî tiestu-là, mais dji n'ai pôs d'saucisse dins m'courtil è pôs d'vatches dissus m'guerni* [3].

Le beau Varisse, s'adressant au censier, remarqua sans aménité :

— *Aveù tout ça...*

... Mais des lamentations éclataient dans son dos, en même temps qu'entrait dans la pièce une terrible odeur musquée. Mardjo Préat, surnommée Mardjo du boucard (parce que, par tradition dynastique, elle nourrissait le bouc municipal), Mardjo était là, les mains jointes, les yeux au ciel, le visage ruisselant, et toute secouée de sanglots. Elle aussi était sourde, mais plus encore que le Singlè, c'est-à-dire abominablement.

Mardjo prit les deux mains de Toine, les lui étreignit avec émotion, le considéra longuement d'un regard abîmé de douleur, et, enfin, gémit :

— *M'pauf' Fifi !*

Toine, lui, à demi asphyxié et les mains emprisonnées par les pattes poisseuses de la vieille, roulait des yeux de naufragé.

Là-dessus, T. Déome arriva.

— *M'pauf' Fifi ! M'pauf' èfant ! Y m'l'ont enlevè !* répéta la vieille dans un cri émouvant. Et, pâmée de désespoir, les jambes fauchées, elle tomba assise... sur les genoux du Singlè qui, ne comprenant goutte à la scène, ouvrit une grande bouche, roula des yeux stupéfaits et, l'air pas content et même scandalisé, se mit à s'agiter si fort que la vieille, comme si elle se fût assise sur de la braise, sursauta et se replanta en une seconde. Tout le monde, même Toine, se tenait les côtes et le petit Camille criait « Hââ pouff ! ».

À présent, les deux sourds, nez à nez, se regardaient furieux. Il paraît qu'ils ne s'étaient jamais beaucoup aimés. L'occasion était belle pour se le prouver une fois de plus. D'une voix creuse, le Singlè articula :

— *Viye man-nette gatte !* [4]

---

3. Grenier.

4. Vieille sale chèvre. (Injure courante et sans gravité.)

— *Qwè c'qu'y dit ?* demanda l'autre.

— *Hein ?* reprit le Singlè.

— *Tu n'aureùs né pu dire qui t'asteùs là ?* recommença Mardjo.

— *Oï, c'est pou mes porias, è pus après ?* répliqua le Singlè.

Que comprit-elle ? Mystère ! Mais elle se fâcha toute rouge et, regardant le vieux dans les yeux, elle se tapota le front du bout de l'index en une mimique aussi claire que méchante.

Calme, ricanant, le Singlè éleva aussi l'index, et le pouce avec, puis, en un geste de dégoût, se boucha le nez.

Cela pouvait durer longtemps ainsi. Heureusement, Aloys revint du jardin, avec une grosse botte de poireaux enveloppée dans un journal. Il la déposa dans les bras du vieux qui soupesa les légumes, les déballa, répandit de la terre plein le parquet, les palpa, les flaira et, finalement, émit :

— *Les mennes asté pus gros.*

Toine poussa un « Oh ! » désespéré.

Mardjo du boucard, elle, conseillait :

— *Qu'on l'foute à l'huche aveù ses porias. Gnia ré qui sint pus mwais qu'ça !*

Puis elle se reprit à geindre.

Le vieux, enfin, se décidant à partir, répéta :

— *Merci quand mînme, mais les mennes asté pus gros.*

Et, rien qu'à la façon dont le Singlè cala sa botte de poireaux sous son bras, Toine comprit qu'il venait de perdre une voix électorale.

*
* *

Restaient l'homme aux vaches, l'homme aux saucisses et la maman de Fifi.

T. Déome qui, jusqu'alors, s'était follement amusé, intervint. Il prit un bout de papier, un crayon et un air grave. Après quoi, il dit :

— *On va fai in inventaire des vols, è on l'avouyera... en haut lieu.*

Il nota les plaintes, tandis que les autres regardaient d'un air pénétré sa grosse main qui écrivait. Quand il eut fini, il lut à haute voix mais en modifiant dans la lecture le texte écrit, ce beau chapitre, orné d'un style et d'une orthographe sciemment fantaisistes :

I. *Gustin du Hierdy* : Chevaux dans ses herbes. Une poule foutue. Ses vaches vidées.

II. *Varice du Pichoulit, bouché* : A été volé à son tour — deux kilos de saucisse.

III. *Mardjo du boucard* : Enlèvement de son enfant.

Il allait fourrer le billet dans sa poche quand, sur le seuil de la pièce, parut un Monsieur Pestiaux aussi raide et solennel qu'un réquisitoire. Il salua d'une voix pathétique, gonflée de trémolos et déclama tout de go, espaçant ses phrases et les soulignant de grands gestes :

— Trois robinets de sûreté, deux paires de sabots spéciaux pour pieds sensibles, un rouleau de papier hygiénique, une boîte de savon pour bébé, une bouteille de produit décapant, trois flacons de pâte Universa : tel est le bilan du véritable pillage auquel les gitanes se sont livrées chez moi !

— *Les qwè, Monsieur Pestiaux ?* demanda Toine interloqué.

— Les romanichels, Monsieur le Bourgmestre.

— *Oï, les chôses, enfin !* dit Toine.

— *Bon !* trancha encore T. Déome, *dji r'mets co ça su m'papî.*

Et, gonflé d'une jubilation qu'il était malade de contenir, il fit répéter par Pestiaux la litanie de bric-à-brac. Après quoi, il inscrivit sans broncher :

IV. *M. Pestiaux-Ronvaux* : Vingt robinets hygiéniques. Deux cents rouleaux de papier de sûreté. Cinquante-deux boîtes de savon décapant pour pieds sensibles. Quarante-trois paires de sabots pour bébés spéciaux. Un tonneau de pâte à rhumes de fourneau.

— Voulez-vous répéter, Monsieur Pestiaux ? invita poliment T. Déome.

Et l'autre, charmé par l'urbanité insolite du gros, reprit l'énumération dans un ordre impeccable.

T. Déome, très attentif, suivait sur son papier et approuvait d'un signe de tête.

— Parfait ! conclut-il. Votre plainte, avec celle des autres, partira dès ce soir... en haut lieu.

— Ah ! fit le droguiste, oui, oui, vous avez raison, n'hésitez pas. Il est toujours préférable de s'adresser en haut lieu.

D'un air détaché, très naturel, T. Déome laissa tomber :

— J'enverrai ça à mon ami le Gouverneur.

— Le Gouverneur ? interrogea Pestiaux.

— Oui, le Gouverneur de la Province, dit modestement T. Déome... C'est mon ami...

— Ah ? Vous vous connaissez ?

— Intimement. C'est moi qui lui fournis chaque année ses graines de carottes et de cornichons. Il n'en a jamais voulu d'autres que les miennes.

— Ah ? C'est vous qui... très bien ! Très bien !

Tout cela était débité sur un ton tellement sérieux que Toine et les autres, médusés, commençaient presque à y croire. Et Pestiaux, très satisfait, se décida à prendre congé, avec force remerciements, entraînant à sa suite le cortège des plaignants. Seule, Mardjo, emmurée dans l'incompréhension, se reprit à geindre :

— *È qwè aveù m'Fifi ?*

— *Dji scrîs au Gouverneúr,* hurla T. Déome. *On arrindg'ra ça au bureau des boucs.*

— *Dj'aurai des sous ?*

— *Oï,* assura le gros avec un signe de tête catégorique.

— *Y faut bé espliquè au Gouverneúr qui c'è-st-in champion è qu'il est co tout djône.*

— *L'Gouverneúr ?* marmonna T. Déome. *Dji sais bé qu'y n'est né là bé vî, mais dji n'sais né si c'è-st-in champion.*

Enfin, Mardjo sortit. Le parfum, lui, s'obstina. On ouvrit jusqu'aux tabatières du grenier.

* * *

Mais tout cela, c'était du T. Déome, c'est-à-dire de la farce. Toine en fit la remarque avec une certaine sévérité. À quoi le gros répondit qu'il avait paré au plus pressé, qui était de vider la place, opération lestement enlevée, et qu'à présent, il s'agissait de téléphoner à la gendarmerie. Toine téléphona.

Le gendarme-planton du poste, qui se composait de cinq hommes, répondit :

— Le commandant est à la pêche jusqu'au soir. Un collègue est en congé. Un autre souffre d'un gros rhume. Le quatrième « fréquente ». Le cinquième, c'est moi. Prenez patience jusqu'à demain. Faites organiser une surveillance, la nuit surtout. Demain, on avisera. Tenez-nous au courant.

Toine rentra pas bien satisfait, marmonnant que le pays était fort mal gouverné et que les fripouilles de tout genre avaient beau jeu « dans un tel bazar ».

* * *

La nuit allait tomber. C'était l'heure des bénédictions, celle où les oiseaux s'accotent pour dormir, se pépiant de tendres bonsoirs. Les fleurs, chaudes encore de tout un jour de soleil et ravivées lentement par les fraîcheurs de la vesprée, ouvraient leur corolle, étiraient lentement leurs pétales et laissaient vaguer leur âme de parfum. Le jardin de Toine, dans le crépuscule d'améthyste, était recueilli et odorant comme une chapelle de nonnes après l'office du soir.

Partout où il avait trouvé un coin libre, Toine avait planté des giroflées, parce qu'Hilda les aimait. Et le parfum des giroflées rôdait partout, mêlé à celui des roses, immobiles dans leur extase de fleurs de paradis.

Son petit Joseph sur les bras, Toine, à pas menus, faisait le tour du propriétaire. Sans rien dire, sa joue contre les cheveux soyeux de son enfant, il s'abandonnait à la bienveillance du moment. Hilda suivait, muette aussi, souriant au petit qui, par-dessus l'épaule du gros, la regardait. T. Déome, avec sa femme et les jumelles, s'était arrêté auprès de la gloriette. Le Choumaque y tétait son éternelle pipe bourrée d'un abominable tabac dont la fumée allait semer la panique dans un tas d'insectes invisibles, là-haut, dans la ramille. Le gros drôle, pris lui-même par la poésie de l'heure, en oubliait de taquiner le Choumaque et ils restaient là tous, les vieux assis dans la tonnelle, les autres debout, à écouter les bruits infimes qui se dilataient dans le silence crépusculaire : chanson de grillon, régulière et fine comme le tic-tac d'une grosse montre ; vol froufroutant des chauves-souris ; bond de chat à l'affût derrière les feuilles immenses d'un plant de rhubarbe... Dans les allées d'espaliers, Stéphanie et le bel Aloys marchaient côte à côte, se parlant tout bas.

L'homme est toujours bon en de telles heures... Là-bas, au pied du Tienne des Spinettes, le campement des Tziganes n'avait plus qu'un air honnête de halte de gens las et pacifiques. Les chiens rassasiés s'étaient tus. Et le grand feu de camp, avec sa flamme claire et toute droite, devant laquelle passaient les silhouettes barbues des hommes et les silhouettes drapées des femmes, faisait une image biblique comme celle d'Abraham et de son sacrifice.

Aloys, qui était un tendre, murmura à Stéphanie :

— Je suis heureux... Quelque chose me dit que tout va s'arranger.

À ce moment, la tête de Manu apparut au-dessus de la haie du jardin. Il clôturait la journée par une bonne nouvelle : le bouc de Mardjo était revenu en son domicile légal. L'animal, d'ailleurs, n'avait pas été volé, mais c'était lui-même qui, flairant l'aventure, avait rompu ses amarres et s'en était allé faire l'intéressant du côté des chèvres bohémiennes. Avec force grimaces très offensantes, les nomades l'avaient chassé à coups de trique et de cailloux et les chiens s'en étaient mêlés. Fifi, la barbe basse, était rentré auprès de sa maman Mardjo. Et Mardjo avait prié Manu de signaler l'événement au mayeur et d'inviter celui-ci à arrêter la procédure.

— *Bon !* dit Toine, très satisfait. *L'djournée n'a né co stî trop mwaiche.*

Une fois encore, il regarda du côté du campement. Et il dit :

— *Y z'ont l'air tranquilles. Après tout, c'est des pauf'diâpes. L'cînsi a fait bramin des ramâtches pou ène viye pouye è pou in pot d'lacia. È l'aute aveù s'saucisse, c'è-st-in voleur qu'à stî volè. Les porias dou vî fou, vas-è veye c'qu'y gnia d'vrai là d'dins. È Mardjo du boucard, c'est Mardjo du boucard ! È Pestiaux, c'est Pestiaux !*

Hilda, bonne âme, approuva toutes ces conclusions, bienveillantes comme la nuit d'été. Un peu de patience, et demain, les tziganes s'en iraient comme ils étaient venus.

Et tout le monde rentra. On coucha le petit Joseph dans son berceau. Toine acheva la soirée à fumer un bon cigare dans le fume-cigares d'Aloys.

Quand le père d'une jeune fille consent à étrenner le fume-cigares que lui offre le soupirant de sa fille, c'est bon signe pour les affaires du jeune homme.

*
* *

Fenêtres au large, le village s'endormit. De la route, on entendait ronfler sur tous les tons. Manu, ayant fait une ronde par acquit de conscience, rentra vers minuit.

*
* *

... Vers deux heures du matin, cinq gaillards de la tribu des tziganes jaillirent des roulottes et se mirent en campagne, évitant la grand'route et rasant les haies des venelles. Durant quelques minutes, ils s'arrêtèrent et se défilèrent dans un appentis pour laisser passer deux douaniers en service, qui devisaient tout haut.

Le sous-brigadier Gérain disait au préposé Culus :

— *Les baraquîs ont l'air bé tranquilles.*

Culus, ex-sergent fourrier, nourrissait des ambitions d'avancement et ne parlait jamais que dans le style des circulaires ministérielles. Il répondit donc :

— Ces irréguliers se hasardent rarement à commettre des méfaits et des déprédations dans les zones douanières. Ils savent que le terrain est surveillé et que toute infraction les expose à des sanctions dont la moindre...

— ... *V'là co m'pupe qu'est bouchie !* coupa Gérain, qui n'aimait pas l'académisme.

Et les deux hommes passèrent.

Alors, les « baraquîs » sortirent de l'appentis, se concertèrent un instant et, brusquement, scindés en deux groupes, l'un de trois hommes, l'autre de deux, se dirigèrent vers des points opposés.

Le groupe des trois n'alla pas très loin. Les gaillards s'arrêtèrent devant l'étable de Natole Brichaud. L'un, tout de suite, se courba, piqua de la pointe d'un couteau la planchette mobile de la chatière, la fit glisser à petits coups. Après quoi, l'ouverture démasquée, il y passa une tige de fer, tâtonna un peu, accrocha le verrou intérieur qu'il fit jouer à saccades menues et... la porte s'ouvrit doucement.

Deux des chenapans s'engouffrèrent dans l'étable, rapides, souples et silencieux, tandis que le troisième assurait le guet. Une minute après, Natole, qui ronflait comme un bienheureux, était un homme appauvri. Onze de ses plus belles poules s'en allaient rouler, la tête sous l'aile et muettes d'hébétude, au fond du sac des Bohémiens.

Profitant de l'occasion, ils raflèrent aussi deux gros lapins blancs, dont une tape sur la nuque fit des lapins morts.

Toutes ces opérations furent accomplies en un style rapide, propre, élégant, sans le moindre accroc à la technique ni la moindre faute de goût.

* * *

Il est des gens que le bonheur engourdit. D'autres en ont le système nerveux tout fourmillant de vie... Le bel Aloys, cette nuit-là, ne parvenait pas à fermer l'œil.

Il logeait chez le Choumaque, dans la chambrette qui donnait sur le jardin. Excédé de se retourner sur son matelas sans parvenir à s'assoupir, malgré l'exemple du couple Choumaque-Phanie, qui ronflait à côté comme une chambrée de légionnaires, le bel Aloys, sautant à bas de son lit et enfilant son pantalon, venait s'accouder à sa fenêtre ouverte, pour une rêverie romantique devant les salades du gros Toine et la splendeur des cieux tavelés d'or. Machinalement, il venait de prendre une cigarette. L'allumette allait flamber... quand, soudain, il s'immobilisa, l'esprit et le regard tendus. Un homme enjambait la haie et, sans faire plus de bruit qu'un chat, retombait sur le sentier. Un autre suivait. Un troisième, porteur d'un sac volumineux, longeait la haie, parallèlement à ses deux acolytes qui avançaient, courbés, vers le fond du jardin. L'homme disparut dans l'obscurité, avec son butin qu'il voulait sans doute assurer.

Aloys, en retrait dans l'ombre de la chambre, comprit tout de suite. Les Tziganes venaient piller l'horticulture du gros Toine. Que faire ? Deux hommes, trois peut-être, c'était beaucoup. Pourtant, le jeune coureur n'hésita pas longtemps. Éveiller la maisonnée ? Cela n'irait pas sans tapage et complications et, d'ailleurs, il se sentait d'attaque, presque heureux d'affronter un sport inédit, dans des conditions qui confèreraient à la prouesse une auréole de mystère chevaleresque. La belle occasion, en vérité ! Toine et tous les autres allaient pouvoir se faire une opinion éminente du coureur Verluysen.

... Déjà, les deux chenapans s'étaient mis au travail. Chaussant ses souples souliers de cycliste, Aloys les voyait qui arrachaient des légumes au hasard, poireaux par ci, céleris par là. L'un d'eux venait de découvrir les fraisiers et il arrachait les plants, en vandale pressé...

Les pieds au dehors, Aloys s'assit sur le bord de la fenêtre, qui ne se trouvait qu'à trois mètres du sol, se retourna d'un coup de rein, se cramponna à l'appui de pierre et atterrit sans bruit dans un carré de pensées. Puis, courbé en deux, il se mit au petit trot dans l'allée d'espaliers.

Sans grande méfiance, les deux vauriens travaillaient à quelque vingt mètres l'un de l'autre. Un massif de hauts groseilliers les séparait. Aloys, toujours silencieux, venait de s'arrêter, à trois pas du plus proche, qui lui tournait le dos. Accroupi devant des lignes de jeunes carottes, le tzigane les arrachait par bottes entières...

Serrant le poing, Aloys avança un peu, bondit sans bruit, et... le voleur de carottes se coucha, avec un menu gémissement que l'autre chenapan, fort occupé, n'entendit même pas. D'un coup de poing à la tempe, le coureur avait endormi son homme sur place.

... Quatre secondes passèrent encore, peuplées du seul bruit de l'arrachage auquel se livrait le second voleur. Aloys avançait toujours... Et soudain, le pillard se redressa. Cinq pas à peine séparaient les deux hommes.

Diable ! Celui-là n'était pas un adversaire négligeable, et il paraissait décidé.

C'était un grand laid bougre, d'une maigreur que le jeune Flamand jugea musculeuse. Et puis, son allure oblique et féline avait quelque chose de traître. Sans tarder, Aloys s'en aperçut. Au moment où, les poings serrés et la garde fermée, il s'approchait du vilain, celui-ci, prompt, lança un raide coup de pied vers les tibias du coureur... Mais, avec Aloys, ces manières-là ne prenaient pas. Le coup ne fit que lui effleurer le mollet, et l'autre, un pied encore en l'air, sentit tomber sur sa mâchoire comme un coup de marteau. Il vacilla, râla une injure féroce, battit l'air de ses grands bras, mais ne tomba pas. D'ailleurs, là, dans les carottes, derrière Aloys, le premier larron, à demi réveillé, mais encore sous le coup du choc opératoire, se relevait lentement sur les genoux, puis, courbé, se remettait sur ses jambes et se massait les membres.

Malgré la demi-obscurité de la nuit étoilée, Aloys vit le regard du grand et devina... Il fallait en finir, et promptement.

Dans l'herbe du verger où il avait poursuivi son voleur, à quelques mètres du rucher, le jeune homme se mit à danser et à feinter avec l'art d'un boxeur accompli. L'autre, méfiant et un peu déconcerté, reculait, reculait, les mains larges ouvertes, prêtes à attraper au vol l'adversaire qu'il voulait, lui, non pas cogner, mais serrer au gosier. Mais allez attraper le gosier d'un chat comme Aloys !

Le jeune homme eut un bref regard en arrière. L'autre, le voleur de carottes, fouillait dans sa poche. Pas de temps à perdre. Aloys bondit...

Feintant du droit, il frappa du gauche, en crochet, dans les gencives du grand. Puis, son poing droit, comme un caillou, sonna mat sur le menton du pillard, qui se mit à tourner sur lui-même, et à brasser l'air avec des mouvements de désarticulé. Et, tout à coup, le laid voleur, percuté d'un direct-éclair dans le nez, alla culer, avec un grand bruit de paille froissée, dans une ruche qu'il renversa avec lui. Allongé, il ne bougea plus.

Ce beau match n'avait pas duré une minute. Étendu dans l'herbe du verger, le vaincu faisait la belle croix immobile du knock-out.

Aloys se retourna. L'autre, enfin raffermi, ouvrait un long couteau...

*
* *

... Dans la ruche renversée, la colère bourdonnait. C'était un grouillement parfumé où des milliers de pattes fébriles s'agitaient sur des cadavres d'abeilles écrasées et des ruines de couvain. Des milliers d'ailettes aussi s'ouvraient convulsivement, se refermaient, se rouvraient, attendant, semblait-il, le signal d'un vol de fureur et de vengeance.

... Le couteau luisait au poing de l'homme, tassé maintenant dans l'attitude de la bête qui va bondir. Aloys avait arraché un tuteur de fer à un rosier.

*
* *

Brusquement, il fit clair comme en plein jour. Du côté de la grand'place, une flamme énorme illuminait le ciel. Avec un bruit de rafale, elle monta toute droite, se tordit en écheveau, emmêla des fulgurances rouges, vertes, indigo, soufre, d'une splendeur sinistre, altière comme un triomphe, rayonnante comme un astre. Un noir panache de fumée couronnait la flamme et il s'en détachait des haillons de feu qui allaient s'éteindre tout là-haut.

... Aloys avec son tuteur, l'autre avec son poignard, regardaient la flambée de prodige, bouche bée. Tous les chiens du village s'étaient mis à hurler en chœur. Des gens en toilette de nuit apparaissaient aux fenêtres. Des clameurs se croisaient. Des portes s'ouvraient, et quelqu'un cria :

— *C'est l'baraque di plantches dou Pestiaux qui brûle !*

*
* *

Comme une panthère, l'homme au poignard sauta par-dessus la haie et disparut.

Et tout à coup, l'homme couché, lui, poussa un cri terrifiant... De leurs dards chargés d'un brûlant venin, les abeilles lui perçaient la figure. Ses mains, déjà, n'étaient plus qu'une plaie et des caravanes entières de mouches en colère montaient le long de ses maigres jambes qu'elles travaillaient. L'homme, debout d'un seul élan et tout noir sur le fond rouge de la flamme, se tordait comme un supplicié. Il avait l'air de brûler vif et un râle d'épouvante et de douleur sortait, continu, de son gosier.

Il s'enfuit, gesticulant comme un épileptique, bondissant à des hauteurs animales, arrachant de ses joues et de ses mains des grappes entières d'abeilles qu'il écrasait comme des groseilles.

Ce qui restait de l'essaim, d'ailleurs, attiré par le feu étrange, s'envolait pour aller folâtrer autour des flammes. Dans un rayon de lune, des gens virent comme une valse de mouches d'or. Et puis les mouches d'or devinrent des mouches noires qui tombaient, crépitantes, dans le brasier, avec des centaines de papillons éberlués.

*
* *

Éveillé par le tintamarre, Toine jeta un coup d'œil par la fenêtre et poussa un « Oh ! » tellement vigoureux que le petit Joseph lui-même s'éveilla.

Un instant après, Toine, à demi vêtu et suivi de sa femme et de ses filles, toutes en robe de nuit, ouvrait la porte qui donnait sur son jardin et... se trouvait nez à nez avec un Aloys passablement essoufflé et armé d'un tuteur de fer. Le drôle riait que ses yeux en étaient tout plissés.

— *Qwè c'qui c'est tout ça pou in bazar ?* interrogea Toine, sévère.

— Un beau bazar, dit Aloys éclatant de rire.

À ce moment, la flamme grandit, monta plus haut que le clocher, illumina le village d'un flamboiement d'aurore. Durant quelques secondes, les étoiles pâlirent et des oiseaux s'envolèrent que l'on vit comme en plein jour. Du jardin de Toine, on pouvait reconnaître les gens qui couraient et gesticulaient.

Brusquement, comme une baudruche crevée s'affaisse sur elle-même, la flamme tomba et s'éteignit. La nuit d'été reprit son uniforme sérénité bleue.

Seulement, une odeur méphitique empestait l'air, en âcres et traînants relents de graisse fondue, d'ammoniaque, de naphte brûlé, de bitume en fusion. Des gens toussaient.

Toine, dont le premier mouvement avait été de courir vers la baraque de Pestiaux, se dit que l'affaire était finie et que c'était bon ainsi. Et il avoua tout haut qu'il ne voyait pas la nécessité de s'empoisonner à respirer les sales gaz du droguiste.

Tout le monde rentra. Alors, on s'aperçut qu'Aloys avait les mains en sang et qu'il ressemblait fort à un gaillard revenu d'une aventure très mouvementée. Débraillé, mais toujours souriant, il constata :

— Potferdek, on s'amuse bien, tu sais, Mayeur, dans ton village !

Toine et les femmes, impatientes, répétaient :

— Mais enfin, d'où tombez-vous, avec vos mains déchirées ?

Aloys raconta son équipée. Du beau sport ! affirmait-il. Mimant la scène, il montrait, avec une joie gavroche, sur l'œil de Toine, sur la joue de Toine, sur le menton de Toine et même sur le ventre de Toine, l'impact de ses directs et de ses uppercuts. Pas rassuré du tout par ces démonstrations violentes, le gros reculait, étalant comme des butoirs protecteurs ses mains grasses devant sa figure et son gros ventre, et il disait :

— *Doucemint, doucemint, y creùt qu'il y est co !*

Et il tâchait de suivre des yeux ces deux jeunes et terribles poings qui volaient comme des frelons autour de ses chairs lentes et douillettes.

Les femmes s'affairaient, demandant au jeune homme s'il n'avait rien de cassé, s'il n'avait pas reçu un mauvais coup, s'il ne désirait pas « une goutte pour se remettre ».

Mais on tambourina sur la porte d'entrée. C'était T. Déome et sa femme qui revenaient du spectacle de l'incendie. Le premier mot du gros fut pour clamer :

— *L'baraque aux inventions est roustie* [5] !

Et il se mit à singer Pestiaux :

— « Pas de doute, c'est un attentat. On a volé mes plans et mes secrets et on a mis le feu pour effacer les traces du crime. Il y avait là de quoi révolutionner la science. C'est le fruit de trente ans de recherches qui est anéanti. Quel désastre pour l'humanité et pour moi ! »

Avec T. Déome, le temps passait toujours très vite. Et d'ailleurs, personne, chez Toine, ne songeait à dormir. Pour la seconde fois, Aloys dut raconter ses exploits de pugiliste. L'histoire terminée, il était près de quatre heures du matin.

Dans leur chambrette, le Choumaque et sa Phanie ronflaient toujours, à mille lieues des drames de cette nuit historique... Et l'aurore était là.

Toine et tous les siens allèrent au jardin constater les déprédations des maraudeurs. Ils n'avaient pas eu le temps de ravager beaucoup, mais la ruche écrasée et vide faisait peine à voir. Le miel répandu vernissait le gazon.

Toine brandit le poing vers le campement des Tziganes qui reposait en son hypocrite tranquillité, là-bas, dans un brouillard très léger que l'aurore dorait déjà. Tourné vers Aloys, le gros lui dit :

— Vous auriez dû venir me chercher au lieu de les attaquer tout seul... Vous auriez vu comme je boxe, moi, quand je m'y mets !

Ils rentrèrent. Allait-on se remettre au lit ? Toine disait oui. T. Déome disait non, par système. Les femmes hésitaient. Aloys riait, plus éveillé qu'un pinson à midi.

Et Manu, survenant, trancha la question. Déjà, il avait enquêté et consigné les déclarations de Pestiaux. Ouvrant son carnet, il lut :

« Incendie criminel. Machination machiavélique d'inspiration vraisemblablement étrangère, ayant pour but de me ravir des secrets

5. Rôtie.

noir, et l'autre, gêné et s'adressant vaguement à Chicagauche, bafouilla :

— Notez que je n'incrimine personne de façon précise, mais il est à tout le moins évident que... Cette belle phrase encore n'eut pas de suite. Au tournant de la route, Toine, le maïeur, venait d'apparaître, flanqué de Natole Brichaud, qui n'avait pas l'air content, et qui se démenait fort :

— *Huit belles pouyes,* criait Natole, *tout c'qu'y gnaveùt d'mia en fait d'pouyes, è toutes djônes, è qui pèné* [6] *à tchaplets.*

— *Dji n'dis né l'contraîre, mi,* concédait Toine, *mais dji n'sus né martchand d'pouyes. È y m'ont bé distru ène tchètoire,* [7] *à mi, è ravadgi m'courtil !*

Dans le groupe qui entourait Pestiaux, une voix s'éleva :

— *C'est les Bohémiens qu'ont brûlè vos bazar !*

Ce mot de « bazar » fouetta le grand homme. Indigné, il demanda :

— Qui vous permet d'employer un mot aussi vulgaire pour désigner...

— Ça ! fit l'autre. Et il brandit une espadrille qu'un gamin venait de découvrir dans la haie du jardin de Pestiaux. Et l'espadrille ressemblait fort à celles que l'on avait vues aux pieds des Tziganes.

— *Bé sûr qui c'est les Bohémiens*, renchérit Toine survenant, *pusqu'y z'ont roulè toute li nût è volè dins tous les coins !*

Cette fois, furieux de l'air du maïeur, qui semblait un peu narquois quand même, Pestiaux éclata :

— Ce n'est pas étonnant ! Aucune précaution n'avait été prise contre cette engeance.

Le gros sentit la pointe, rougit et y alla d'une réplique acerbe qu'il fignola en français, pour qu'elle fût plus mémorable :

— Précaution... Précaution ! Vous n'aviez qu'à faire comme moi, Mon-sieur. Y z'ont voulu venir piller mes jardinages. Allez leur z'y demander comment c'qu'on les a reçus chez moi, Mon-sieur. Vous verrez comme je les arrange, moi ! Tenez, en v'la justement qui arrivent...

C'était vrai. Trois Tziganes de la bande, deux hommes et une femme, se dirigeaient vers la maison de Pestiaux. L'un des hommes arborait une figure toute violacée, une paupière fermée et verdâtre et

6. Qui pondaient.
7. Ruche.

de fabrication et des formules d'inventions sensationnelles qui étaient presque au point. »

T. Déome s'esclaffa, mais fut tout de même d'avis qu'il y avait lieu d'alerter la gendarmerie.

Un quart d'heure après, le garde Manu pédalait vers la brigade à une lieue de là.

* * *

Tandis que Manu pédalait, Monsieur Pestiaux, lui, improvisait un meeting en plein air.

Nombreux étaient les villageois qui, avant de commencer leur journée, avaient tenu à contempler le petit tas de poussière noire et de verre fondu qui marquait l'emplacement du défunt « laboratoire » Pestiaux-Ronvaux. Beaucoup riaient sous cape et les commentaires étaient plutôt malicieux. Histoire de le mettre en verve, on commença par dire au droguiste, d'un air faussement apitoyé, « que c'était malheureux de voir brûler une installation pareille ».

Pestiaux, tragique, leva les bras au ciel, et lâcha d'une voix bourrée de trémolos :

— C'est un crime !

— Un crime ? questionna insidieusement le petit Ziré Cuvelier. Vous voulez dire un accident, sans doute, Monsieur Pestiaux ?

— Je maintiens le mot, trancha le droguiste avec énergie. C'est un inqualifiable attentat dont j'ai déjà percé les dessous.

Autour du savant, le cercle des curieux s'épaississait. Lui, les bras croisés, la barbe dardée en fer de lance, il contemplait l'horizon pardessus ses auditeurs, avec l'air impénétrable du monsieur qui sait de redoutables et étouffants secrets.

Le vieux Gustin Lamedeux, surnommé Chicagauche, parce qu'il était venu au monde avec une joue bosselée d'une espèce de loupe, émit :

— *Pour mi, c'est co in tour des communisses !*

— Tout ce que je puis déclarer provisoirement, scanda Monsieur Pestiaux, c'est que nous sommes dé-plo-ra-ble-ment administrés et que si la police locale était plus vigilante...

... Il laissa la critique un pied en l'air. La police locale, représentée par Manu, venait d'arriver à bicyclette. Manu n'était pas sourd. Cambrant le torse et arrondissant le bras pour se pincer militairement la moustache, il darda sur l'orateur un regard de fakir, dur et une lèvre de nègre. Deux vilains chiens, hérissés, l'œil mauvais, accompagnaient le trio.

Avant que Pestiaux fût revenu de sa surprise, les trois indésirables étaient dans sa boutique. Se précipitant sur leurs talons, le droguiste se campa derrière son comptoir.

— Ammoniaque ! dit la femme à Pestiaux.

Au sommet de l'indignation, il se croisa les bras et hurla, l'œil flamboyant :

— De l'ammoniaque ! Allez chercher celui que vous m'avez brûlé cette nuit, sinistres incendiaires, ignobles pétroleurs !

La foule, rassemblée devant la porte, se mit à rire silencieusement.

— ... Vermine pillarde, honte de l'humanité ! vociférait le droguiste. Et Pélagie, derrière lui, le suppliait de se taire, de ne pas les provoquer, qu'ils étaient capables de tout.

Toine et Manu, représentants de l'autorité, s'étaient avancés dans l'officine.

— Au nom de la Loi, articula Toine, solennel, je vous ordonne de sortir.

Ce fut Toine qui parla et Manu qui fit le geste.

Mais les deux vilaines bêtes de chiens montraient les crocs. Toine recula et Manu, lui-même, n'en menait pas large. L'un des hommes calma les bêtes :

— Ammoniaque ! répéta-t-il, tenace. Et il ajouta en un sabir comique : « ... pour pique-pique de camarade dans la tête de lui par des grands mouches qui faire bzoû-oû ».

— *Compris !* dit Toine exultant. *Gnia yinque qu'à stî à mitan dèvorè pa mes mouches à miel. Y vaureùt sogni s'laid mouzon* [8].

— Ammoniaque, et puis partir... répéta la femme. Excédé, Pestiaux versa rageusement un décilitre d'ammoniaque dans une fiole qu'il jeta dans les pattes sales de la créature. Et comme elle demandait : « Combien ? », il hurla :

— Fichez-moi le camp, brûleurs de science !

Sans se presser, ils sortirent en ricanant, sous les regards amusés des gens.

* * *

Ils n'avaient pas fait cent pas que Pestiaux, les yeux fous, les bras en l'air, reparaissait sur le seuil de sa boutique en poussant une clameur de catastrophe.

---

8. Museau.

— Les bandits ! suffoquait-il, ils ont encore trouvé le moyen de me voler. Et, entre les spasmes de sa rage, on entendait :

— Du savon... des pinceaux... une éponge spéciale... Et comme il sentait les idées se mêler dans sa tête en une valse de démence, le droguiste, éperdu, vociféra :

— Et caetera !

Puis, l'index brandi vers Manu, il cria encore :

— Mais qu'attendez-vous donc pour courir après et leur faire rendre gorge ? C'est un revolver en chocolat que vous portez là, espèce d'empoté ?

Manu, imperturbable, dit simplement :

— C'est tout ?

— Ça ne vous suffit pas, champêtre empaillé ?

Les gens se tordaient, sans pitié pour le désespoir du savant. Toine lui-même avait peine à cacher son plaisir. Pestiaux s'en aperçut et, cette fois, explosant d'indignation, il fut franchement injurieux :

— Oui, riez, riez bien, vous, bourgmestre d'opérette ! C'est votre mollesse qui nous vaut toutes ces calamités. Dans les villages administrés par des gens intelligents et énergiques, on ne voit jamais de tels crimes, mais ici, on verra tout, oui, tout, toûoût !

Pélagie, cramponnée aux basques de son illustre mari, tentait de le calmer et criaillait :

— Adhémar ! Adhémar !

— Pélagie, vociférait Pestiaux hors de lui et secouant sa femme, laissez-moi régler le compte à ce pachyderme. Je veux lui mettre le nez dans ses incuries devant tous ses électeurs.

— *Nom di djâle,* grogna Toine, *tu vas n'nattrapè des « pachis d'herbe » è des « ècuries ». Rattinds, grand inventeux d'papins au sayin*[9] *è d'huile di berwette !... Allez, Manu, faut toudis scrire su vos calepin : « Insultes à un magistrat dans l'exercice de ses fonctions ».*

... Manu croyait n'avoir qu'à mettre la main sur son calepin. Il fouilla ses poches et ne le trouva pas. Il recommença, sans omettre une seule poche, ni extérieure, ni intérieure. Non, décidément, Manu n'avait plus son calepin, qu'il avait encore palpé une demi-heure auparavant, à travers l'étoffe de sa veste kaki. Et son paquet de cigarettes avait disparu aussi.

Il confia à Toine, tandis que Pestiaux continuait sa philippique :

9. Cataplasmes au saindoux.

— *Y m'ont yeú !* [10]

Toine, instinctivement, tâta son veston, et, tout de suite, pâlit... Mais il fut stoïque. Serrant les dents, il contint le cri de fureur qui montait dans sa gorge et, fixant d'un air sombre le droguiste déchaîné qui le livrait, en périodes implacables, à la vindicte publique, le gros fut le seul à savoir, à ce moment-là, que les Tziganes venaient de lui filouter, dans la boutique de Pestiaux, un beau fume-cigares d'ambre et d'écume orné d'un petit cheval qui galopait sur le tuyau...

* * *

Pestiaux était tellement enivré de sa propre éloquence qu'il ne vit même pas surgir les quatre gendarmes qui accouraient sur leurs vélos. Pélagie, qui le ceinturait de deux bras suppliants, avait beau lui crier : « Adhémar, mon ami, au nom du ciel, les gendarmes sont là ! », il faisait fi de ces tendres déprécations et, les bras en croix, la barbe en l'air, il clama, dans une suprême envolée qui le conduisit sur les cimes de l'exaltation oratoire :

— Je me fiche des gendarmes, ces fainéants de ratapoils qui dorment au lieu de patrouiller ! Je me fiche du garde champêtre, qui n'est qu'un Jean-foutre, un vantard et un froussard. Quant au maïeur, Mesdames et Messieurs, cet illustre plein de soupe qui n'est bon qu'à planter des choux, courir après des gendres et commettre des âneries, je lui dis :

— ..... !

Et le gros mot de male senteur éclata comme une grenade dans le nez de la maréchaussée. Ce diable de mot est peut-être le seul de toute la langue qui ait gardé à travers les siècles sa densité native. Il reste jeune, inaltérablement. Waterloo, l'illustrant, devait normalement le figer dans la nécropole des cris glorieux, morts après avoir usé d'un seul coup tout leur dynamisme épique. Or, ce mot-là, même resservi par un Pestiaux, sonne frais et vert comme le rire éternel de la Gaule.

* * *

Le commandant de gendarmerie, lui, avait encore son calepin. Un de ses subordonnés possédait un stylo, cadeau d'une admiratrice. Le

10. Ils m'ont eu.

troisième gendarme, doué d'un talent reconnu de calligraphe, inscrivit sur le carnet du commandant, avec le stylo de son collègue, les nom et prénoms de Pestiaux, qu'il copia sur l'enseigne. Il nota l'heure exacte des faits, les noms des témoins qui n'avaient pas trouvé le temps de s'éclipser et séria, d'après leur destination, les injures proférées par Pestiaux. Il fit donc trois colonnes sur une page blanche du calepin. La première, celle de la maréchaussée, s'orna des vocatifs « fénéants et rastapoilles ». La deuxième colonne fut réservée à Manu « frouçard, ventard et je m'en foutre ».

La troisième colonne, celle du maïeur, ne se remplit que de la perplexité du pandore parce que l'homme hésitait sur l'orthographe du gros mot. Il consulta le quatrième gendarme, qui, frère d'un imprimeur et cousin d'un instituteur, passait pour posséder la meilleure orthographe de la brigade... Le gendarme grammatical réfléchit un instant, prononça le mot à voix basse trois fois et répondit « que ça s'écrivait comme ça se prononçait, avec un t, le mot étant d'ailleurs de la même famille que le sustampif amertune ». Mais au moment d'inscrire, l'autre, pris d'un scrupule de pudeur hiérarchique à l'endroit du carnet de son chef, releva le stylo et conclut :

— *C'ti-là, nos l'mettrons dins no tiesse !*

* * *

Sans attendre l'intervention des gendarmes, la horde des Tziganes s'était remise en route au grand plaisir des pandores qui ne demandaient que de les voir pendus ailleurs. Déjà, ils roulaient sur le terrain d'un district voisin, proche de la France.

Indépendamment des rapines, des déprédations et de l'incendie, involontaire, du « laboratoire » dans lequel les rôdeurs curieux avaient promené des allumettes flambantes au-dessus de produits fort susceptibles, on pouvait mentionner, comme effets du passage des nomades dans la commune de Trignolles :

— Une contravention salée à Monsieur Pestiaux-Ronvaux.

— Quelques électeurs pas contents de leur maïeur et même fort aigris.

— Varisse Catrevaux du Pichoulit, boucher et conseiller communal, décidé à lâcher la majorité à la première occasion.

— Un homme étendu dans une roulotte, avec un visage comme la lune rousse, des mains comme des pelotes d'épingles et une âme hérissée de projets de vengeance.

— Le beau fume-cigares, offert par Aloys au père de Stéphanie, émigré dans la bouche édentée et juteuse d'une vieille qui en faisait une pipe de luxe.

... Quand un beau-père possible se voit dépouillé du fume-cigares offert par le prétendant de sa fille, le beau-père n'est pas loin de croire que le prétendant n'est qu'un imbécile, incapable de faire un cadeau qui résiste et qui tienne.

Aloys, pas bête, le comprit...

* * *

C'est pourquoi, quelques heures plus tard, ayant procédé à une révision méticuleuse de sa fine bicyclette, et donné à ses pneumatiques un généreux coup de pompe, le grand drôle, sans autre arme que sa joyeuse insouciance et la souple vigueur de ses jarrets, fila sur la grand'route à la reconquête du fume-cigares déjà historique.

En dix minutes, il fut près du campement, à l'entrée du village de G... Là, il mit pied à terre, se mêla aux villageois curieux qui regardaient le tableau de la horde au repos et, tout de suite, découvrit la vieille fumeuse qui, assise sur les marches d'une roulotte, plumait une des belles poules de Natole, ... en culottant avec délices le fume-cigares de Toine.

Aloys réfléchit un instant et dit aux villageois qui l'entouraient :

— Ne vous étonnez pas de ce que vous allez voir !

Et, en quelques mots, il les éclaira sur l'affaire.

La vieille leva les yeux. Aloys brandit un paquet de cigarettes avec l'air aimable du monsieur qui veut faire un cadeau. La gitane, une main en abat-jour sur les yeux, eut un sourire de guenon devant une friandise et, lâchant sa poule, accourut, la main tendue.

Quel admirable dentiste eût fait ce diable d'Aloys ! Un geste, un seul, et le fume-cigares quitta les gencives noires de la vieille qui se mit à crier comme peut crier une vilaine femme doublée d'une méchante sorcière, c'est-à-dire sur un ton rageur et suraigu mais fort comique.

Aloys, lui, d'un bond, avait enfourché son vélo et, jouant du pédalier comme d'une serinette, filait vers Trignolles, avec le juteux témoignage de sa prouesse.

Des aboiements et des hurlements le poursuivaient. Il se retourna. Tous les chiens de la tribu, une douzaine au moins, étaient découplés à ses trousses.

Un Tzigane, juché sur un vieux vélo aussi léger qu'un tarare, pédalait à s'arracher les viscères. Aloys, éclatant de rire, ralentit, histoire de faire durer le plaisir. Même, il mit pied à terre. Quand les chiens furent à bonne portée, il leur lança des cailloux, ce qui fit râler de fureur les bêtes déjà essoufflées. Un caillou siffla aux oreilles du tzigane qui pédalait toujours... Les chiens n'étaient plus qu'à dix mètres du coureur... Jeu dangereux quand même ! Il se remit en selle d'un saut et démarra presque sous les crocs du molosse de pointe, un boxer à face de bandit, qui bavait de fureur. En deux coups de jarret, Aloys le distança, fila sur la route horizontale, avala un raidillon avec aisance et, au sommet, se retourna encore. Tous les chiens étaient semés. Ceux qui en avaient encore la force aboyaient bêtement en l'air. Le Tzigane, descendu de vélo, passait sa colère sur l'un d'eux et le battait. La bête hurlait et l'homme vociférait. Aloys, de loin, fit au vilain personnage un large geste de défi et de moquerie, à quoi l'autre, exténué, ne put même plus répondre. Et le grand gamin, heureux, rentra en flânant et en sifflant.

*
* *

Toine, ébloui par ce nouvel exploit, commença d'éprouver pour Aloys une admiration qu'il n'avouait pas encore, mais que ses yeux trahissaient. Pour la forme, il dit :

— *Aveù ène bicyclette pou s'sauvè, l'plan n'asteùt né mwaís.*

N'empêche ! Ayant dévissé le fume-cigares, il le plongea dans un plein baquet d'eau savonneuse. Puis il entreprit le nettoyage et la désinfection de l'engin. Et tandis qu'il enfilait dans le tuyau des tiges de graminée, il confiait à T. Déome :

— *C'è-st-in braque, mais gnia pas à dire, s'coumére n'aura né fwain.*

Aloys partit le lendemain, ayant refait le serment que le Tour de France, qu'il allait courir dans quelques semaines, serait sa dernière folie.

XIV

SPORT

Les passions sobres font les hommes communs.

DIDEROT.

Le dernier refuge de la littérature épique, c'est la presse sportive. De la chanson de geste, les journaux boxophiles et cyclolâtres ont gardé la gravité de ton, l'idéalisme naïf, et cette touchante duperie de l'imagination qui exalte et gonfle la prouesse musculaire — sprint ou crochet du gauche — jusqu'au delà des humaines possibilités.

Mais nos trouvères modernes, rajeunissant le genre épique, l'ont enrichi. Les chansons du vieux passé, pour exaltantes qu'elles fussent, ignoraient le lyrisme, qui est la vibration harmonieuse de la grande passion... Dieu sait si les journalistes sportifs, chantres de l'universel et fanatique amour des peuples pour l'héroïsme sur pneumatiques, font leur possible pour nous servir des proses vibrantes.

Rude métier que celui-là ! Il exige de son homme à la fois la cervelle épique et l'âme pindarisante. La concurrence y est grande. Les mots les plus éclatants du lexique laudatif ont subi l'usure du galvaudage quotidien...

Mais noble métier aussi ! Car le chauvinisme s'est mêlé à l'affaire, quand ce n'est pas le nationalisme le plus exclusif ou même le racisme le plus pointu. Un champion, paraît-il, est toujours le chef-d'œuvre de sa terre. Il est tout son pays en un seul homme, avec la grande âme de chez lui. Il magnifie sa nation et sa race aux yeux de l'Univers jaloux.

Allez me chanter ça chaque jour dans une chanson nouvelle sur un air inédit !

Soyons bons pour les animaux, mais n'oublions jamais les humbles souffrances du journaliste sportif...

* * *

Depuis quarante-huit heures, la grandeur épique était entrée dans la maison de Toine. Des tas de journaux s'empilaient sur les meubles. Il en venait de partout, de France, de Bruxelles et de Flandre. Hilda, elle-même, lisait les journaux flamands envoyés par Aloys. Toine et ses filles dévoraient les feuilles rédigées en français. Quand ils avaient fini, ils contemplaient encore les photos et les images des papiers flamands. Puis, on passait tout cela au Choumaque, enseveli sous cette avalanche de prose. On lui déblayait sa lecture, en lui indiquant les articles de choix.

Et le Choumaque s'administrait des morceaux comme celui-ci, qui l'éberluaient :

« À la veille de ce tour de France 193... nous avons passé une suprême revue de l'équipe des gars magnifiques qui vont porter sur leurs vaillantes épaules, dans la randonnée des géants, l'honneur de notre pays. Nous le disons froidement : la victoire ne peut nous échapper. Sans doute, nos gaillards vont se mesurer, sur les routes de France, avec de redoutables adversaires. Les hommes de Gaule ont déclaré « qu'on ne la leur ferait plus ! ». La Squadra nera d'Italie a été dopée par le Duce qui a promis au vainqueur beaucoup d'or (sans blague !), une haute distinction et une situation en vue dans les cadres du régime. Le peloton d'Outre-Rhin est à pied d'œuvre, discipliné, taciturne, hermétique. Les hommes du Reich, débarqués hier, ont tous un cycle à l'ordonnance, timbré à la croix gammée et muni de pneus synthétiques. On prétend que, la veille du départ, tous ces hommes, formés en carré, ont été harangués par le sportsführer et ont reçu une implacable consigne : « Vaincre ou mourir ! » Ils sont tous jeunes et bien portants. Aucun ne tient à mourir. Alors...

» Il est d'autres adversaires qu'il serait dangereux de négliger. Les Luxembourgeois, avec leur allure un peu effacée et débonnaire, savent y aller, quand il le faut, du coup de la trombe et même du cyclone. La Hollande a sélectionné trois costauds très durs. Quatre citoyens de la libre Helvétie sont arrivés avec tout ce qu'il faut pour vaincre. La Roumanie nous a délégué deux de ses plus coriaces pédaleurs, les cousins Basile et Michel Kourascu. Le Yougoslave Pchsjäck, malgré son nom qui éternue, n'a pas l'air d'un enrhumé, pas plus que ses deux copains au nom aussi catarrheux. Le lot des quatre Ibères, sonore et piaffant, pourrait bien ne pas attendre la montagne pour s'affirmer.

» N'oublions pas de mentionner, pour mémoire, que deux gentlemen très distingués ont débarqué hier au Bourget, suivis chacun d'une espèce de lad très bien rasé, porteur de mallettes de cuir contenant des boyaux de rechange, du tabac anglais et les adresses des meilleurs hôtels de France. Le premier gentleman, Sullivan O'Tortose, a déclaré aux journalistes que c'est une habitude britannique de gagner la dernière bataille après avoir perdu toutes les autres et que le Tour de France n'était, comme tout le reste, qu'une affaire de temps et de patience. Le second gentleman, Hercule Mac Cracked, a disparu dans Paris un quart d'heure après son débarquement. »

... Arrivé à ce point de sa lecture, le Choumaque s'endormait et laissait glisser le journal à ses pieds. Il avait tort, car le morceau ne devenait vraiment beau qu'à partir de là.

« En face de toutes ces meutes de fins lévriers ou de dogues massifs, continuait l'éminent auteur de l'article, il y a donc les nôtres, Flamands têtus et durs comme des haleurs, Wallons souples et débrouillards. Déjà, nous avons dit et redit ce que nous pensons des anciens, des as au palmarès prestigieux. Ils sont notre équipe de fer, celle qui roulera toujours, tiendra bon, vaincra. Des noms comme Baes, Vieuville, Verbaek, Vissot et autres Moulinvert sont rayonnants de gloire indéfectible. Ceux-là rouleront, quoi qu'il advienne, jusqu'au bout. Et c'est le sûr moyen de rouler ses partenaires.

» Mais derrière la garde solide des grognards chevronnés, il y a la troupe frémissante des Marie-Louise, de ceux qui ont la fringale des étoiles. Eux aussi sont magnifiques et leurs boyaux sont gonflés d'espérance. Nous les avons tous vus, toisés, pesés, jaugés. La revue terminée, nous tirons une conclusion nette : *Un homme splendide émerge du lot des jeunes et c'est le bel Aloys Verluysen !*

» Ah ! le chic garçon que ce blond et sculptural Flamand aux yeux de lin en fleur et qui eût fait les délices de Praxitèle ! Imaginez un gaillard jeune, grand, droit comme un canal de Flandre, souple comme une anguille de l'Escaut, résistant comme le chanvre roui dans la Lys, et qui rit toujours. Car il est venu au monde pour cela, le bel Aloys, pour rire et pour pédaler. Il rit au départ, il rit à l'arrivée. Entre les deux extrêmes, il pédale en souriant, crève sans colère, répare en sifflotant, offre son aide avec bonne grâce et gagne ou perd dans la joie. Oui, un chic garçon, un cœur d'or, une fine pédale. Et une pédale intelligente, car le gars court plus encore avec sa tête qu'avec ses jambes, en stratège et en calculateur. Il est vrai qu'on le prétend bachelier, ce qui ne serait pas pour nous déplaire, car la gent guibollarde manque un peu d'humanistes.

» Ce qui est sûr, c'est que cet humaniste est un coureur complet. Hirondelle de vélodrome, flèche sur le plat, il devient dans la montagne le crampon qui ne lâche pas. Et il descend, avec son éternel sourire, comme s'il planait. Ajoutons qu'au sprint, il sait vous sortir une de ces pointes qui ne font pas la vie belle aux encadreurs. Verluysen, c'est l'homme-vélo, le cycliste intégral, totalitaire. Boxeur remarquable par surcroît, tireur à l'arc, joueur de quilles, cet athlète complet est la coqueluche de tout ce que la Flandre et la Wallonie comptent de jupettes sportives et de cœurs à dérailleurs. Mais il passe trop vite pour s'en apercevoir et son cœur, à lui, ne connaît ni la flânerie qui retarde, ni le démarrage trop prompt qui essouffle...

» Bielles d'acier, cœur d'or, cervelle lucide, voilà l'homme, le beau discobole des houblonnières qui vaudra probablement à l'équipe belge quelques victoires d'étape, sinon la grande, celle qui s'achève par le tour d'honneur au Parc des Princes, sous la pluie de fleurs et l'ouragan des acclamations. »

Au beau milieu de ces laudes olympiques s'étalait un portrait d'Aloys juché sur sa bicyclette et les grosses lunettes de coureur collées au front.

* * *

Toine, qui affectait des airs un peu sceptiques devant ces proses chaleureuses, ramassait le journal aux pieds du Choumaque endormi. Il en relisait des tirades et finissait par insinuer :

— *Ça deùt s'payi tcher, des artiques pareils !*

— *Payi ?* se récriaient les jumelles sur un ton d'indignation comique. *Commint, payi ?*

— *Bé, c'est bé sûr, hein ça !* affirmait le gros. *C'è-st-in commerce, hein, tout ça, è leûs bias artiques, c'est des trucs pou fai montè l'z'actions des martchands d'vèlos, è d'boyas, è d'maillots jaunes. L'pauf' innocint qui pèdale, li, il a l'mau è l'suweú, è les ruses, è les complimints dins les gazettes, mais c'è-st-à peu près tout... È à trente ans, il est foutu !*

Tout le monde protestait, même T. Déome, qui déclarait qu'il connaissait des maïeurs au moins aussi innocents que les coureurs, mais pas à la même vitesse, et ces maïeurs-là, ajoutait-il, ne feraient jamais monter que les actions des marchands de fauteuils et de pantoufles.

Toine répondait par une grosse méchanceté qui faisait bien rire l'autre, occupé à montrer au petit Joseph le portrait d'Aloys.

Et le petit Joseph, gagné lui aussi par la fièvre sportive, disait, aplatissant son index mouillé sur le nez du beau coureur :

— *Palain Loïff... bifytlette !*

* * *

Une seule ne disait rien. C'était Stéphanie. Elle se contentait d'écouter les propos de tous les autres, en souriant d'un air bienheureux et timide. Seulement, parfois, elle s'isolait durant une heure dans sa chambre. C'était pour écrire à Aloys.

La veille du départ pour la formidable randonnée, Aloys reçut, à Paris, les ultimes recommandations de la bonne fille. Elle écrivait :

« Mon cher grand drôle, je voudrais que ce fameux Tour de France soit fini, puisqu'il est la dernière épreuve avant notre bonheur. Pendant un mois bien long, je vais transir. Je ne suis pas la seule, d'ailleurs, à connaître l'énervement et la fièvre. Tout le monde est à l'envers, ici. Papa se chamaille tout le temps avec T. Déome qui s'amuse à le faire enrager et à le contredire en tout. On me taquine aussi et on me dit que le plus grand danger pour un coureur du Tour, c'est la montagne et les jeunes filles de la France. Je ne réponds pas, parce que je sais bien que vous êtes un brave garçon, mais, tout de même, je n'aime pas beaucoup ces articles de gazettes qui parlent de vos yeux bleus et de votre cœur en or. Tout cela, c'est à moi, et il me semble, quand on en parle, que l'on me vole un peu. Je ne suis pas jalouse, mais malgré tout, cela me fait mal, toutes ces phrases pleines de grands mots avec des coqueluches, des jupettes et des cœurs à dérailleurs. Et cette demoiselle Pratixèle dont parle la gazette, je ne la connais pas, mais je suppose que c'est encore une espèce d'actrice ou de chanteuse, comme toutes celles qui courent après les coureurs et qui sont elles-mêmes des coureuses. Je ne tiens pas du tout à ce que vous arriviez le premier aux étapes, à cause de toutes ces drôles de femmes qui ont des yeux effrontés et des bouches toutes rouges et des culottes d'homme.

» Pour moi, vous pouvez arriver le dernier et même ne pas arriver du tout. Si vous sentez que le Tour est trop fatigant, faites demi-tour et rentrez gentiment chez vos parents, par le train, en passant par ici, si possible, et je vous offrirai une belle gerbe de roses du jardin de papa qui vaudra mieux que toutes celles de là-bas.

» J'allais oublier de vous apprendre une grande nouvelle. Eugène, le mari de Godelieve, vient d'acheter une belle automobile, une bleue avec des pneus tout blancs et des coussins à dentelles. On est bien dedans, comme dans un fauteuil. Papa dit que c'est du luxe et qu'une moto c'était déjà bien bon, mais au fond, il est fier, surtout quand il roule dedans. Seulement, il prétend qu'on enfonce trop dans les coussins. Eugène m'a promis que plus tard, quand nous serions établis, c'est vous qui seriez son garagiste pour les réparations.

» Mais en attendant, il y a encore ce fameux Tour de France. Pas d'imprudences surtout, mon grand. Attention aux chutes, aux refroidissements. Ne buvez pas trop. Ne roulez pas trop vite non plus dans les descentes. Il paraît que ce sont de vilains jeux à tombeau ouvert, disent les gazettes. Encore une fois, si c'est trop dur, laissez-les tous passer et revenez vite.

» Tous les soirs, c'est moi qui vais mettre le petit Joseph au lit. Je lui fais dire sa petite prière. À la fin, je lui fais dire tout bas : « Petit Jésus, protégez mon parrain Aloys ». Il répète très gentiment et il ajoute : Ainsi soit-il à bicyclette !

» Tout le monde va bien, les vieux comme les jeunes. Seulement quel remue-ménage dans la maison ! On dirait vraiment que c'est papa qui va faire le Tour de France. Et T. Déome le fait enrager tout le temps. Il est encore occupé maintenant. Je l'entends de ma chambre. Il prétend que si papa se mêlait de courir, il serait neurasthénique au bout de dix kilomètres et qu'il n'y aurait qu'un moyen de le faire avancer : planter deux grands drapeaux blancs dans un pommier au bout de la route et lui mettre ses abeilles au derrière. Papa crie et discute. Tout le monde rit. Mais je n'écoute plus.

» Au revoir, cher Aloys. Soyez prudent. Attention aux descentes. À l'arrivée, reposez-vous bien. Ne buvez pas trop froid. Pour vous distraire, écrivez-moi de grandes lettres. Et s'il y en a qui veulent rouler trop vite, ne les suivez pas.

» Bon courage, mon cher grand coureur. Tout le monde vous fait des compliments, et moi, je vous embrasse de tout mon cœur sans dérailleur.

Votre Stéphanie. »

* * *

Et par un étincelant matin de juillet, la harde bariolée des cent et quatre coursiers du Tour de France donna le premier coup de jarret. Déjà, une unité manquait au départ. C'était le Britannique Mac Cracked, introuvable.

Tous ces gaillards, frémissants de forces fraîches, vêtus de maillots propres et coiffés de petites casquettes immaculées, pointèrent vers Lille. C'est à peine étiré que le rapide troupeau aborda les pavés du Nord. Mais à cent kilomètres du but, il était tronçonné en quatre gros pelotons, sans compter une grappe de cinq hommes qui filaient en tête avec quarante secondes d'avance, et deux douzaines de peinards semés en serre-file, à des distances variables, comme des haricots tombés du sac. À vingt kilomètres de Lille, le lot de tête ne comptait plus que deux hommes... L'Espagnol Lendoro avait fait une chute, le Français Gaminot n'avait pu soutenir le train, et... le Belge Verluysen avait crevé. Le vainqueur gagna de justesse, en un sprint rageur qui lui mettait la croupe en l'air et les coudes au-dessus de la nuque. C'était le Grand-ducal Julius Marojus. Le second, c'était le Français Passcaillou. C'est d'ailleurs lui que la foule acclamait le plus. Et le speaker expliqua devant le micro que c'est lui qui devait vaincre, si l'autre ne l'en avait empêché...

Le malchanceux Aloys, qui aurait pu l'emporter aussi sans sa maudite crevaison, se classa dix-septième, à cinquante-trois secondes du vainqueur.

... Au cent et unième kilomètre exactement, Sir Sullivan O'Tortose avait abandonné.

* * *

Deuxième étape : Lille-Charleville.

« Un chien de boulot », disaient au départ les coureurs français ; non pas tellement pour la distance, mais à cause de ces sales pavés du Nord qui vous disloquent les vertèbres, vous font danser la cervelle dans le crâne et, surtout, vous aplatissent traîtreusement le pneu et le moral à chaque virage du damné parcours.

... Ce matin-là, le docteur Ugenne, pour qui c'était un peu la saison-morte — personne, à ce moment de moisson et de primes cueillettes, ne trouvant le temps d'être malade —, le docteur offrit à son beau-père Toine de le conduire, en auto, sur le passage du Tour.

Emballé, le gros se rasa soigneusement, se fit très beau, et embarqua de suite après son déjeuner avec T. Déome, tout aussi beau, et Stéphanie, muette de joie. En quelques heures de promenade, le docteur atteignit la chaussée par où devait passer la caravane. Il stoppa au sommet d'une côte bordée de champs et, peu soucieux de se mêler à la cohue dangereuse des curieux et des suiveurs, gara sa voiture dans un chemin rural, fort tranquille, qui débouchait sur la grand' route.

On s'assit dans l'herbe. À huit cents mètres de là, en contrebas, le coq d'un petit clocher de France regardait couler la Meuse, toute modeste encore à cet endroit, et fleuve à peine, entre les collines taraudées d'ardoisières. Le village était un de ces aimables petits trous des Ardennes, mi-ouvrier, mi-agricole, comme tous ceux de là-bas, qui fleurent le bon café au cognac, la cigarette de caporal, le feu de bois et la confiture de myrtilles. Ses maisons de cailloux plats et rouillés portaient toutes toit d'ardoise et contrevents de chêne. Il avait sa cure délabrée, son monument aux morts de la guerre, son café des Poilus, une forge de maréchal-ferrant à l'entrée, un garage un peu plus loin, et sur la grand'place, une mairie minuscule, un magasin de vélos, un familistère et un bureau de tabacs. De ci, de là, comme dans notre Ardenne, un fumier, avec des coqs gaulois dessus. De larges affiches, prônant des apéritifs fort alcoolisés et des pneus inusables, s'étalaient sur les murs. Un chemin de fer longeait la Meuse, et la petite gare, avec son chef à képi blanc et drapelet rouge, avait l'air d'une gare de Saint-Nicolas. Pourtant, le sifflet des trains et le roulement des roues de fer vous faisaient un fier tintamarre entre les collines, avant de s'engloutir dans le tunnel proche.

Le village, cet après-midi-là, vivait son grand jour : le Tour allait passer. Il était bondé d'autos, de motos, de cycles, et d'une foule joyeuse et enfiévrée, contenue par quelques gendarmes à qui cette prestation plaisait beaucoup. On attendait, en buvant et en discutant. Le curé lui-même, un solide petit gaillard noiraud, avec un béret basque sur l'oreille, et, sur sa vieille soutane, le ruban jaune de la médaille militaire, discutait sport, avec six ou sept gaillards d'allure très peu dévote, en un argot magnifique de précision et de couleur.

... Là-bas, au sommet de la côte, Toine et les siens attendaient aussi, mais ils ne disaient pas grand'chose, pris qu'ils étaient tout entiers par la beauté gentille de ce coin mosan, proche parent, avec l'accent français, de leur coin à eux. Surtout, ils étaient, sans l'avouer, tous émus par ce qu'ils attendaient... la caravane dans laquelle peinait quelqu'un qu'ils aimaient tous, chacun à sa façon, mais beaucoup.

... Et soudain, à une extrémité du village, au fond de la route encaissée, il y eut une clameur. Le village bourdonna. Vingt secondes après, deux motocyclettes pétaradantes, chevauchées par de graves gendarmes vêtus de cuir noir, passèrent, impressionnantes comme la Loi, devant Toine et les siens. Puis un cortège invraisemblable d'autos, surchargées de réclames et de personnages à lunettes fumées, grimpa la côte comme une énorme et bruyante chenille. Quelques instants passèrent encore et, tout à coup, une clameur nouvelle monta du village, éclatante, celle-ci, et follement joyeuse. Le temps pour Toine et les autres de courir au bord de la route et, déjà, surgissait devant eux une longue voiture grise, ornée d'un fanion et surchargée de bonshommes dont l'un consultait une carte routière avec l'air pénétré d'un chef d'État-major. Un second griffonnait des notes et les autres regardaient droit devant eux, olympiens comme ceux qui commandent au destin.

La clameur, là-bas, devint du délire.

Et, au bas de la côte, nos quatre amis virent déboucher une douzaine à peu près de bonshommes tout petits sur leurs vélos. Il en était de noirs, de rouges, de bleus, quelques-uns étaient verts. Tandis qu'ils grimpaient, un autre peloton, plus compact, surgissait déjà du village, à leur poursuite.

Les hommes de tête atteignirent le sommet de la côte, tous silencieux, déjà méconnaissables avec leurs figures maigres et cuites de puddleurs. En quelques secondes, ils disparurent, pédalant à folle manivelle sur la longue route plate qui partait de là.

Rien, dans ce premier groupe, ne ressemblait à Aloys.

Le second peloton était là, encadrant le maillot jaune de Marojus. Mêmes visages anguleux, déjà bistrés, mêmes jarrets d'écorchés, même silence consciencieux et têtu.

Puis, le gros des coureurs, quarante hommes au moins, défila en troupeau compact. L'un d'eux, un loustic, Français évidemment, prit la peine de crier à Stéphanie :

— Attends-moi, la belle enfant, j'fais le tour et puis je r'viens !

Mais Stéphanie ne rit pas.

« Les timbaliers étaient passés », tous ou à peu près, et aucun n'avait ralenti...

Pourtant, s'« il » avait été parmi ceux-là, il m'aurait sûrement reconnue, pensait-elle, déjà transie.

Toine opina :

— *Y deût yesse passè, bé sûr !*

— *L'est co timps !* objecta T. Déome, pour le principe.

— *En tout cas, si y n'est né passè,* fit le gros, *c'est pus les pwînnes ! Y n'rattrapera pus jamais l'z'autes è...*

Il n'acheva pas. Stéphanie, debout sur le talus, étouffait un cri.

Au bas de la côte, un coureur venait encore de surgir, seul. Il montait, le nez sur le guidon. On ne voyait que le point fixe de sa petite casquette blanche et la boule de ses genoux qui tournaient, tournaient comme le régulateur d'une machine. Il roulait bien, sans déhanchement, en ligne droite. Seules, les jambes tricotaient. Il ne regardait rien que le ruban gris de la route que sa roue avalait.

— Aloys !

C'était plus fort qu'eux. Ils avaient crié tous ensemble. Il leva la tête, surpris, sauta à bas de sa machine, qu'il coucha sur le talus. Puis ses bras nus et bruns s'ouvrirent tout grands et il embrassa la brave enfant dont les yeux s'emperlaient, tandis qu'il répétait :

— C'est gentil, ça, d'être venus !

Il était si heureux qu'il embrassa les trois hommes aussi, fort émus.

Haletant, il jeta ces mots :

— Pas de chance aujourd'hui... Crevé deux fois... Aidé un camarade... Mais ça va marcher, maintenant.

Et il rit de ce rire gamin qui le rendait si beau, si jeune, si aimable.

— Quelques minutes de retard... ajouta-t-il. Mais je les aurai ! Maintenant, ça ira ! Je le sens... Que vous avez bien fait de venir ! Merci... Au revoir.

— Revenez avec nous ! lui souffla Stéphanie... Il sourit avec un peu de mélancolie, mais se ressaisit tout de suite et il prit à la jeune fille une rose rouge qu'elle avait agrafée sur sa blouse et la fixa dans la laine de son maillot, sur son cœur.

Il les embrassa encore tous, Stéphanie la dernière, et longuement. Il lui murmura :

— Je serai sage. À bientôt. Ça ira... Au revoir, Phanieke...

Frissonnante, elle le regarda sauter sur sa machine. Il fit un geste de la main qui pouvait être encore un baiser et puis, il démarra, devint tout de suite une petite chose noire et rapide qui s'amincissait, perdait sa forme humaine, n'était plus qu'un point minuscule sur la route au bout de laquelle elle s'évanouissait.

Alors, Toine et les siens se regardèrent. Tous ils avaient la figure noircie par l'accolade du coureur. Mais ils ne songeaient pas à rire. Leurs figures étaient pâles, tendues, et leurs yeux brillaient. Le petit chapeau de paille blanche de Stéphanie lui avait chaviré sur l'oreille et elle se tamponnait les yeux.

Le docteur murmura :

— Brave garçon, brave garçon... Courageux, oui, et gentil, gentil...

Toine, qui cherchait quelque chose à dire, trouva enfin ceci qui, à la rigueur, pouvait passer à la fois pour un regret et une consolation :

— *N'ira né long ! L'est bé quatte minutes en retard. Y s'ra bé sûr li déré* [1].

En quoi il se trompait, car il en passa encore, des coureurs, et pas mal, égaillés en perles de collier rompu. Et comme le docteur engageait sa voiture sur la grand'route, il en arriva deux, de couleurs différentes, et qui paraissaient fort las. T. Déome les encouragea jovialement. Ils ne répondirent point. C'étaient un Allemand et un Roumain.

Ils n'étaient pas les tout derniers. La voiture en croisa encore six ou sept, qui semblaient pédaler dans de la mélasse et qui consultaient les poteaux indicateurs avec des yeux de bagnards. Ceux-là, sûrement, n'iraient plus loin.

Quittant la route du Tour, l'auto s'engagea sur la chaussée franco-belge. Elle roula ainsi durant près d'une heure. Au bout de quoi, T. Déome s'offrit à payer « une bonne goutte » puisque l'on était en France.

Au bord de la route, une aimable guinguette blanchie à la chaux nichait parmi de beaux arbres. L'enseigne portait : *Au père Pinard.* Des tables et des chaises peintes en vert s'ombrageaient sous les arbres. Quatre heures venaient de sonner. La clientèle était nombreuse dans la guinguette. Un haut-parleur graillonnait en plein vent des musiques à succès.

Toine et les siens s'installèrent. Le gros exposa :

— *Mi, dj'ai toudis yeû l'invie di sawè in cô c'qui c'est c'machin-là qu'on nomme... dou chôse... dou perlot,... dji n'sais pus au jusse.*

— *Ça va !* fit T. Déome. Et il commanda une fine pour lui, un Vitel pour le docteur, pilote responsable, un café pour Stéphanie et un Pernod pour le maïeur de Trignolles.

Le maïeur de Trignolles trouva cette boisson fort rafraîchissante, agréable au goût et parfaitement inoffensive. Comme il faisait chaud, il appela une serveuse et lui demanda aimablement :

— *Mam'zelle, encore un perlot s'il vous plaît !*

Elle comprit quand même.

Et le maïeur dégusta son second Pernod avec délices. Après quoi, puisqu'il fallait profiter un peu de l'occasion, il s'offrit une fine, deux fines, qu'il trouva supérieures à tout.

— *C'qu'y z'ont d'meyeû en France,* dit placidement T. Déome, *c'est l'amer Picon.* Et il fit servir au maïeur et à lui-même un amer Picon...

---

1. Le dernier.

Le docteur souriait. Il en était toujours à son Vitel et Stéphanie à son moka.

Toine goûta son amer Picon, déclara que ça n'était pas mauvais, mais que tout ça, c'était *« des bwèssons d'couméres »* et puis... il se mit à parler de sport, de Tour de France, de grands braquets, de boyaux crevés, de pavés du Nord, de sprints et de maillots jaunes avec une telle chaleur, un tel enthousiasme, que les clients et clientes des tables voisines se retournèrent en souriant sur ce gros homme tout rouge, si jovial, et qui parlait si bien.

T. Déome, avec un air de ne pas y toucher, l'excitait en le contredisant.

— *Aloys peùt co awè rattrapè l'peloton d'tiesse*, affirmait-il. *Il asteùt en forme.*

— *Li !* contestait le gros Toine. *Il aveùt djà quatte minutes di foutues quand on l'a vu ! D'ailleurs, c'è-st-in homme pou les montagnes, ça, Aloys. Su l'plat, y n'est né rare.*

— *Les montagnes di Trignolles !* ironisait l'autre.

... Mais soudain, le haut-parleur coupa net la rumba dont il se gargarisait. Un bref silence, un bruit de déclenchement, une rumeur de foule, et puis la voix d'un speaker s'éleva :

« Chers auditeurs, nous voici à Charleville, à quelques pas de la ligne blanche qui marque le but de la seconde étape du Tour de France. Le ou les vainqueurs vont arriver dans un instant. À l'heure où je vous parle, ils ne sont plus qu'à quatre ou cinq kilomètres d'ici. *(Toine s'agite sur sa chaise, se passe la main dans les cheveux et lampe un grand coup de son Picon.)* Au moment où nous avons quitté les coureurs, soit à une quinzaine de kilomètres de l'arrivée, trois hommes roulaient en tête. C'étaient le Français Guibolet, l'Italien Pitti, et Marojus, le maillot jaune. Un groupe fort mélangé d'une dizaine d'hommes suivait à deux cents mètres. À une minute venait le gros peloton...

» Voici, chers auditeurs, quelques péripéties de la course que nous avons suivie depuis Lille... »

Et le bonhomme, volubile, se met à détailler les incidents : « crevaisons, chutes, lâchages, défaillances, remontes ». Les noms se mêlent en une vaste salade internationale : l'Espagnol Pagnaver, le français La Grève, l'Italien Guido Sinistro, l'Allemand Schuttkarren, le Hollandais Van Zottemolen, les Belges Krabbe et Vissot, le Basile Kourascu de Roumanie...

Et le speaker parle, parle comme une mitrailleuse. Il tue le temps à coups de mots et de noms. Les minutes passent. L'amplificateur rassemble et solennise la grosse rumeur de la foule transie d'impatience. Il ramasse tout : cris de femmes, coups de sifflet des agents, carillons des clochers, rengaines des pick-up. Un petit chien aboie que l'on entend nettement. Furieux, un agent enjoint : « Enlevez-moi ce cabot du terrain. Y va nous fiche la pagaïe à l'arrivée ! » Mais le cabot est égaré, à demi fou, et l'on rit...

Toine rit aussi, nerveusement, et achève d'un trait son Picon. T. Déome lui fait servir un vermouth-cassis.

Le haut-parleur crépite, comme grêlé. Et la voix du speaker monte de deux tons. La foule lointaine bourdonne comme une ruche en colère. Les femmes pépient, les officiels lancent des ordres haletants : « ...tention là ! Dégagez ! »

Et le speaker, enfermé dans sa cabine battue par une tempête de cris, se met à hurler à brise-micro :

« Un homme arrive seul, déchaîné. Il porte le maillot noir et rouge... C'est donc un Belge... Il a cent mètres d'avance. Ce n'est plus un homme, c'est un projectile. Le nez sur la roue, il fonce... Le voilà, il scie la ligne d'arrivée... Son élan l'emporte... Il ne s'arrêtera qu'aux Alpes, chers auditeurs ! Il relève la tête, enfin... Ah ! mais c'est tellement inattendu... Le vainqueur, chers auditeurs, on me crie son nom, oui... pas de doute... c'est bien lui... le vainqueur de cette étape, c'est le Belge Verluisant ! »

— *Qui qu'c'est cti-là ?* demande Toine.

T. Déome, pâle, souffle simplement :

— *C'est li !*

— *Li ?*

Le docteur se ronge les ongles d'un air étrange. Stéphanie, bouleversée, farfouille dans son sac à main, pour y chercher son mouchoir, qu'elle ne trouve pas...

— *Ver... Verluisant, ça n'est né Verluzenne...* bégaie le maïeur.

— *Non, mais in Verluysen, en France, ça d'vé in Verluisant, comme in maïeûr divé in maire, è in Toine « un pochard »,* réplique T. Déome qui s'est ressaisi.

— *On n'mi f'ra jamais avalè*, reprend le gros, obstiné, *qu'aveù quatte minutes di retard...*

Mais on lui enjoint de se taire. Le speaker continue :

« L'exploit du sympathique Verluisant est stupéfiant. Malchanceux depuis le départ, handicapé par plusieurs crevaisons, abandonné à lui-même durant la majeure partie de l'étape, il a non seulement comblé ses retards mais, s'emballant avec fougue, il a littéralement médusé tous ses concurrents et les a surclassés de façon merveilleuse. Et, malgré la poussière qui le patine, il paraît frais, Mesdames et Messieurs, frais comme la rose dont s'orne son maillot. Car j'ai oublié de vous signaler ce joli détail : le vainqueur du jour nous est arrivé avec une rose splendide *(Stéphanie joint les mains sur ses genoux, d'un air extatique.)*, une rose qui fait loucher le public féminin très nombreux ici, et Dieu sait si les Carolopolitaines sont charmantes... *(Stéphanie mordille son mouchoir.)* Ah ! cette rose, ce qu'elle a du succès, chers auditeurs ! Mais aussi, ce que le gaillard a l'air d'y tenir ! Il la protège à deux mains, comme s'il protégeait son cœur. *(Les lèvres de Stéphanie tremblent.)* D'ailleurs, nous allons l'appeler au micro pour lui demander ses impressions... Verluisant, hé Verluisant, par ici, mon vieux ! »

— *On va bé veye si Ver... Verluisant, c'est Verlu... Verlu... zenne !* bredouille Toine, qui continue de boire scandaleusement.

Mais déjà, une voix jeune, joyeuse, et bien timbrée, claironne :

— *Nen goeien dag aan vader, aan moeder, aan heel de familie, en aan de vrienden. Ik hoop dat ge allen goed gezond zijt. Met mij gaat alles wel. Ik ben heel gelukkig en in 't geheel niet moe. Denk niet te veel aan mij. De ronde van Frankrijk is niet zoo lang en het is heel plezant, want men ziet veel streken. Vergeet niet mijn duiven goed te verzorgen. Aan allemaal ne kus ! Tot binnen kort !* [2]

Et, enchaînant en français, Aloys continue :

— *J'envoie aussi le bonjour à mon cousin Toon, de Trignolles, à cousine Hilda, au petit Jefke, au dikke T. Déome, au docteur, mais surtout à Phanieke... Elle a bien fait de venir sur le passage de la course. Merci, de bon cœur. Au revoir. À bientôt. J'embrasse tout le monde.*

Toine, enfin convaincu, bouche bée, regarde le haut-parleur avec des yeux ronds et noyés d'ivresse. Le docteur est grave. T. Déome, affectueusement, et pour se donner une contenance, peut-être, entoure de son bras les épaules de Stéphanie, la sensible, qui voudrait tant pleurer, et ne l'ose parce qu'elle sent beaucoup de regards posés sur elle.

Mais voilà le speaker, animal intarissable, qui se met à taquiner Aloys, là-bas...

« — Un dernier mot, mon vieux Verluisant, une petite question,

2. Bonjour, père, bonjour, mère, et tous les parents et amis ! J'espère que vous êtes tous en bonne santé. Pour moi, tout va bien. Je suis bien heureux, pas fatigué du tout. Ne vous tracassez pas pour moi. Le Tour de France n'est pas si long que cela, et d'ailleurs, c'est très gai, car on voit du pays. Soignez bien mes pigeons. Je vous embrasse tous. À bientôt.

peut-être indiscrète, mais le public sportif s'intéresse tellement à tout ce qui touche à ses favoris... Cette rose, tu ne l'avais pas au départ, alors... ? »

— Ah ça, balbutie Aloys que l'on sent ému, c'est mon porte-bonheur. C'est elle qui m'a fait gagner.

Il n'en dit pas plus et s'esquive. Et le speaker, là-dessus, vous brode une belle histoire qui tourne, tourne autour de la vérité, comme à colin-maillard. « Cette rose, le gaillard, qui est bien le plus séduisant des gars du Tour de France, l'aura reçue, au long de la route, des mains de quelque jolie admiratrice ardennaise. Aloys, à la volée, aura mis son cœur en dépôt dans la roseraie du jardin de France. Il aura promis, sautant sur son vélo : « Je reviendrai dans quelques semaines ». C'est là ce qui s'appelle, en style sportif, « faire des étincelles ». Parfois, assez rarement, l'étincelle devient flamme et la flamme fait feu qui dure... Mais, trêve de commentaires sentimentaux, chers auditeurs, et fermons cette parenthèse gentiment idyllique en concluant que, somme toute, l'exploit de Verluisant, s'il est une victoire belge, c'est encore et surtout la victoire de la rose, de la rose cueillie dans un jardin de chez nous, de la rose, fleur de France... »

Avant que l'on ait pu deviner son intention, Toine s'est dressé... La chaleur, la fièvre sportive, une pointe d'indignation chauvine, l'orgueil déjà familial qu'il tire de l'exploit d'Aloys et du message radiophonique où il a été, lui, Toine, nommément interpellé, mais surtout l'audace puisée dans l'innommable mixture bachique composée par T. Déome, tout cela vous a transformé le gros Toine, maïeur timide et casanier de Trignolles, le Toine perclus d'agoraphobie, en un Toine impavide, agressif même. Tous ceux qui sont là, autour de lui, sous les feuillages de la guinguette, il les voit bien, et les gens sourient en le regardant, mais il s'en moque, il ne les voit que de très loin, d'un regard qui domine et rapetisse. Il se sent prodigieusement fort. D'un geste, lui semble-t-il, il balaierait tout ce monde comme un enfant renverse des jouets. Et tandis que le speaker grasseye son paradoxe fleuri sur la victoire de la rose de France, Toine, tourné vers le haut-parleur, les pouces aux entournures du gilet et le regard provocant, clame d'une voix terrible :

— Vous en avez menti, Mossieu !

Déjà, le docteur et T. Déome l'ont forcé à se rasseoir. Mais Toine se démène, au milieu de la bonne centaine de spectateurs qui sont là, et qui l'observent depuis tout un moment, et qui rient de bon cœur. Il gesticule, proteste, couvre de sa grosse voix les commentaires entortillés de l'autre qui, derrière son lointain micro, continue d'interpréter l'affaire en la truffant de chiffres chronométriques... « trois minutes quatre secondes... une longueur... une demi-roue... ». Sans se lasser, insensible aux supplications de sa fille et du docteur qui le tiennent chacun par un bras, insensible à la gaîté formidable de T. Déome, écroulé dans son fauteuil de rotin, Toine, remis debout et autour de qui l'on fait cercle, répète inlassablement :

— Il a menti, ce charlatan-là ! La rose de France, y n'a qu'à venir voir dedans mon jardin. C'est là qu'elles poussent, les roses de France, oui, Mossieu, dedans mon jardin qu'est en Belgique, de l'aut'côté d'la frontière. Et Verluisant, Mossieu, faut pas essayer d'nous l'prente, v's'avez beau faire avec vos prêchements d'avocat, c't'homme-là, il est à nous-autes, comme les roses de France qui poussent chez nous, v's'entendez, Mossieu !

Et, attrapant la serveuse : Encore quatre Pierlot, s'il vous plaît, mam'zelle. Je paie une tournée sur la victoire de Verluisant, moi !

Tous les clients de la guinguette sont pâmés de plaisir, même les enfants qui se sont approchés, pour voir le gros de plus près.

... Mais voilà-t-il pas qu'un petit bonhomme de zouave permissionnaire, vêtu de kaki, les jambes serrées dans des molletières et la chéchia plantée à la Bugeaud sur ses cheveux noirs, lance soudain d'une voix de fausset, mais de fausset méridional :

— Non, mais l'gros père, c'qu'y nous trotte su l'haricot avec son « Verreluisangue » ! On croirait des fois qu'c'est lui sa nourrice à c'bibi-là qui s'accroche des floraisons dans le maillot pour nous la faire au sentiment.

Toine, outré, se retourne, dévisageant l'audacieux, qui ne cherche d'ailleurs qu'à s'amuser.

— De quoi qu'vous disez, vous, là, mon p'tit ? Quoi c'que vous voulez dire, avec vot'nourrice ?

Et, se rengorgeant : Vous saurez, mon ami, que le coureur Aloys Verluisant, dont je suis presque son beau-père, il n'est pas plus bibi que vous, beaucoup moinsse probablement, malgré vos airs de p'tit coq à chapeau rouche. Quant aux z'haricots que vous y avez fait z'allusion, si vous en voulez des z'haricots, je vous en fournirai, moi, et des ceusses de sélection, vu que j'suis t'horticulteur, à vot'service, mon p'tit !

— T'horticulteur ? Alors, vous cultivez le torticolis ?

Satisfait de sa harangue, qui lui vaut des applaudissements, Toine, au lieu de répondre, se rassied et s'administre encore un bon coup de Pernod.

Mais l'autre, à qui on ne rive pas si aisément le clou, reprend d'une voix de gouaille enrageante :

— Si y sont bons, hein, vos fayots, vous pourriez toujours en refiler une gamelle à votre bébé cycliste, avec une salade aux roses de vos torticultures, parce que moi, j'vous l'dis, il lui en faudra de la tambouille de complément, à c'pauvre type, pour lui regonfler le moral quand y va s'voir au pied des Alpes, et qu'y verra que le funiculaire il est parti sans lui.

Dans tout ce beau discours, Toine n'a compris qu'une chose, c'est que l'on se moque de lui et de son futur gendre. Mordu dans l'âme, il se replante et croise les bras.

— Les Alpes ! Les Alpes ! Mais, mon ami, est-ce que vous savez bien ousqu'elles sont, seulement, les Alpes ? Vous ne lisez donc pas les gazettes, dans vot'caserne de p'tits gamins ? On ne vous a pas dit, sans doute, que Verluisant, c'est le plus fort coureur qu'on a jamais vu dans la montagne ? Oui, Mossieu, c'est justement là qu'il est le plus fel [3], c'est dans les cols ! Rattendez seulement, vous allez voir quéque chose quand il y sera, dedans vos Alpes. Si on ne le retient pas, y passera tout outre de vos Alpes de quat'sous, Mossieu, et y filera en Espagne, tout droit, comme une flèche, Mossieu !

On n'en peut plus. Toine, soûl d'éloquence, regarde bien ses auditeurs. Il y a là ceux que l'on rencontre toujours en tels endroits : le professeur et le colonel retraités, l'un avec sa revue philologique, l'autre avec son veston boutonné ; le métallurgiste en congé payé, l'étudiant qui se repose des fatigues de l'examen raté, et les mémères avec de vieux petits toutous gras et chassieux bavant sur leur ruban, et les militaires en permission et les couples d'amoureux encagés comme des tourtereaux dans les charmilles ; le boucher retiré des affaires, et venu là en camionnette à bétail avec les deux cent et vingt kilos totalisés par la dignité neuve de sa femme et les espérances attendries de sa fille. Il y a la foule de remplissage, celle qui se renouvelle à chaque instant, passe, s'arrête une heure, et repart, sur ses véhicules à moteur ou à pédales : touristes, potaches, rouliers, voyageurs de commerce, maquignons, marchands de liqueurs... Tout ce monde excite Toine, déchaîné. On le trouve sympathique, encore qu'un peu jobard et plastronnant. Mais il parle d'une façon drôle, avec des mots jamais entendus, et que chacun comprend quand même. Et le plus gravement du monde, Toine, à présent, donne au jeune zouave des conseils qu'il veut cuisants :

3. Intrépide.

— Si vous voulez arriver à quéque chose dans le sport, mon ami, vous n'avez qu'à imiter mon gendre. Lui, n'est-ce pas, pendant son service militaire, dans les artilleurs, au lieu de perdre son temps à discuter avec des gens-comme-y-faut, il faisait de l'entraînement à Bruxelles, sur son vélo, oui, Mossieu, sur le plat, dans les montagnes et dans les descentes, et il faisait ça avec sa tête t'aussi bien qu'avec ses jambes, Mossieu, pasque lui, voyez-vous, c'est un estratège qui ne se gêne pas pour flanquer des pointes dans les encadrements...

— Mince ! coupe le petit Français blagueur, c'qu'y devait supporter comme barda d'équipement, c'phénomène qu'était à la fois artiflot, estratège, encadreur et acrobate, pisqu'y travaillait autant avec son cervelas qu'avec ses ripatons.

— Acrobate vous-même, espèce de gamin, je ne vous réponds plus ! Je vois bien que ça vous fait bisquer de voir que ça n'est pas votre Passcaillou qui gagne. Mais vous avez beau faire, il est foutu avant de commencer. C'est moi qui vous le dis.

— Alors, y a d'l'espoir...

— Oui, Mossieu, c'est réglé d'avance. Vos Alpes et vos Pyrénées et tous vos cols et tous vos faux cols, on s'en fiche ! Aloys Verluisant en a vu bien d'autres, de montagnes...

— Sans blague ? ricane le zouave, il a vu ça dans la Flandre, des fois ?

Toine, exaspéré, s'envole dans une suprême tirade et, d'un seul coup, déballe toutes ses réserves oratoires et les jette, par paquets massifs, sur la chéchia de l'autre, enfin surclassé :

— Sacré p'tit gamin ! C'est parce que vous portez un ramponeau [4] tout rouche sur vot'tête que vous raisonnez comme un vieux pot ? On ne lit donc pas les gazettes dans vot'caserne. Si vous auriez lî seulement un artique sérieux, vous sauriez que Verluisant, c'est l'homme-vélo, le coureur complet, l'athlète esplendide qui porte sur son dos l'honneur tricolore du drapeau national de notre pays aux trois couleurs. Oui, Mossieu, ça a été écrit et imprimé dedans les gazettes, ces affaires-là, écrit en toutes lettres dans des artiques avec le portrait de mon gendre qu'on z'y espliquait qu'il est un planeur de vélodrome et un crampon dans la plaine et une flèche dans la montagne et qu'il a des bielles en or et un cerveau d'acier et des jarrets totalitaires, Mossieu, et qu'il s'a donné z'à lui-même l'ordre de vaincre ou de mourir, Mossieu. Et si vous ne l'avez jamais vu boxer et « sprainter », je l'ai vu, moi, Mossieu, avec les « romamichels »

4. Sac à café.

quand il les a à peu près tous coumoulus [5] et qu'il leur a stiché [6] leur sale figure dans les chètoires [7] de mes « mouchamiels »...

— ... Un vrai type à catastrophes !

— Taisez-vous, petit malheureux ! Vous ne savez pas à qui c'que vous causez, ni quoi, ni comment ! Vous raisonnez comme une jupette à dérailleur. Verluisant, Mossieu, y f'ra c'qu'y voudra de tous les autres. Il les bouffera si y veut. Seulement, il a trop bon cœur, vous comprenez, lui. Ça aussi, on l'a imprimé dedans le journal. Il a trop d'humanisme...

— Y peut toujours y envoyer le petit braquet, à son cœur et...

— Taisez-vous que je vous dis ! tonitrue Toine, vous parlez d'affaires que vous n'y connaissez rien, mon pauf'petit. Dire que c'est avec des p'tits riquiquis comme ça qu'on veut défendre la France et ça n'est pas capâpe de boire un demi-perlot sans dire tout de suite des bêtises. D'ailleurs, je suis bien bonasse de discuter avec vous, pasque je crois que vous le faisez par exprès pour m'endêver et pasque vous marronnez que ça n'est pas vot'Passcaillou qu'a z'arrivé le premier. Il a beau faire, Mossieu ! Tant qu'il y aura des roses dedans mon jardin, c'est Verluisant qui vaincrera, pasque lui, voyez-vous, mon ami, vous ne le savez p'tète pas, mais moi, j'vous l'dis, Mossieu...

Et Toine, retrouvant enfin le beau mot qu'il cherchait depuis un moment, fleurit sa péroraison de cette métaphore éberluante, qu'il barrit, les bras en l'air et le regard au firmament :

— ... J'vous l'dis, moi, Mossieu, Verluisant, c'est lui qu'est le « discaboule des z'houblonnières » !

Et le gros, cramoisi, en nage, les cheveux dans les yeux, veut se rasseoir. Dans le feu de son éloquence toute en mouvements, il a reculé sa chaise d'une bonne coudée... Toine s'assied par terre, semelles en l'air. On se tord. Des loustics crient « Vive la Belgique ! ». Relevé aussitôt, et heureusement indemne, le maïeur prend le parti de rire aussi en brossant son fond de culotte.

Et pour bien montrer qu'il est brave homme et que toute cette éloquence, c'était encore du sport, il crie « Vive la France ! ».

Là-dessus, il vide d'un trait son dernier verre et se décide aussi, sur les instances éplorées de sa fille, à vider les lieux.

Il salue l'assemblée d'un coup de chapeau large et noble. Le petit

5. Pulvérisés, anéantis.
6. Fourré.
7. Ruches.

zouave vient lui serrer la main en lui disant : « Dommage qu'on s'voit pas plus souvent ». Toine serre aussi la main de la serveuse, qui n'est pas vilaine, et il lui dit : « Au r'voir, Mam'zelle Perlot ! » Il crie ses adieux à la patronne du lieu : « Au r'voir, Madame Pinard ! » Encadré par sa fille et par T. Déome, il se dirige, jovial et titubant, vers l'auto. On l'installe comme un malade heureux, dans le fond, près d'une portière ouverte. De là, il crie encore :

— Au r'voir, Madame Pinard ! Si vous v'nez dans not'pays, faut v'nir me voir. Gnia qu'à demander ousque c'est chez Mossieu Antoine. Je suis le maire du villâche et l'beau-père de Verluisant. On vous fera une bonne jatte de café... Demandez l'père de Trignolles et l'beau-maire de Verluisant...

Et comme l'auto démarre sous une rafale de rires et d'acclamations, on entend encore Toine qui entonne cette belle ratatouille patriotique dans laquelle il veut peut-être exprimer son double amour d'homme des frontières :

Aux armes, citoyens ! Formez vos bataillons !
A toi nos cœurs, à toi nos bras,
Le jour de gloire est arrivé,
La France a sorti de son tombeau...

Le docteur, au volant, rit de toutes ses dents. Stéphanie, gênée et même indignée, menace le gros :

— *Dji l'dirai à moman !*

Ce dont il semble se moquer, car il braille de plus belle :

Le sièque marche et « pousse déjà long »...

T. Déome suffoque d'un bonheur profond et large comme sa rosserie.

* * *

Si le dénommé Verluisant ne traversa comme une flèche ni les Alpes, ni les Pyrénées, il les franchit quand même en un style fort honorable, en s'y cramponnant et en soufflant beaucoup. Il en descendit les pentes avec une audace adroite. Ces épreuves très critiques lui valurent des bonifications et des primes appréciables. À Pau, il se voyait neuvième du classement général et coté au tableau des « meilleurs grimpeurs ». Par la suite, ralliant Paris par des routes moins cabossées, il gagna encore deux étapes. L'une traversait les enchantements de la Loire. L'autre, c'était la dernière... Aloys, avec trente mètres d'avance sur le peloton de forcenés qui lui brûlaient les trousses, franchit en projectile l'entrée du Parc des Princes, dans une explosion d'acclamations. Paris, c'était beaucoup moins loin des Tiennes de Trignolles que les cols des Pyrénées. Le jour même, vainqueur de trois étapes, sixième du classement général à dix-sept minutes du leader, son compatriote Baes, le brave garçon reprenait le train de Belgique sans attendre son reste. Le soir même, il embrassait ses parents et le surlendemain, bien reposé, pédalant à la cadence du coureur en flânerie heureuse, il mettait le cap sur le village de ses amours et de sa grande espérance.

On le reçut comme l'enfant de la maison, perdu au bout du monde et retrouvé. Quand il eut juré et rejuré à Stéphanie qu'il renonçait à son métier de coureur, qu'il n'y penserait plus jamais, qu'il allait s'établir bien sagement garagiste et marchand de vélos, le mariage fut décidé pour l'avril suivant. En attendant, Aloys s'occuperait de l'installation de son atelier, à deux pas de la frontière. Il pouvait faire les choses sans étroitesse, car son Tour de France lui avait valu un cachet impressionnant, et son nom, paré de gloire sportive, lui vaudrait encore plus auprès des chalands.

Toine, quand il sut ce que pouvait rapporter un Tour de France à un coureur de la classe de son Verluisant de futur gendre, en oublia toutes ses dépréciations passées auprès du ciel et de la terre et il marmonna, devant Stéphanie, qui souriait :

— *C'est tout l'mînme malheureux d'lâchi in mesti pareil !*

XV

ÉLOQUENCE

L'éloquence est fille de la passion.

LAMARTINE.

Toine a fait avec T. Déome le pari qu'il prendra la parole, en tant que maïeur, à la distribution des prix de l'école des garçons, et qu'il ira là en redingote, haut-de-forme et ventrière tricolore, et qu'il ne lira pas son discours, mais qu'il parlera de chic, sans tam-tam ni tralala, tout bonnement comme il lui parle à lui, T. Déome... Et il a ajouté qu'il ne dira pas plus de bêtises qu'un autre, et que ça ne le gênera pas du tout, cette production publique de ses talents ; qu'il a fait ses preuves — et avec quel éclat ! — dans la guinguette française ; qu'il se demande pour qui il se gênerait ; qu'il n'aura tout de même comme auditeurs que des paysans genre T. Déome et compagnie, et que, d'ailleurs il se moque de ses administrés, du Ministère de l'Instruction publique et du reste de l'Univers !

N'empêche, Toine, dans son jardin, médite beaucoup depuis trois jours. Il y prépare ce qu'il est convenu d'appeler une brillante improvisation. Molonzef, son fils, et Camille, son petit-fils, qui ont maintenant près de deux ans et demi, le suivent partout. Tous deux sont bavards, et ils posent au gros une foule de questions intelligentes sur les fleurs, les bêtes, les légumes, et Toine trouve d'ordinaire un suave plaisir à leur répondre, avec abondance et précision. Mais Toine, depuis trois jours, rumine son discours, et il ne répond plus guère aux questions de Molonzef, ni du petit Camille, ou bien il grogne :

— *Allous-è bé djowè* [1] *dins l'pachi, pasqui pou l'momint, dji rèflèchis...*

* * *

1. Jouer.

Le fameux dimanche de la distribution des prix arrive. Toine a dormi assez nerveusement, la nuit passée. Mais il ne laisse rien paraître de ses transes. Il assiste à la messe basse et, tandis que la maisonnée est à la grand'messe, il va s'installer dans la gloriette, avec son papier et un bout de crayon. Il a même dissimulé un livre dans son veston. C'est le PARFAIT SECRÉTAIRE. Il compulse le livre, corne des feuillets, prend des notes, se déchevèle de ses doigts fébriles, dégrafe son pantalon, mange son crayon. On sort de la messe. Toine ferme rageusement le livre, fait une boule du papier sur lequel il a griffonné quatre lignes d'ailleurs raturées, et lance la boule derrière son dos. À table, il mange distraitement, puis s'offre une sieste, car il fait très chaud, s'éveille pour les vêpres et, sitôt chanté le Magnificat, vient en hâte s'équiper pour la cérémonie académique.

* * *

Le maïeur s'avance vers l'estrade garnie d'une table surchargée de livres rouges, de livres verts, de livres bleus. Il y a un fauteuil genre « noces d'or » derrière la table, sous le portrait du roi et la panoplie des drapelets tricolores. Flanquant le fauteuil, des chaises sont réservées aux membres du Conseil et aux notabilités. Le curé arrive. Toine, civilement, lui offre le fauteuil, honneur que le curé décline. Puis viennent à la queue leu leu l'échevin des Travaux publics, celui de l'Instruction et le conseiller Varisse Catrevaux du Pichoulit, boucher, plus calamistré que jamais, en veston noir, cravate canari, souliers acajou, et portant sa sublime bêtise comme un ostensoir. T. Déome est là depuis un moment. Il a juré à Toine qu'il se tiendrait bien et qu'il n'infirmerait pas les moyens oratoires du gros par des attitudes incongrues, ni des tousseries intempestives, ni des sourires équivoques.

La salle de classe est bondée. Toine, apparemment maître de lui, confie à l'instituteur :

— Je n'aurais jamais cru qu'on pouvait mettre tant de monde ici...

Car c'est ça qui l'ennuie, tout ce monde ! Il lui semble que l'affaire serait beaucoup plus simple s'il n'y avait pas là tous ces gens qui le contemplent.

... Un geste de l'instituteur : aussitôt, tous les gamins, debout, entonnent la Brabançonne. Toine se raidit au garde-à-vous.

Et, tout de suite après, c'est la proclamation des résultats. L'instituteur lit le palmarès. Toine, et les autres de l'estrade offrent les livres de prix, serrent les mains des gosses, tous bien peignés et mouchés, et passablement émus.

Le dernier de la classe, lui-même, le petit-fils de Chicagauche, reçoit un livre : « Les mémoires d'un âne ». Il est heureux et revient à sa place en riant.

* * *

Un qui rit sans grande joie, c'est le maïeur, se levant de son fauteuil. Visiblement, il n'est pas à l'aise. Il s'appuie des deux mains sur la table, à présent dégarnie. Il tient les yeux baissés et se dandine un peu... La vie est empoisonnée de sales quarts d'heure, pense-t-il.

Pourtant, son exorde n'est pas mauvais. Simple, paterne, Toine émet des vérités assez banales et même des truismes éculés, mais de tournure assez avenante :

« Mes amis, le jour de la distribution des prix, c'est un beau jour. On a fait un grand effort et on est content de se reposer. Vous avez tous reçu des beaux livres, bien plus beaux que les ceux de not' temps. Mais faut dire aussi que le monde a bien changé depuis le temps passé. Demandez-le à vos parents... Nous n'étions pas si gâtés que vous, nous autes ! Vous en avez de la chance ! Oui, oui, c'est comme ça. Dans le temps, on devait travailler beaucoup plus, on avait beaucoup plus de ruses et on ne connaissait pas tous les amusements de maintenant. Avec un sou qu'on nous donnait le dimanche, pour acheter des carabibis, on était déjà content et on mangeait plus de pain noir que de blanc, et plus souvent du sayin [2] que du beurre, et beaucoup plus de cretons que de biftecks. Et puis, quand on rentrait de l'école, y en a qui devaient core s'occuper des vaches et de leurs petits frères. Et quand on avait fini ses études, on vous flanquait tout de suite une « bèsace » à vot'dos et on allait gagner sa vie des dix, douze heures par jour... »

Les gosses n'écoutent guère. Il en est pas mal qui, déjà feuilletant leur Mame à Tours, en contemplent les vertueuses gravures. L'instituteur roule des yeux sévères et fait « Pstt ! ». La foule des parents, par contre, approuve les paroles du maïeur d'un signe de tête très pénétré.

Toine continue :

« Vous devez être reconnaissants à vos chers parents de tous leurs sacrifices, qu'ils font pour vous instruire. Et vous devez aussi bien

2. Du saindoux.

des remerciements à Mon-sieur l'maît' qu'est un homme fort dévoué et fort vaillant et qui vous apprend bien la politesse, pasque ça, on peut bien le dire, dans not'villâche, c'est un vrai plaisir d'être bourmesse... »

... Jusqu'à cet endroit de son discours, Toine n'a cessé de contempler le même rectangle jaune du carrelage de la salle. Mais, à présent, mis en verve et confiance, il se dit : « *Ça va ! Dji sus bé anondé...* [3] *continuons !* » Et il lève les yeux et regarde son auditoire avec une mâle assurance. La fichue idée ! Aussitôt, le gros rougit et se met à bafouiller...

... Au troisième rang de l'assemblée, Monsieur Pestiaux, flanqué de sa Pélagie, semble ricaner. Sept semaines en deçà, le droguiste s'est vu infliger par le tribunal correctionnel une éblouissante condamnation pour insultes à la magistrature et à la force armée : « Par application de l'article 276 du Code pénal, lui ont précisé ses juges, le tribunal condamne le sieur Pestiaux Adhémar à quinze jours de prison et deux cents francs d'amende ». Le tout avec sursis, heureusement.

Depuis cet infamant verdict, l'âme de l'inventeur macère dans une rancune rageuse et sournoisement agissante. À chaque occasion, il dénigre Toine, le ventre de Toine, l'éloquence de Toine, l'esprit de Toine, et la famille de Toine, à savoir T. Déome, le docteur, le Choumaque, les filles de Toine, le coureur Verluysen, et les légumes et les poires de Toine, et les abeilles, et le miel des abeilles de Toine, et tout ce qui touche sympathiquement, de près ou de loin, au gros Toine, à ses pompes et à ses œuvres.

... Donc, ledit Toine, ayant découvert le Pestiaux qui ricane au troisième rang de l'assemblée, perd son assurance et s'englue dans ses phrases. Il continue quand même, assez péniblement : « Il faut toujours bien travailler. Le travail, sans ça, y a rien à faire dans la vie. Profitez du temps que vous êtes à l'école pour bien vous instruire, et plus tard, vous aurez une belle place. Vous entrerez ousque vous voudrez, dans les contributions, dans les chemins de fer, dans la gendarmerie, dans les tribunâls... »

Pestiaux, une main sur la bouche, lance un coup de coude à Pélagie. Toine, sans le regarder, l'a vu. La colère le gagne. Et il a beau fixer, à présent, dans le fond de la salle, le tableau des oiseaux insectivores d'un regard qui passe au-dessus du couple Pestiaux-Ronvaux, il ne perd rien des grimaces à peine discrètes et fort offensantes du

---

3. J'ai pris un bon élan.

grand homme et de son épouse. Pis, les auditeurs de Toine ont remarqué le manège de Pestiaux et ils s'intéressent beaucoup plus, à présent, à cette pantomime qu'au laïus du maïeur. Il y a des sourires et des chuchoteries. Pestiaux, encouragé par le succès, devient insupportable. Hypocritement, il souffle des réflexions spirituelles à sa Pélagie, qui répond par des mines entendues et méprisantes. Sur son estrade, T. Déome bouillonne sans en rien laisser paraître et se demande s'il ne va pas intervenir. Mais Toine, suant et congestionné par l'effort, continue, en se répétant : « On dit toujours que les temps sont devenus difficiles. C'est bien possipe, mais sur la terre y a de la place pour tout le monde et le soleil reluit pour chaque de nous autes. Toute la question, c'est de se remuwer. Quand on est généreux [4], et avisant [5], et qu'on se donne du mal, et qu'on a un petit peu d'idée... »

Pestiaux, à présent, renversé sur sa chaise comme dans un fauteuil, les jambes allongées, le nez en l'air, contemple le plafond. Son binocle, obsédant, fait deux ellipses d'étain froidement impertinentes. Toine bredouille de fureur. Les gens l'écoutent à peine, distraits par l'autre. Pestiaux est heureux, rayonnant de l'âcre volupté de la vengeance satisfaite.

« ... Quand on a un peu d'idée, et qu'on se remuwe, que je disais, on finit toujours par arriver à quéque chose. Je sais bien que tout le monde n'a pas la même « planette » [6] ni la même chance dans la vie, ni la même intelligence, ni core la même mémoire pour retenir toutes les affaires qu'on enseigne, mais enfin, avec du courâche, on vient z'à bout de tout... »

À ce beau pataquès, Pestiaux sursaute, d'une façon qu'il veut ostensible, comme mordu au fondement. Toine, éperdu, avec des yeux de poisson mort, répète, tandis que les auditeurs, lorgnant Pestiaux et son épouse, s'amusent cruellement : « oui, que je disais, on arrife à bout de tout, quand on a de la tête... ».

Le gros s'arrête, ramasse ses forces. La pause est un peu longue, et gênante. Et brusquement, l'énergie bandée par une colère qui s'emballe, fonce, renverse, brise et piétine :

« Oui, mes amis, toute la question c'est de savoir c'qu'on veut. Y faut agir dans la vie comme dans une course cyclisse. Y faut travailler avec ses jambes, avec ses « musques », avec sa tête. Y faut pédaler

4. Courageux.
5. Débrouillard.
6. Genre de vie.

comme un enragé sans se laisser rattraper. Si y a des difficultés, des mauvaises routes, des montagnes et des cols, y faut pédaler quand même, stampé [7] tout droit sur sa machine, en serrant ses dents et sans se retourner. C'est comme ça que ça va ! clame Toine dans un grand geste. Et si on crèfe, on répare et on repart, et on gagne, mes amis, et on est content, et on oublie toutes ses misères, et on est fier des efforts qu'on a faits, et si ça ne réussit pas, malgré tout ça, on n'a rien à se reprocher, pasqu'on a fait son devoir, et que tout le monde ne peut quand même pas être premier... »

Pestiaux, sans chercher à dissimuler sa mimique, tourne la manivelle d'une viole imaginaire. Les gens pouffent sous cape. Les gamins sont tous retournés sur le droguiste. Le curé mordille son bréviaire. T. Déome, torturé et impuissant, contemple sans le voir un tableau anti-alcoolique dans le fond de la classe...

« ... Tout le monde ne peut être premier, pasqu'on n'a pas tous la même intelligence, ni les mêmes jambes, et qu'on ne sait pas tous aussi bien « sprainter » mais y a des places pour tout le monde... »

Pestiaux, changeant de tactique, s'est redressé sur sa chaise. Le buste droit, les bras croisés, il regarde Toine sévèrement, dans le nez, comme s'il voulait l'hypnotiser. Toine, lui, voudrait l'assassiner, même au prix des travaux forcés à perpétuité. Il transpire et s'éponge. Le scandale devient éclatant. T. Déome donnerait tout, lui aussi, pour étrangler le Pestiaux. Il ne sera pas dit, pourtant, que cette bourrique à lunettes lui fera boire jusqu'au fond l'amer calice de la dérision publique. Déjà, T. Déome s'agite, tousse pour éclaircir sa voix de canonnade. On sent qu'il va faire tonner sa redoutable batterie. L'instant est pathétique.

Mais soudain, Toine s'arrête encore, transfiguré... Sa grosse figure cramoisie a retrouvé un calme rayonnant. Même, une espèce de demi-sourire adoucit son regard, plein de placidité débonnaire. Étonnés, les gens coupent net leurs chuchoteries. Les gamins eux-mêmes redeviennent sages. T. Déome, interloqué, se tourne vers ce Toine qu'il ne reconnaît pas, et le boucher Varisse du Pichoulit, occupé à se curer le nez, face au public, interrompt sa rêveuse distraction, une gringuenaude au bout de l'index. Seul, Pestiaux, qui feint de dormir outrageusement, ne s'aperçoit de rien.

« ... Oui, y a de la place pour tout le monde, reprend le maïeur d'une voix douce et qui force l'attention. Y en a pour les malins, y en a pour les moins malins, y en a pour les ceux qui ne le sont pas

7. Dressé.

du tout. Il ne faut jamais se décourager. Si ça ne va pas du premier coup, recommencez. Et quand vous aurez essayé tout, si on vous dit que vous n'êtes bon à rien et que vous êtes trop lourd pour arriver à n'importe quoi... »

... Toine fait encore une courte pause, ses yeux se plissent, il passe un bout de langue malicieux sur ses lèvres humides et, détachant bien les mots, les pinçant et les suçant comme une denrée précieuse, il conclut avec suavité :

« Si vous avez prouvé de toutes les manières que vous êtes une bête, y n'faut pas vous désoler, vous pouvez toujours vous faire droguisse ! »

Et très digne, Toine se rassied dans son fauteuil.

* * *

Une seconde d'un silence bourré de stupeur joyeuse... On a le temps de voir Pestiaux soulevé dans le sursaut épouvantable du lièvre surpris au gîte par un coup de trique sur l'oreille. Il retombe sur sa chaise, livide, flasque, avec des yeux éteints. Ses grands bras se décroisent et pendent, inertes. L'homme est assommé, foudroyé, aplati. Et, tandis qu'il broie des injures distinguées entre ses dents serrées de rage, tous ceux qui sont là, dans une allègre explosion, éclatent de rire, se claquent les cuisses, s'envoient de grandes bourrades, bavent de plaisir. On applaudit à fendre les murs. La jubilation de T. Déome roule là-dessus comme un tonnerre. Renversé sur sa chaise, la bouche et le ventre en l'air, il ne sent même pas les larmes de joie qui lui coulent de l'œil dans l'oreille. Le curé se tord. Les chapeaux des femmes basculent sur des chignons défaits. Les gosses y vont de cris miaulants, contagieux, et ils trépignent, les yeux clos et toutes dents dehors. On voit leur luette, et ils s'envoient des coups de pied. Et cela dure, dure tellement que Pestiaux rattrape un à un ses esprits. Sec, il enjoint à Pélagie :

— Quittons cette assemblée de vachers !

Et il se lève, le masque empreint d'une fière et tragique indignation.

Mais l'instituteur a fait un signe. Les gosses, debout et les yeux encore noyés de joie, entonnent « Vers l'Avenir ». Pestiaux, dédaigneux de cette civique fin de séance, s'obstine à vouloir sortir. Dans le fond de la salle, il y a un paquet de gens tassés contre la porte. Personne ne bouge. Pestiaux doit rester planté là, empêtré dans ses grands membres et sa confusion. Pélagie, qui ne voit rien, le pousse. Il s'énerve, se retourne sur elle, furieux, et siffle : « Mais enfin ! »

Tout le monde les regarde. On rit encore, tandis que les gosses clament à larynx que veux-tu :

Marche joyeux, peuple énergique...

Et les derniers mots du refrain :

Dieu protège la libre Belgique
Et son Roi !

sont criés par tous ces gamins, tournés vers le couple Pestiaux, avec une ferveur tellement patriotique et triomphale que le vieux Chicagauche, soûlé d'enthousiasme et tourné, lui, vers l'estrade, hurle sur le ton de l'ovation électorale :

— *Vive el mayeûr !*

— Rustres, vachers, crétins, grince Pestiaux qui s'enfuit sur la route en secouant Pélagie accrochée à son bras.

XVI

FIFINE

... Que celui-là lui jette la première pierre !
LE CHRIST aux Pharisiens.

Un triste matin de novembre, Toine dit à T. Déome :

— *Paraît qu'Fifine Nœud d'amour est bé malade. È gnia nèlu pou l'sogni. L'commune va l'awè su l'dos...*

T. Déome ne répondit pas grand'chose, mais, un quart d'heure après, il était dans la masure de Fifine.

Pauvre vieille ! Pauvre Fifine ! Un châle noir sur ses épaules osseuses, elle était assise près d'un mauvais poêle à demi rouillé où quelques brindilles de sapin brasillaient encore un peu avant de s'éteindre. Avec de l'eau à peine tiède, elle s'était fabriqué, comme elle avait pu, une tasse de café plus clair qu'une tisane. Trempant là-dedans une croûte de pain sec, elle en avait mâchonné deux bouchées. Et maintenant, prostrée, elle était là, grelottante, abandonnée de tous, près de son feu qui lui montrait comme on mourait.

Quand T. Déome entra, elle tourna un peu la tête, mais, dans la pénombre de sa masure, ne le reconnut pas tout de suite. Il se plaça en face d'elle, de l'autre côté du poêle. Alors, elle murmura :

— *Ah ! l'gros...*

Une larme de gratitude émue tomba de ses yeux battus et elle l'invita, d'une voix usée, à s'asseoir. Mais lui, sans commentaires inutiles, sortit, rassembla quelques éclats de bois qui traînaient dans les parages, trouva une vieille planche qu'il débita à coups de serpe, et fit une flambée sérieuse. Puis il dit :

— *Dji vas r'vèni.*

Et il revint en effet, presque tout de suite, en auto, avec le docteur qui, d'un coup d'œil, jugea l'affaire et murmura : « Inanition ». C'était aussi le diagnostic de T. Déome qui s'était muni d'un panier de provisions, et même d'un seau de charbon.

Le lit de Fifine occupait un coin de l'unique pièce. S'improvisant infirmier, le gros fourra la pauvre dans ses draps, fit ronfler le poêle, chanter le coquemar et vous fabriqua à Fifine, pour commencer, une tisane de sa composition. Il en prit une tasse avec elle, après avoir trinqué, ce qui la fit déjà sourire.

Puis le gros, jouant cuisinier, battit des œufs dans un bol en lâchant des gaudrioles, et confectionna une large omelette au jambon, plat dont Fifine avait depuis belle lurette oublié la couleur.

Rien que le parfum de l'omelette remonta de trois crans le moral de la malade. Elle le dit à T. Déome, en un mot simple et expressif :

— *Dji ravique didjà* [1].

— *Pourvu qu'tu n'raviques né trop, à c't'heúre,* pouffa le gros, incapable de retenir ses blagues. *Dj'aureùs des miséres aveù m'coumére, mi !*

Elle entra tout juste là-dessus, la « coumére » de T. Déome. Il saisit la coïncidence au vol et s'exclama :

— *Vol'là d'djà ! Elle a toudi stî ène miette djalousse...*

Dans son lit, la pauvre Fifine eut un rire cassé et toussotant.

— *Pussqui Mèlie est là, dji m'è vas,* dit le gros.

Et il ajouta cette raide mais cordiale plaisanterie, qui fit encore bien rire Fifine :

— *Dj'ai co mes autes biesses à sogni.*

Il lui promit de revenir. Et comme il lui disait au revoir, elle lui prit sa grosse main velue dans sa main décharnée et murmura, tout attendrie :

— *T'è-st-in drolle, mais t'es quand mîn-me in brâfe !*

*
* *

Mélie relayant son T. Déome, les filles de Toine relayant Mélie, et le docteur et le curé s'en mêlant, Fifine fut retapée en moins de huit jours.

Mais il ne fallait pas s'y tromper, pourtant. Si les attentions de T. Déome et des siens avaient réussi à remettre la pauvre sur pied, il restait qu'elle était usée irrémédiablement. Le docteur l'affirma et prévint son beau-père, le maïeur, de ce qu'il faudrait sans doute alerter, à brève échéance, l'assistance publique.

Avec quelques circonlocutions délicates, T. Déome, en visite chez Fifine, aborda la question. À cette femme, qui était tout de même

1. Je revis déjà.

une maman, il commença par parler de son fils, de qui elle ne savait plus rien, sauf qu'il devait être quelque part en Amérique du Sud, après des aventures dans l'Amérique du Nord où il avait encore purgé de la prison. Son adresse, elle l'ignorait, car il n'avait plus écrit depuis trois ans. Sans doute la croyait-il déjà morte ?

Elle parlait de lui sans amertume, sur un ton résigné et même compatissant. Et elle lui trouvait de maternelles excuses :

— *On a beau dire. L'malheureux n'a né stî mwîn-nè* [2] *comme in aute... Y n'a wére vu d'bias exemples... Djai yeû in drolle di vicâdge* [3], *mi, T. Déome...*

Elle disait cela humblement, assise près de son poêle sous la haute cheminée à manteau où un vieux crucifix de cuivre, celui de ses parents, étendait ses bras usés et amincis par mille polissages.

Ému beaucoup plus qu'il ne voulait le montrer par cette Madeleine en sabots et à tête grise, T. Déome conseilla :

— *Y n'faut né d'meurè comme ça toute seûle. L'hivier est mwais.*

— *Dji sûs habituwée.*

Tout doucement, il en arriva quand même à parler de l'hospice, où il faisait bon et tranquille, où les sœurs étaient gentilles, où l'on ne devait penser à rien d'autre qu'à se laisser vivre et dorloter.

Au fur et à mesure qu'il parlait, elle baissait les yeux, et sa lèvre tremblait. Enfin, elle joignit les mains, son regard fit le tour des murs qui abritaient sa misère, et ce regard s'arrêtait sur chacun des meubles pitoyables et des ustensiles cabossés et des quelques brimborions qui avaient été l'immuable décor de sa vie misérable. Ici, une armoire de peuplier, empâtée d'un vernis tout lépreux de cloques crevées. Là, la courge aux chaînes polies, le « goria », dont elle se servait depuis un demi-siècle pour apporter l'eau de la fontaine. Et ce lit, dans le coin, avec des couvertures rapiécées, mais propres, elle y avait vu mourir sa mère, et son fils y était né... Une petite table de chêne, encore, fort vieille, et boiteuse, avec un tapis verni plein d'écaillages, percé aux quatre coins... Deux boîtes de fer blanc, pour son café et sa chicorée... Un portrait de Léopold II dans un cadre de merisier et, enfin, au chevet du lit, un rosaire à gros grains de bois, accroché à deux clous, souvenir d'une « mission » prêchée dans le village, alors que la mère de Fifine vivait encore et qu'elle n'était, elle, qu'une petite fille. L'espèce de cœur dessiné sur le mur par le chapelet enca-

2. Mené.
3. Genre de vie.

drait un portrait jauni du fils, le disparu inoublié, en atours de communiant.

Fifine contemplait toutes ces pauvres reliques avec une sorte de ferveur apeurée.

À la fin, élevant ses mains jointes vers T. Déome, elle dit d'une voix étranglée et suppliante :

— *L'hospice, c'est p'tète bon, mais ça n'vaut né tout ça, m'fi !*

Et elle montrait son triste mobilier et ses murs enfumés, comme si l'on eût voulu l'arracher d'un palais.

Il fit simplement :

— *Dji comprinds bé ça. On a ses racines.*

Elle eut alors ce mot, profond et beau comme son repentir :

— *Toutes ces affaires-là, ça n'vaut né quat'sous, mais dji n'veùx né, dji n'peùx né les quittè, pasqu'elles m'ont vu souffri... souffri toute mi vie...*

Elle dit cela d'une voix qui n'avait rien de geignant ni de révolté, d'une voix presque douce au contraire, et qui appelait le pardon.

T. Déome, bouleversé, répéta encore :

— *Dji comprinds ça... Dji comprinds, Fifine.*

Le silence tomba, rapprochant leurs pensées. Et il se pencha, songeur, sur la vie de cette pauvre guenille de femme. Quelle couronne d'épines devait avoir portée ce cœur dupé par les autres et par lui-même, plein de tristesses sans confidences, de larmes refoulées, et qui, sans doute, valait mieux que tout ce que l'égoïste cruauté des hommes y avait versé d'amer et de décevant.

Il n'insista pas, le gros. Il ne voulait pas planter le dernier clou dans cette souffrance.

* * *

Il trouva beaucoup mieux. Nœud d'amour n'était pas malhabile du tout de ses dix doigts. Elle maniait même l'aiguille avec une dextérité qui, passée l'ère des folies, lui avait permis de subsister tant bien que mal. À présent, l'aiguille tremblait, mais ravaudait encore honorablement la chaussette usée et le bourgeron malade. Après délibération avec sa ménagère, T. Déome proposa à Fifine :

— *Gnia in tas d'loques è d'tchausses à r'fai dins m'château. Si ça t'va...*

Fifine accourut avec tout l'empressement que lui permettaient ses jambes faibles et s'installa, heureuse, près du feu de T. Déome. Avec un soin amoureux, elle rafistola toutes les laines, tous les coutils, tous les pilous et toutes les toiles du couple T. Déome. Cela fait, elle tricota pour le gros des chaussettes comme des hauts-de-chausse. Lui, de temps à autre, encourageait Fifine, devenue sa grande amie, d'une gaudriole qui la faisait rire d'un bon rire d'oubli. Quand toutes ses nippes furent réparées, et celles de sa femme aussi, le gros alla faire une rafle chez le curé, dont les culottes, particulièrement, avaient besoin d'une révision. Il déposa le paquet de hardes ecclésiastiques dans le giron de Fifine en lui recommandant :

— *V'là des marronnes di saint homme. Y faut z'y mette des bonnes pièces, ou bé les indulgences foutront l'camp pa les trôs* [4].

Et Fifine, heureuse, cousait, tricotait, radoubait, avec un bon feu dans le dos, une chaude pitance à point nommé, des émoluments de jeune couturière et, quand l'idée en passait à T. Déome, une bonne grande goutte d'eau-de-vie, fantaisie ravigotante qu'elle avait toujours appréciée.

Pourtant, le bonheur ne la rajeunissait pas. Elle connaissait trop tard ce régime fait de probe régularité et de quiétude honnête. Son cœur avait souffert une trop longue passion et son maigre corps avait pâti de trop d'avanies et de famines.

* * *

Un soir de mars, elle prit froid. Le lendemain, titubante de fièvre, elle alla, d'instinct, vers l'accueillante maison de T. Déome. C'était le havre où elle oubliait tout, y retrouvant même des espérances qu'elle croyait mortes. À peine entrée, elle eut comme une défaillance, et tomba assise dans un fauteuil. On appela le docteur qui trouva qu'elle ne pouvait pas rester là et qu'il fallait la mettre au lit.

T. Déome se gratta la nuque et regarda Mèlie. Tout de même, il n'avait pas prévu que sa maison dût devenir un jour quelque chose comme l'Hôtel-Dieu de Fifine. Mais déjà, Mèlie bassinait les draps d'un lit de secours, un lit-cage replié dans une pièce du rez-de-chaussée. Étendue et réchauffée, Fifine ouvrit les yeux, regarda autour d'elle d'un air égaré et, enfin, reconnaissant le gros et les autres, réalisant lentement la situation, elle haleta d'un air confus et malheureux :

— *Dji vos donne... brâmin...* [5] *d'l'embarras.*

---

4. Les trous.
5. Beaucoup.

Elle ajouta, comme pour s'excuser :

— *Ça... n'durera né... longtimps.*

Et elle s'assoupit, une larme au bord des cils.

Sur l'avis du docteur, T. Déome fit héler le curé. Celui-ci, seul avec Fifine, s'assit à son chevet et lui parla doucement. Elle-même demanda le suprême viatique. Elle le reçut avec une ferveur de petite fille. Parée pour l'éternité, elle se rendormit tranquille.

Quelques heures après, elle murmura à T. Déome, devant le curé qui était revenu la voir :

— *Monsieur l'curé... m'a promis... qui dj'irai en Paradis.*

Touché jusqu'au fond de l'âme, le gros fit dériver son émotion dans un coup de boutoir au curé :

— *Faudra dire in mot pour li, pasqui li, y n'mouchera*[6] *jamais là sins protections.*

Sur la face émaciée de Fifine, la boutade fit fleurir un sourire qui rejoignait déjà l'au-delà. Ses yeux ne s'ouvrirent point.

Le curé lui tâta le pouls et lança un regard inquiet à T. Déome. Le gros, s'approchant d'elle, lui toucha la main. Les paupières de la moribonde vacillèrent un peu. Elle pâlit, pâlit, devint blanche comme ses cheveux. Son nez sembla s'amincir, tandis que les ailettes de ses narines frémissaient...

... Les pauvres doigts osseux et déjà glacés se crispèrent sur la main du gros...

À ce moment, Toine, avec une de ses cadettes, entrait sans bruit. Ils comprirent, s'arrêtèrent à quelques pas du lit, immobiles.

... Une fois encore, les paupières de Fifine se soulevèrent sur un regard qui, déjà, devait plonger par-delà les limites de la vie. Entre les lèvres amincies et qui se décoloraient, quelques mots passèrent encore :

— *T. Déome... brave homme...*

Il ne bougea pas, mais sa grosse moustache eut un frémissement. La main froide ne le lâchait pas.

Elle ajouta encore, la poitrine oppressée :

— *...souverai d'vous... au Paradis...*

Puis, au bout du lit, la couverture se tendit. Les jambes de Fifine se raidirent, tremblèrent un peu. Presque imperceptible, ce mot lui sortit encore du cœur :

— *M'pauf' gamin !*

Et sur les lèvres qu'elle rafraîchissait d'un peu d'eau, la femme de

---

6. Entrera.

T. Déome put deviner, car le mot n'était plus qu'un souffle dénué de son :

— *Moman !...*

T. Déome sentit que la main longue et blanche se glaçait tout à fait et qu'elle figeait son étreinte.

Mathilde, la fille de Toine, s'était blottie contre son père, qui la serrait comme lorsqu'elle était toute petite, et qu'elle avait peur. C'était la première fois que cette enfant voyait mourir. Mais elle voulait rester pour apprendre la vie. Elle murmurait, pour la centième fois : « ... priez pour nous, pauvres pécheurs... ».

La main du curé croisa sur le corps raidi une bénédiction d'adieu.

Doucement, T. Déome libéra sa main de l'étreinte glacée. Il se pencha sur le visage pacifié, ennobli par la délivrance. Il hésita un peu et, tremblant, embrassa Fifine.

Et tandis que les femmes, pieusement, fermaient les yeux et nouaient les doigts de la défunte sur un crucifix, on entendit comme un sanglot... Effondré sur sa chaise, dans le coin le plus obscur de la chambre, T. Déome pleurait l'humble incomprise qui avait plus enduré que failli, et qui était venue abriter son agonie, suprême et édifiante expiation, sous le toit fraternel du seul homme qui l'eût vraiment aimée.

XVII

IMPRIMERIE

Il en coûte cher pour devenir raisonnable, il en coûte la jeunesse.

MADAME DE LA FAYETTE.

Il y a un peu plus de cinq ans que Toine est maïeur. C'est dire que son mandat, sauf renouvellement plébiscitaire, va expirer.

À toute occasion, il déclare que la chose lui est bien indifférente et qu'en tout cas, il ne fera rien pour assurer sa réélection.

Il dit ça, le gros, mais on entend bien que son cœur rend un tout autre son.

Reconnaissant d'ailleurs qu'il possède, à présent, son métier de maïeur dans la perfection, il concède aussi qu'il le fait aussi bien que n'importe quel autre, et il ne se fâche pas quand on souligne devant lui que les affaires de la commune sont en bonnes mains. Quand on lui assure que c'est son devoir de rester au poste, et de continuer, il se prend le menton dans la main, contemple l'horizon et, avec son menton, il prend aussi l'air grave du monsieur qui « peut-être, se laissera encore faire pour cette fois-ci, la toute dernière. On verra bien, enfin ».

C'est vrai que nul autre que lui, dans le village, ne porterait plus dignement l'écharpe à crépine. Toine est un monsieur intelligent, « bien dans ses papiers », probe, sociable, décoratif. Sa femme est aimable et charitable. Il est le chef d'une tribu florissante et sympathique. Frisant la cinquantaine, le voilà six fois grand-père, car Godelieve a déjà quatre petits enfants, deux garçons et deux filles, et le marchand de bébés est passé deux fois aussi par le garage du grand Aloys. Il y a déposé deux beaux petits garçons, fort remuants, toujours noirs de cambouis et fleurant le benzol, que T. Déome appelle « *les deux p'tits viers lugeants* » [1].

1. Vers luisants.

Le Choumaque vit toujours. Il a, comme il dit lui-même, « *dins les quatre-vingt-quatte* ». Quand on lui annonce une naissance dans la famille, en lui criant l'événement à brûle-tympan, il sourit, demande si tout va bien, murmure « Enfin ! » et, de joie, se colle sur la gencive une chique à empoisonner un cheval. Parfois, il radote un peu et fait un mic-mac avec tous ces petits descendants qu'il prend l'un pour l'autre. Il embrouille même les ménages et inflige à Godelieve et à Stéphanie des maris interchangeables. Aloys, dans ces cas-là, devient médecin et Tchouf-tchouf est dans les moteurs.

Jamais, le Choumaque ne parle de mourir. Ce truc de la discrétion révérentielle s'avère d'ailleurs efficace, chez lui, car l'homme semble oublié par la garce camarde. Chaque hiver, elle rôde dans le village et fait sa rafle de vieux, avec quelques jeunes, pour varier. Blotti près de son feu, le Choumaque, fumant et chiquant, se fait alors tout petit dans son coin d'ombre. Il laisse passer les nuages devant sa fenêtre et les saisons devant sa porte. Il ne fait de bruit que pour nettoyer sa pipe, remuer un peu ses sabots, cracher dans le charbon. L'hiver, il ne va pas à la messe mais, pendant que les autres y sont, il met sa casquette et son foulard du dimanche, avec ses sabots neufs, et il mâchonne des patenôtres bien chaudes et qui ont l'odeur du bouillon et de la saucisse aux choux.

De temps en temps, il faut bien lui annoncer la mort de tel ou tel vieux Baptiste qui a tiré au sort avec lui, de telle vieille Rosine avec qui, enfant, il a cueilli la myrtille... Alors, il fait « Ah ! » d'un air étonné et reste songeur. Au bout d'un moment, il dit encore « Enfin ! ». Et, longtemps après, tandis que personne ne pense plus à l'affaire, le vieux Choumaque, qui est resté tête à tête avec sa songerie de sourd, le Choumaque formule en chevrotant sa conclusion, un peu tendancieuse, mais si réconfortante pour lui et pour les autres :

— *Elle n'a jamais stî bé rètue*[2]. *Quand elle n'aveùt né mau ses dints, ç'asteùt mau s'vinte ou bé si stomaque.*

Ou bien :

— *Il a brâmin bu è fait des biestries dins l'timps.*

Là-dessus, il s'endort, rassuré sur son propre sort. Et il tient bon la rampe de l'existence. Il mange peu, mais il fume et chique jusqu'à l'orgie. Une bonne goutte de péket, pour lui, c'est de la vie qui rentre dans ses vieilles entrailles. Toutes ses rides s'en éclairent, son vieux

2. *Rètu* = fort, bien portant.

naevus y va d'un trémoussement de jubilation. La goutte avalée, il dit « Enfin ! ». Et le mot vaut un poème.

Un jour, le bonhomme a attrapé un gros rhume. On s'est dit que cette fois, « elle » ne passerait pas sans entrer. Il ne fumait plus et sa vieille cervelle s'emberlificotait dans des histoires qu'il débitait d'une voix lointaine et oppressée. Il demandait à son gros Toine « s'il faisait toujours des courses à vélo et si Pestiaux était toujours garde champêtre ». Puis il reprocha à la mère Phanie « qu'elle faisait trop de toilette, qu'elle était beaucoup trop aimable avec le facteur, et qu'elle chiquait en cachette ! ». On riait, mais lui ne riait pas, au fond de son fauteuil, et il marmonnait même des méchancetés.

Au curé, qui était venu le voir, il conseilla, en termes nets, de prendre une servante moins jeune et de réduire le prix, scandaleux selon lui, des enterrements. Or, la brave gouvernante du curé frisait la cinquantaine et il était, lui, l'homme le plus désintéressé de la terre.

Le docteur trouva que le cœur du Choumaque était encore solide. Tandis que son petit-fils Tchouf-tchouf l'auscultait, le Choumaque demanda qui était « cet arsouille-là [3] qui voulait lui voler sa montre ».

On ne guérit pas la vieillesse, mais on la console... Le docteur dit : « Tenez-le bien au chaud. Faites-lui de la tisane et donnez-lui une goutte s'il la désire. »

T. Déome, qui était là, interpréta l'ordonnance à sa façon. Il fabriqua au Choumaque de la tisane au péket, sans mesurer les doses.

Le bonhomme guérit et trouva la guérison toute naturelle. Il constata tout simplement :

— *Dj'ai stî ène miette fayé* [4], *mais c'n'est né les pwîn-nes d'è causè.*

Il oublia tout de suite cette affaire et reprit sa pipe, mais il n'oublia pas le goût de la tisane...

* * *

Phanie lui en servait, mais réduisait les ingrédients. Il marmonnait : « *Ça n'est pus ça !* » Heureusement, T. Déome s'amusait à lui en refabriquer, de cette tisane mirifique, et il appliquait généreuse-

3. Le mot n'a pas en wallon le sens infamant du français. Il désigne simplement un jeune effronté.

4. Indisposé.

ment la formule intègre. Le Choumaque, ayant reniflé l'odeur du breuvage, chevrotait joyeusement :

— *Ça y est ! Dj'ai r'trouvè l'goût ! C't'elle-ci, c'est del vraie !*

Et T. Déome, hurlant dans l'oreille du vieux, lui expliquait que ce parfum-là venait « *d'ène plante qui n'pousse qui dins les pachis* [5] *d'évêques et qu'y faut arrousè d'eûwe bènite tous les djours d'lune rousse aveu in asperges* [6] *fait d'queuwes di lapins d'treize ans v'nus au monde à l'Tchandleûr dins l'tchapia d'ène mesquenne* [7] *di curè* ».

— *Enfin !* concluait le Choumaque, *c'est toudis ène crâne tisane ! Gnia comme in tout p'tit goût d'dins qu'est bé agrèâpe.*

Il en buvait une pleine tasse et s'endormait heureux.

*
* *

Le petit Joseph est un beau petit garçon, bien planté, gentil, affable, un peu gâté par exemple, et dodu comme un poulet de grain. Il ne court pas aussi vite que son neveu Camille, qui est, lui, de l'espèce cochet de combat. D'ordinaire, Camille fait trois tours pendant que Molonzef en achève un. Les deux gaillards sont d'ailleurs inséparables et ils s'adorent entre les raclées qu'ils s'administrent. Le grand plaisir de T. Déome, c'est de les mettre aux prises.

Il a pour eux toutes les condescendances, toutes les faiblesses. C'est lui qui les conduit à l'école gardienne et va les reprendre. Il est devant la grille un grand quart d'heure avant que ne sonne la sortie. Quatre fois par jour, il passe et repasse, encadré de ses deux espiègles, devant la boutique de Pestiaux et, chaque fois, le droguiste refait ce trait d'esprit :

— Non, mais, Pélagie, contemplez-moi ce tableau : L'hippopotame en bonne d'enfant !

Et il ajoute :

— Il en est réduit à cela pour remplir ses heures désœuvrées !

Car il n'aime pas les désœuvrés, lui, Pestiaux, dont le génie ne connaît pas le repos ! Il phosphore, lit sans arrêt, étudie, médite, prend des notes, dresse des plans, calcule. Et il trouve du neuf. Il invente.

Sa dernière invention, c'est « l'autoclystère », un engin merveilleux, fabriqué en série dans du fer-blanc et qui se vend 33 Fr. 45

5. Verger.
6. Goupillon.
7. Servante.

dans une boîte de triplex passée au vernis noir, garnie intérieurement de drap rouge, avec six accessoires. Cet instrument humanitaire, le prospectus de lancement affirme qu'il a été conçu « *dans le but de permettre au patient de se passer de l'aide souvent onéreuse et toujours gênante d'autrui* ». L'appareil est muni d'une longue canule d'ébonite, recourbée en faucille. On peut la dévisser et la remplacer par une canule droite, pour le style direct. C'est interchangeable. En substituant aux canules l'un des autres accessoires qui complètent cet ingénieux arsenal, on peut transformer l'ustensile libératoire en pompe à bicyclette, en pulvérisateur d'arboriculture, en mitrailleuse insecticide (Pestiaux donne même une boîte de poudre en supplément), en seringue à nettoyer les vitres et même en aspirateur de poussières. L'appareil est garanti deux ans contre toute défectuosité de construction et de fonctionnement. Il n'est livré d'ailleurs qu'après vérification minutieuse par l'inventeur.

Mieux, le vieux Chicagauche s'étant décidé à faire l'achat de l'engin que Pestiaux affirme indispensable, a posé au droguiste des objections que l'on peut appeler... naturelles.

Souverainement, l'inventeur a rassuré Chicagauche d'un mot :

— Soyez tranquille. Mes appareils ne sont jamais livrés qu'après des essais nombreux et concluants !

Et Chicagauche, ayant lâché ses trente-trois francs quarante-cinq est parti content, portant sous le bras sa ferblanterie passée au ban d'épreuve.

* * *

Si Pestiaux pouvait inventer un appareil à blackbouler les maïeurs qui lui déplaisent, il y laisserait volontiers ses derniers cheveux. Car la raison de vivre du droguiste, depuis que Toine a ceint l'écharpe, c'est ça : la lui arracher et se la coller sur son ventre plat de Nicodème végétarien, en faire flotter les franges sur ses longues pattes d'oiseau de marécage, et gérer les affaires de la commune au gré de ses petites convenances, de ses sympathies commerciales et surtout de ses petits et grands intérêts. L'autre fois, il a été pris au dépourvu. Il n'a pas eu le temps de dire « ouf ! » que les élections étaient bâclées et Toine bombardé maïeur. Ça ne prendra plus. Et Pestiaux, en grand mystère, travaille son affaire.

* * *

Il en a des griefs, le Pestiaux, à faire valoir contre la politique antoinesque ! Provisoirement, il les garde pour lui, mais on ne perd rien pour attendre. Au jour qu'il jugera propice, il les sortira, et l'on verra ce que l'on verra !

Tout de suite, T. Déome a su les noirs desseins du savant. Il a souri et l'on a bien compris que l'on aurait du plaisir.

N'empêche ! Il s'agit de veiller au grain. Pestiaux, qui travaille à son complot, jour et nuit, a déjà marqué un point, et un bon.

Depuis pas mal de temps, le beau Varisse du Pichoulit affiche au Conseil des manières assez indépendantes. Il joue son petit dissident et, neuf fois sur dix, ses votes sont le contre-pied du vote des autres. Le motif ? Il paraît qu'il a cru s'apercevoir, à la longue, non pas de sa bêtise — ces choses-là ne sont jamais admises par l'intéressé — mais de ce que les autres, T. Déome particulièrement, le prenaient pour une bête. Cela ne se pardonne jamais, quand c'est vrai. Et puis, il a tourné autour des bouclettes brunes et du frais casaquin de Mathilde, l'une des jumelles de Toine. Habitué aux condescendances admiratives des maritornes maquignonnes qui l'apprécient au poids, à la cambrure de ses guêtres jaunes et à la finesse des galanteries qu'il tire de son tonneau de saumure, il a cru cette fois encore la conquête aisée. Mais Mathilde, fille sage, aux clairs pensers, et qui parle exactement comme elle pense, avec des mots du dictionnaire T. Déome, sait bien que ses vingt-deux printemps ne manquent pas de charmes et qu'elle peut prétendre à beaucoup mieux que les équivoques et baveuses tendresses de ce baron du Gîte à la noix. Elle a donc signifié congrûment au boucher qu'elle n'aimait pas du tout l'odeur du suif d'imbécile mêlée à celle de la brillantine à bon marché et qu'il perdait son temps à poser ses gluaux dans les haies du gros Toine. Le ton était irrévocable.

Ayant, pour la première fois de sa vie, compris entièrement et nettement quelque chose, Pichoulit est parti furieux, décidé à de noires vengeances.

D'instinct, il s'est tourné vers Pestiaux, qui polarise tous les mécontentements. À eux deux, ils font une fière besogne. Le Varisse apporte au droguiste, à pleines brassées, les prétendus griefs qu'il a collectionnés pendant six ans. Pestiaux les enregistre, les apprécie et leur donne une forme littéraire où l'hyperbole tient une grande place.

Dans quatre mois, on vote. Toine aura chaud. Déjà, les franges de son écharpe sentent le roussi.

*
* *

Il s'enferre, d'ailleurs, le gros Toine. Voilà que le sort malicieux lui joue un de ces tours où le plus roublard des hommes est pris de court, les mains vides, et bouche bée, devant l'implacable réalité du fait accompli.

Voici l'histoire...

Toine, un beau jour de juillet, profite d'un voyage de son gendre le docteur pour l'accompagner à Namur. Tandis que le jeune homme vaque à ses affaires, Toine, déambulant dans les rues de la ville, à la recherche de curiosités, tombe en arrêt devant la vitrine d'une librairie-papeterie. Il y a de tout, à la vitrine, y compris des timbres humides en caoutchouc pour les gens fort occupés, qui n'aiment pas d'écrire fastidieusement à la main les sempiternelles formules administratives... Toine pense à T. Déome, secrétaire communal, à qui un cadeau de ce genre plairait sans doute. T. Déome se fait tout de même un peu vieux et Toine l'aime bien... Il entre et se renseigne. C'est beaucoup moins cher qu'il ne le craignait. C'est même pour rien, pense-t-il. Toine sort du magasin avec une collection complète de timbres humides. Cela va de *URGENT* à *VU POUR LÉGALISATION* en passant par *FRANCHISE DE PORT, NÉCESSITÉ DE CLORE* et beaucoup d'autres formules, courantes dans la littérature administrative. Il en est pas mal, dans le lot, qui, probablement, ne serviront jamais. Ça ne fait rien, le cadeau sera plus riche.

Toine revient de Namur tout heureux, avec sa pleine boîte de gommes typographiques et un large tampon imprégné d'encre violette. Il offrira la boîte à T. Déome le jour prochain de l'anniversaire du gros. En attendant, il la remise dans une armoire, à côté du sceau communal, après quelques expériences sur papier blanc, devant Molonzef et le petit Milot, fort intéressés.

* * *

Ils l'ont tellement été, intéressés, le petit Camille et Molonzef, que chacun, à part soi, s'est bien promis de refaire pour son compte l'admirable expérience.

Un jeudi après-midi, ils ont joué ensemble, dans le verger de Toine, jusqu'à quatre heures. Puis, ils ont goûté. Toine est retourné à ses plates-bandes. Les grandes sœurs Antoinette et Mathilde ont vaqué dans les communs à préparer une lessive. Hilda est sortie une minute à peine pour chasser des pinsons qui pillaient un semis et dire deux mots au père Toine, un peu plus loin.

Quand Hilda est rentrée, son fils Joseph et son petit-fils Camille avaient chacun les poches bourrées de timbres humides, sans oublier le sceau communal. Et Camille avait dissimulé le tampon encré dans le fond de sa culotte...

La bonne Hilda, qui ne se doute de rien, a dit aux deux moucherons :

— Vous allez bien gentiment me faire une petite course. Vous irez chez la vieille Julia Pimpurniaux, la repasseuse, et vous lui direz...

... Oui, ils diront tout ce que l'on veut. Hilda les invite à répéter la commission, mais ils sont déjà loin, tellement ils sont heureux de trottiner ensemble sur le bord de la route, la main dans la main, avec la glorieuse responsabilité de leur mission de confiance... et les timbres humides qui bossellent les poches de leur petite culotte...

La vieille Julia Pimpurniaux habite tout au bout du village, du côté de la Chapelle Saint-Caboulet. La route est longuette, mais agréable, à raison d'une foule de curiosités qui la jalonnent.

Voici, d'abord, devant la boucherie du Catrevaux-Pichoulit, une large flaque brunâtre sur le sol et, tout autour, une fine cendre noire de paille brûlée. Contre le mur de la boucherie, une petite échelle est dressée, supportant un cochon magnifique, ouvert en deux, la tête en bas, bien lavé, bien rasé et montrant ses rognons, luisants comme de grosses châtaignes, dans les blancheurs nacrées de sa graisse. Un chat, appuyé d'une patte sur le premier barreau de l'échelle, lèche le nez saigneux du pauvre cochon.

Molonzef et Milot se sont approchés. Le chat s'enfuit. Les deux petits loustics contemplent la bête vide. Joseph lui caresse une patte. Camille, d'un doigt discret, touche la pointe d'un téton.

Ils vont partir. Mais Camille, qui a déjà vu travailler Monsieur Porignot, le vétérinaire, un ami de son père, a brusquement une idée. Il tire de sa culotte le tampon encré, qui est tout chaud. Il tire aussi d'une poche une poignée de timbres humides et, avec tout le soin désirable, il vous imprime sur le ventre bien propre du cochon une belle inscription violette : *FRANCHISE DE PORT.*

Molonzef imprime de l'autre côté : *DÉCÉDÉ.* Et Camille parachève et authentique officiellement cette jolie besogne en apposant sur le lard du décédé le sceau communal orné du lion Belgique.

Ils s'en vont, fort satisfaits de leur travail.

*
* *

À gauche du porche de l'église, une antique planchette de chêne est attachée au mur par deux pitons accrochés à des crampons. Au moindre vent, elle bat les pierres. C'est là-dessus que Manu, le garde champêtre, vient fixer, par des punaises, les avis officiels et les publications de promesses de mariages. À côté de la planchette, il y a un grand carré de ciment lisse, pour les affiches gouvernementales.

Sur la planchette de chêne, qui n'est pas attachée bien haut, s'étale une affichette blanche par laquelle il est fait assavoir aux gens du village que Marcellin Catrevaux, cousin du Pichoulit, et Estelle Pire sont d'accord pour se marier bientôt si personne n'y voit d'obstacle sérieux.

À trois pas de l'affichette, il y a une brouette. Molonzef, cahin-caha, pousse la brouette au pied du mur. Camille se hisse sur la brouette. Molonzef présente le tampon encré, et Camille, soigneusement, estampille les quatre coins de l'affichette d'une mention oblique : *URGENT*. Il y ajoute : *POUR ACQUIT*.

Point n'est besoin d'apposer là-dessus le sceau communal. Il y est déjà, flanquant la signature de Toine.

Ils s'en vont, après avoir pris un peu de recul pour juger de l'effet.

Et je t'imprime par ci, et je te timbre par là, ils s'acheminent doucettement vers la maison de la vieille Julia.

Sur les volets blancs de Monsieur Pestiaux, Molonzef a imprimé : *CERTIFIÉ CONFORME À L'ORIGINAL,* et Camille a validé l'affaire par la rondelle du sceau communal... Les doigts des deux imprimeurs étaient tout gras d'encre violette. Ils se sont essuyé les doigts sur les volets.

Un peu plus loin, sur la porte fraîchement repeinte en jaune d'Eudoxie Colle, veuve dévote et pointilleuse d'un sous-percepteur des Postes, ç'a été *STOMATITE APHTEUSE*. Et ils sont arrivés ainsi chez Julia Pimpurniaux, une bonne vieille, aimable aux enfants, et qui gagne encore sa vie à repasser artistement le linge du village, tandis que sa fille et son fils, restés tous deux célibataires, travaillent au-dehors.

Les deux espiègles répètent gentiment, et avec fidélité, le message de maman Hilda. La vieille Julia, attendrie, leur dit :

— Puisque vous êtes si sages, je vais vous donner un bonbon.

Et elle passe dans une autre pièce, où elle s'attarde un instant à ouvrir des boîtes.

... Une pile de linge bien repassé, et qui sent encore le fer chaud, est posée sur une chaise basse, tout près du petit Camille. C'est plus fort que lui. Il attrape le premier cachet qui lui vient sous la patte, le presse sur le tampon qui jute comme un gazon de marais et, soulevant les deux premières pièces de la pile de linge, imprime gravement, sur un caleçon : *NÉCESSITÉ DE CLORE.* Il a encore le temps d'y appliquer le sceau communal avant que Julia ne revienne, un biscuit dans chaque main.

Malheureux Camille ! Malheureuse Julia Pimpurniaux ! Malheureux Toine, surtout !

Ce caleçon, c'est tout juste celui qu'il ne fallait, à aucun prix, orner de ces majuscules violettes !

Ce caleçon, c'est le meilleur caleçon du grand homme de Trignolles, l'éminent droguiste Adhémar Pestiaux-Ronvaux !

* * *

Quelle affaire !

Catrevaux du Pichoulit, le boucher, voulait mordicus déposer plainte. Le vétérinaire, un peu perplexe, quand même, flairait la farce et, le cochon dûment examiné, munit la viande des estampilles légales. Mais le Pichoulit, buté dans son idée, préleva les morceaux de couenne ornés des inscriptions mystérieuses et du sceau communal. Il consigna ces pièces à conviction dans sa glacière.

Le vétérinaire vint dire bonjour au docteur. Le petit Camille était là. Godelieve lui débarbouillait ses menottes, toutes violettes d'encre. Le vétérinaire comprit, d'autant plus aisément que sept beaux timbres humides, tirés des poches de Camille, s'alignaient sur l'évier. Godelieve, ignorante d'ailleurs des exploits de son diable de rejeton, le grondait avec des mots désolés.

Monsieur Porignot examina les cachets. Il éclata d'un rire si joyeux qu'il lui fallut longtemps avant de pouvoir conter l'histoire au docteur et à Godelieve.

Camille, mains lavées et poches vides, s'était enfui, esquivant la fessée.

* * *

... Le petit Camille tombe chez T. Déome juste au moment où Estelle Pire, dont la vertu n'a d'égal que le toupet, vient demander au gros ce que signifient les inscriptions équivoques qui encadrent l'affiche de sa promesse d'épousailles ; et, les poings sur la hanche, elle demande « ce qu'il veut dire avec ça, le gros, et pour qui il la prend, et ce que les gens vont penser ; et elle ajoute qu'elle va en parler au curé, et que ça ne se passera pas ainsi, et qu'elle va écrire « à qui de droit » et que l'on n'a jamais vu ça nulle part et que si les gens sont jaloux, ce n'est pas ça qui l'arrêtera ; qu'elle peut marcher la tête haute, qu'elle n'a peur de personne » et mille autres billevesées très aigres que T. Déome écoute sans comprendre, se demandant si l'enthousiasme matrimonial n'a pas brouillé la cervelle de cette paroissienne intarissable et de moins en moins claire.

Camille, lui, comprend tout de suite et s'esquive encore. Ici non plus, la position n'est pas sûre.

* * *

Le petit Camille oblique vers la maison de son grand-père Toine.

C'est là que ça chauffe !

Camille n'y entre pas. La veuve Colle est dans la place et Molonzef pleure, sur l'air qu'il a adopté pour accompagner les fessées qu'il reçoit ou qu'il va recevoir. Et Milot entend la grosse voix de Toine qui joue son croquemitaine :

— *Qui c'qu'a mis l'cachet su l'huche d'à Madame Doxie ?*

— *C'est Tamille t'a mis l'tachet... Mi l'a seúlmint t'nu l'bwèsse aveu l'touleûr...*

— *Dji m'è douteus bé qu'ç'asteut co l'aute qu'aveùt montè c'tour-là !* conclut le grand-père, assez partialement.

Toine payera le dommage. En attendant, Molonzef doit « demander pardon » à Madame Doxie, veuve Colle.

Le petit Camille, qui a tout entendu, néglige la suite et s'enfuit. Mais il ne sait plus où se fourrer.

* * *

Chez Monsieur Pestiaux, l'affaire prend des proportions effarantes. Il est cinq heures de l'après-midi. Pélagie, à l'étage, range dans une armoire, pièce par pièce, le linge repassé que lui a rapporté Julia Pimpurniaux.

Soudain, Pélagie s'immobilise, oppressée, l'œil hagard. Puis elle s'approche d'une fenêtre, pour mieux y voir, examine, déplie, lit et relit, comme si elle ne la comprenait pas, la fameuse inscription violette : *NÉCESSITÉ DE CLORE.* Enfin, d'une voix éraillée par la stupeur, elle appelle, penchée dans l'escalier :

— Adhémar ! Adhémar !

La tête en l'air, et ajustant son binocle, Adhémar obéit au signe mystérieux de Pélagie et monte, assez inquiet.

Sans un mot, Pélagie lui met l'inscription sous le nez.

Sans un mot non plus, Pestiaux enlève son binocle, tire une loupe de son gilet, examine la chose, fronce les sourcils, s'assied, ferme les yeux un instant, réfléchit, la barbe dans la main.

Puis il retourne le caleçon, en examine les coutures, inspecte encore, à la loupe, un trou minuscule dans les mailles, reprend ses réflexions... Pélagie est muette. Quand Adhémar phosphore, Pélagie se tait.

À la fin, il interroge :

— Avez-vous examiné les autres pièces ?

— Oui, toutes les autres sont intactes.

Adhémar phosphore encore durant un long moment. Après quoi, il pose devant lui un calendrier de poche, sa montre, un carnet, un crayon, et il poursuit l'instruction de l'affaire.

— Combien de temps, demande-t-il, ce linge est-il resté chez Julia Pimpurniaux ? Quelle est l'heure exacte de sa rentrée ici ? Que vous a dit cette femme en le rapportant ? N'avez-vous rien remarqué de louche ou d'équivoque dans son attitude ?

Pélagie répond gravement, à voix basse, comme à confesse.

Soudain, coupant net une réponse, elle pousse un cri tragique et bondit dans l'escalier, suivie de Pestiaux ahuri et brandissant son caleçon, comme une oriflamme... Pélagie a oublié qu'elle avait, avant de monter, mis du lait à bouillir, et le lait s'enfuit et se répand sur le poêle, tapageusement, et la maison est enfumée, et toute envahie d'une odeur violente de laiterie industrielle.

— Premier résultat d'une machination qui s'annonce ténébreuse et fertile en incidents, constate Pestiaux d'un air profond.

Et, après une minute d'intenses cogitations, il se lève brusquement, passe dans sa bibliothèque et s'y claquemure, la tête dans les mains, le nez sur un gros livre illustré, qui porte pour titre : *LE CRIME SCIENTIFIQUE.* Il feuillette, lit, prend des notes, médite. Il sort de là une heure après, passe dans le laboratoire qu'il a fait reconstruire sur les cendres de l'ancien, s'y enferme avec son livre et son caleçon, débouche des fioles, manipule des pipettes, essaie des réactifs et... brûle largement et irrémédiablement l'étoffe du caleçon !

Quand il sort de là, le savant a, primo, tiré une conclusion et, secundo, pris une décision.

La conclusion : Cette affaire est plus que trouble.

La décision : Monsieur Pestiaux va faire, sans tarder, l'achat d'un chien policier.

Déjà, il a décrété que le chien s'appellera Sherlock.

* * *

* *

Pélagie a beau objecter, fort timidement, d'ailleurs, à son illustre mari, que l'on pourrait peut-être, pour commencer, demander quelques explications à Julia Pimpurniaux, il l'arrête d'un mot :

— Pélagie, ne faussez surtout pas mon enquête par des maladresses ! La nommée Pimpurniaux, c'est précisément celle qu'il ne faut à aucun prix interroger.

Et brusquement, il saute sur son Indicateur des chemins de fer, le compulse fiévreusement, et arrête :

— Il me reste une demi-heure avant le passage du train de 6 h 17... Je file à Bourg-en-Fagne. À 8 h 53, je serai de retour. Laissez-moi faire.

Mon homme chausse ses meilleurs souliers, se noue une belle cravate sous le menton, se peigne la barbe, tandis que Pélagie, résignée et silencieuse, lui brosse son chapeau melon.

Le gousset fort garni, il s'en va d'un pas énergique, après avoir embrassé sa Pélagie et fait trois fois cette recommandation :

— Pour les produits dangereux, n'en livrer à aucun prix... Attendre mon retour.

*
* *

Ponctuel, le droguiste descend du train de 8 h 35. Mais il ne revient pas seul. Au bout d'une corde, il tient un grand quadrupède grisâtre à tête de loup. Tantôt, le chien se fait remorquer, le train par terre et la corde aux dents, avec une patte posée dessus. Tantôt, changeant de tactique, il bondit en avant et, tirant sur sa corde, comme un forcené, secoue Pestiaux qui doit courir, chapeau basculant, lorgnon brimbalant et la main coupée par le chanvre. Patiemment, le droguiste calme sa bête, une espèce de tournebroche à hautes pattes, que le marchand a certifié de pure race détective. Il en a d'ailleurs remis le pédigrée à Pestiaux, qui peut être fier de son achat. Si l'on tient compte de tous les « croisés » qui illustrent son lignage, la bête est de rare noblesse.

Pourtant, le chien ne semble guère féru d'orgueil racique. Jeune encore, et folâtre, il se commettrait volontiers avec toute la chiennaille prolétaire rencontrée au long de la route. Même, ayant découvert une brochette de poules endormies sur le juc dans un hangar, il a foncé joyeusement, entraînant Pestiaux, qu'il a forcé de patrouiller dans un fumier.

Toujours digne, le savant tance le limier en prose de bon ton :

— Du calme, Sherlock, vous voyez bien que ce sont des poules, de vulgaires poules. Vous me ferez le plaisir de laisser dorénavant les poules en paix, n'est-ce pas, Sherlock !

Car le marchand de chiens a eu beau dire à Pestiaux que l'animal s'appelait Pistard, et même Pistard du Foyau, le droguiste a décrété qu'à dater de la signature du reçu, Pistard deviendrait Sherlock. Et Pistard du Foyau, tout éberlué au début, est déjà, sur la route de Trignolles, à demi résigné à se convertir en Sherlock du Pestiaux. Il se méfie un peu de cette espèce de grand fou barbu à jambes maigres. On verra bien. Ça dépendra.

* * *

Quand Pestiaux rentre chez lui, avec son Sherlock qui flaire d'un air assez circonspect les odeurs complexes de l'officine, il trouve dans sa cuisine Pélagie en conversation fort animée avec le beau Varisse Catrevaux du Pichoulit.

Sherlock, d'abord, met le nez sur le bas du pantalon du boucher. Ce qu'elle doit être affriolante, l'odeur du Pichoulit, pour un Sherlock, jeune et doué d'un appétit terriblement carnassier !

Mais Pestiaux tire la bête à lui :

— Sherlock, pas de ces manières déplacées ! Ici, vous êtes chez des gens éduqués...

Et il va l'enfermer dans une remise, avec une pâtée faite de deux os de côtelettes, de trois pommes de terre froides, et d'une croûte de pain qui nagent dans de la soupe aigrie.

Puis le Pichoulit, qui est venu tout exprès pour cela, expose à Pestiaux l'histoire des inscriptions imprimées.

Le savant n'en revient pas ! Non, il est impossible que l'affaire soit si simple. Il y a des dessous qu'il faudra percer.

La vérité, c'est que l'homme est vexé de n'avoir pu exercer ses sagaces talents de détective et sa vaste science de criminologiste. Pourtant, il n'est pas trop tard pour conférer à l'esclandre un beau caractère scientifique :

— Vous dites donc, mon cher, que vous avez prélevé sur le cadavre du porc les portions de peau sur lesquelles figuraient les inscriptions ?

— Oui, fait le boucher.

— Je vous félicite pour cette initiative intelligente. Afin que ces précieuses pièces à conviction ne soient pas exposées à l'altération, apportez-les-moi, voulez-vous ? Je les conserverai dans l'alcool et, au moment opportun, je les sortirai.

Affaire convenue. Du moment qu'il s'agit de renverser Toine, le gros boucher fera tout ce que l'on voudra.

Il sort très content. Dans sa remise, Sherlock, ayant happé sa pâtée en deux coups de crocs et trois coups de langue, pousse de plaintifs aboiements et griffe la porte. C'est sa musique de famine.

XVIII

SHERLOCK

Chacun a ses peines : roi, berger, chien et moutons.

LA FONTAINE.

Le flair policier du dénommé Sherlock n'a donc pas eu l'occasion de s'affirmer dans l'affaire des timbres humides. N'empêche, le droguiste, qui se sent entouré d'un réseau d'intrigues et d'actives malveillances, décide qu'il gardera la bête, et qu'il en fera un maître-chien.

Et, tout de suite, il commence l'éducation de Sherlock.

Son système de dressage, l'homme l'a échafaudé sur un principe : « Un bon chien policier ne peut être gras, ou ses facultés inquisitrices s'atrophient ».

Par conséquent, il ne faut pas nourrir le limier trop généreusement.

Dans son jardin, Monsieur Pestiaux apprend d'abord à Sherlock à courir. Il culbute avec le chien, se fait souvent mal, et rabroue Pélagie, de qui les jacasseries, prétend-il, énervent Sherlock.

Puis il dresse l'animal à découvrir un objet caché qu'il lui a au préalable donné à flairer. Sherlock, qui crève de faim, cherche tout bonnement à découvrir des choses comestibles et, à deux pas du mouchoir caché dans l'herbe, s'arrête devant le cadavre à demi pourri d'une taupe.

Pour finir, le droguiste impose à Sherlock des exercices de saut en hauteur. Sherlock saute si bien qu'il franchit la haie et file, en quête de subsistance, malgré les rappels indignés de l'autre :

— Ici, Sherlock, ici, vous dis-je !... Mais il ne comprend donc pas le français, cet imbécile !

Et le dresseur doit galoper aux trousses de son sauvage élève, qui lui fait accomplir, chaque fois, un périple complet du village, quand ce n'est pas deux. Monsieur Pestiaux est rompu et furieux. Mais Sherlock, lui, a trouvé, au cours de son escapade, des variétés encore mangeables. Il est sale et sent le purin. En son âme de chien, il se promet de recommencer le plus souvent possible.

*
* *

Pendant une escapade, Sherlock est passé devant la maison de T. Déome.

Le gros a demandé à un voisin :

— *À qui qu'c'est c'grand mal bâti-là ?*

— *Paraît qu'c'è-st-au Pestiaux*, a répondu le voisin. *Y vé djustemint d'passè. Y court dins tout l'villâdge pou l'rattrapè.*

T. Déome a ri. Pestiaux lâché aux trousses d'une autre bête, c'est un tableau qui fait plaisir.

*
* *

Or, Pestiaux passe pour la seconde fois. Essoufflé, il halète et paraît furieux.

— Vous n'avez pas vu mon chien ? jette-t-il au voisin de T. Déome.

— *Oh !* dit l'autre négligemment, *dj'ai vu passè ène espéce di tché d'vatches qu'aveùt l'air pierdu è ossi l'air d'ène fameuse rosse !*

Outré, Pestiaux s'arrête pour protester avec hauteur :

— Non, Monsieur, ce n'est pas un « tché d'vatches ». C'est un chien policier.

— *En tout cas,* fait l'homme, *il è-st-avoye* [1] *par là...*

Et le gaillard, qui fréquente l'école de T. Déome, envoie Pestiaux dans une direction tout opposée à celle qu'a prise Sherlock.

T. Déome, qui a gardé un air indifférent, jubile et se promet de faire, à la première occasion, la connaissance de Sherlock.

*
* *

Ce n'est pas difficile. Chaque jour, Sherlock, affamé, rompt ses amarres, et, sautant les clôtures, vague dans le village à la recherche d'une occasionnelle pitance de complément.

Pestiaux met ce goût de la fugue sur le compte de la jeunesse et de la vigueur. Le doigt levé, il chapitre la bête en termes empreints de noblesse et d'amertume. Il lui a fait fabriquer une niche dont il a dressé les plans lui-même. Pour tromper sa faim, Sherlock ronge le bois de

1. Parti.

sa niche. Une fois, tirant sur son lien, il a renversé la niche et culbuté une petite table ornée de pots de géraniums. Le désastre a arraché à Pélagie des outrances d'expression. Elle a parlé « d'imbéciles qui passent leur temps à jouer avec de sales bêtes inutiles et ruineuses ». Pendant trois jours, Pestiaux n'a plus adressé la parole à son épouse. Elle s'est vengée sur l'écuelle du pauvre chien.

Lui, Sherlock, il prend patience jusqu'à l'heure des exercices. Simulant la docilité, il exécute quelques clowneries que Pestiaux croit de haute école. La méfiance de l'homme une fois endormie, le chien prend son élan, envoie bouler le droguiste dans les radis et les salades et, houp ! franchit la haie avec un jappement joyeux qui est son chant du départ.

Le brave animal est à présent connu de tout le village, qui l'estime beaucoup, parce qu'il est doux et pas fier et que, mendiant accommodant, il dévore avec reconnaissance tout ce qu'on lui donne.

* * *

T. Déome, d'un seul geste, a conquis le cœur de Sherlock. Efflanqué et minable, l'œil humide d'imploration silencieuse, le pauvre policier s'arrête un soir sur le seuil de la maison du gros. L'avant-veille, le bonhomme a tué son cochon. La pièce où T. Déome prend son repas du soir avec sa Mèlie est toute parfumée des arômes soûlants de la cochonnaille crue ou cuite. Il y a là, surtout, un fumet de boudin à faire succomber le chien de Saint Antoine lui-même.

Sherlock pousse des gémissements enroués par l'émotion. Il se fait humble comme un mendiant. Ses yeux, ses oreilles et sa queue disent leurs prières. S'il pouvait s'agenouiller, il le ferait.

T. Déome, ému, compose pour la pauvre bête, dans une large terrine, une pâtée dans laquelle il accumule toutes les voluptés que peut rêver un chien de roi : des pommes de terre tièdes encore, du lait, des os, de la tripaille. Avec un bruit vorace, Sherlock vous nettoie la terrine en cinq secs... et regarde encore T. Déome qui rit.

Alors, le gros ouvrant un placard, coupe, malgré les protestations de Mèlie, un beau morceau de boudin à peine refroidi, le met sous le nez de Sherlock qui en a comme une défaillance. Il n'y touche qu'après avoir tourné autour, en tremblant. Mangeant son boudin sur les dalles de T. Déome, il en oublie toutes ses misères et se dit sans doute qu'une vie de chien, pour un instant pareil, vaut la peine d'être vécue. Quand il a fini, il lèche encore la dalle. Peut-être faut-il y voir une politesse de chien reconnaissant.

Puis il s'assied, le museau sur les grosses cuisses de T. Déome qui le caresse et lui chatouille doucement la tête entre les deux oreilles. Sherlock, dans le langage si émouvant de ses grands yeux d'ambre, exprime à T. Déome :

— Toi, tu m'as l'air d'un bon gros, pas fou comme l'autre. Ton boudin était une merveille et tes caresses me font plaisir. Je t'aime déjà beaucoup. Si tu veux, nous serons de grands amis, et je viendrai souvent.

T. Déome rêve en caressant le chien. Sa femme aussi, qui contemple le tableau.

* * *

Soudain, T. Déome s'ébranle en un rire tellement cyclonal et tellement inattendu que le chien recule, épouvanté, et que Mèlie regarde son homme avec inquiétude. Il rit si bien, le gros, qu'il doit se tenir le ventre à deux mains et que sa chaise, un peu vieillotte, geint à chaque secousse. On doit l'entendre de loin. Les gens qui passent se mettent à rire aussi, gagnés par la joie. Mais Mèlie, à la fin, se fâche.

— *Gros sins-souci, qwè c'qu'on direût bé qu'il y a co passè dins l'tiesse.*

Mais T. Déome, au lieu de répondre, repart de plus belle, et meugle de joie.

... Sherlock, ce soir-là, ne rentra pas chez son illustre maître, Monsieur Pestiaux-Ronvaux.

* * *

Pendant plusieurs jours, on vit galoper le droguiste dans tout le village et même dans les campagnes à la recherche de son limier. Il interrogeait tout le monde, les grands, les petits, les femmes, les hommes, les gardes-chasse, les douaniers, les gens qui venaient des villages voisins. Ceux qui s'y rendaient, il les chargeait d'enquêter.

Chaque fois, c'était la même question :

— Vous n'avez pas vu Sherlock ?

Il rentrait chez lui ruisselant, éreinté, irritable comme un écorché. Et Pélagie, que la patience abandonnait, et qui devait, pendant le temps que vagabondait Adhémar, s'occuper à la fois du fourneau et du comptoir, se permettait des propos fielleux. Il s'ensuivait des querelles, d'abord académiques, mais qui ne le restaient pas longtemps.

Le lendemain, d'ailleurs, Adhémar recommençait ses pérégrinations :

— Vous n'avez pas vu Sherlock ?

À demi fou, il posa la question à Laffineur, l'aveugle toujours assis devant sa porte à fabriquer des paniers de coudrier. Laffineur, qui ne manquait pas de causticité, répondit :

— *Non, Mossieu Pestiaux, dji n'ai né vu vos tché... Vos astou l'première biesse qui dji « wè » passè audjourdu.*

En désespoir de cause, le droguiste, malgré ses répugnances, accrocha Manu, le garde champêtre, et le mit au fait.

Talons joints, main au képi, glacialement correct, Manu répondit :

— Parfait ! On rédigera un avis au public.

— J'offre vingt francs de récompense, ajouta Pestiaux d'un air important.

— J'en tiens note, dit encore Manu.

Agent consciencieux, il alla exposer tout de suite l'affaire à T. Déome.

*
* *

Le gros se mit à rire devant Manu interloqué et, le prenant par le bras, le conduisit, sans autre explication, vers une espèce de hangar planté dans son verger.

Dans le hangar, sur une épaisse couche de foin, Sherlock dormait, le museau dans les pattes, à côté d'une large casserole de fonte à demi pleine encore de reliefs. Gavé, emboqué, soûlé de mangeaille, gras comme un chien-moine, lustré comme un chapeau de cardinal, il ouvrit à peine un œil quand les deux hommes l'abordèrent.

T. Déome dit à voix douce :

— Adhémar !

Et la bonne bête se leva quand même, s'étira, bâilla avec béatitude, puis vint lécher la main du gros.

Manu écarquillait des yeux amusés.

T. Déome, toujours riant, expliqua enfin :

— *V'là huit djous qui dji l'sogne. Quand y s'ra crô à stouffè* [2], *dji l'rilâcherai. Pou couminci, dji l'ai r'baptigi : C'est Adhémar qu'on l'nomme à c't'heure !*

Manu trouvait l'idée drôle, mais coûteuse. Et il n'en voyait pas bien l'intérêt pratique.

---

2. Gras à étouffer.

C'est qu'il ne connaissait pas le plan du gros, plan machiavélique s'il en fut.

* * *

— À présent, grasseya T. Déome singeant Pestiaux, nous allons procéder à quelques exercices.

Et devant le garde champêtre de plus en plus ahuri, le gros fit exécuter par le chien deux étranges prouesses que l'on pouvait appeler policières si l'on voulait.

D'abord, le bonhomme se dirigea vers un coin du hangar, tira d'une caisse une vieille culotte de coutil blanc, toute dépenaillée, hors d'usage, et, suivi de Manu, alla pendre cette loque dans un buisson de noisetier, au bout du verger.

Tout en opérant, il expliquait au garde :

— *C'è-st-ène culotte au Pestiaux... In martchi qui dj'ai fait aveù l'martchand d'gobiyes* [3].

Dans un autre coin du verger, il alla poser, sur une table rustique, deux rondelles de boudin, larges comme des pièces de cent sous, et qu'il tira de son gilet, enveloppées de papier gras.

Enfin, revenu au hangar, il détacha Adhémar-Sherlock, qui folâtra un instant. Tirant de sa poche un petit sifflet de kermesse, T. Déome siffla : *Tûû-itt !* et le chien, aussitôt, accourut se planter, docile, devant son nouveau maître. Celui-ci, lui caressant le cou, lui dit tout simplement, à voix presque basse :

— *À marronne !*

Adhémar, à peine le mot prononcé, fila dans l'herbe avec toute la vitesse que lui permettait son ventre pléthorique et, vingt secondes après, revint, silencieux et fier, tenant dans sa gueule le pantalon de coutil.

— *Acte II,* annonça le gros. *Après ça, dji vos espliquerai...*

Penché sur Adhémar, il lui dit encore tout bas :

— *À boudin !*

Et Adhémar, joyeusement, fila vers la table rustique, bondit sur les deux rondelles de boudin et les goba en se trémoussant de plaisir.

Puis il revint pour recevoir sa récompense : un morceau de sucre que T. Déome tira encore de son gilet.

Enfin, le farceur exposa à Manu le beau plan qu'il avait conçu.

Il faut croire que l'affaire ne manquait pas de sel, car Manu revint

3. Marchand de chiffons.

du hangar en se tenant les côtes. Son revolver tressautait, comme riant aussi.

Assis devant la goutte que lui avait servie Mèlie, le garde champêtre répétait :

— *Dj'ai vu des drolles de trucs à l'guerre, mais cti-là, dji n'l'ai jamais vu.*

* * *

Une heure après, on pouvait lire, sur le mur de l'église, une affichette collée sur le carré de ciment et portant un avis manuscrit, ainsi libellé par T. Déome :

« PERDU un chien appartenant à l'espèce policier-bâtardé et à Monsieur Pestiaux-Ronvaux, droguiste. Cet animal répond au nom de Chercheloque et au signalement suivant : Mâle — Pattes hautes — Poil gris-blanc — Regard peu intelligent — Maigre malgré son appétit vorace — Caractère bizarre et volage — Instinct voleur — Collier de cuir avec ficelle.

» Cents francs de récompense à qui ramènera la bête à sa droguerie avec le collier et la ficelle. »

* * *

Quatre jours se passèrent encore sans que la moindre nouvelle de Sherlock-Adhémar parvînt chez le droguiste. Celui-ci était venu lire l'affichette et, rageusement, l'avait corrigée au crayon bleu. Il avait biffé « bâtardé », remplacé « cet animal » par « l'animal », rectifié le nom. « Peu intelligent » devenait « très intelligent ». Ayant bien réfléchi, à « bizarre et volage », il avait substitué « fugace ». La récompense retombait à quarante francs. Et Pestiaux était parti en traitant T. Déome d'imbécile et d'analphabète...

* * *

La nuit du quatrième jour, vers onze heures et demie, tandis que Pestiaux venait de s'endormir, exténué, après une nouvelle querelle avec Pélagie, qui ne digérait pas la perte des cinq cents francs qu'avait coûté Sherlock, le couple fut réveillé en sursaut. La sonnette de nuit du magasin venait de résonner longuement... En chemise, le droguiste ouvrit la fenêtre de l'étage, ajusta son lorgnon, braqua sur son trottoir la lumière d'une lampe de poche et poussa une exclamation étouffée :

— Sherlock !

Il était là, griffant la pierre plate qui servait de perron à la droguerie et il gémissait, pas fier, en tiraillant sur la corde nouée au bouton de la porte.

Monsieur Pestiaux ne prit pas même la peine de passer son pantalon. D'un bond, il fut en bas, ouvrit la porte qui résistait terriblement parce que Sherlock tirait de son côté. Faisant de force entrer son chien dans le magasin, l'homme déclamait, en tournant la clef dans la serrure :

— Nous allons nous expliquer, vagabond, traîne-savates, va-nu-pieds !

Prisonnier, Sherlock regardait d'un œil torve les maigres jambes nues du droguiste et se rencognait contre une pile de « sabots spéciaux ».

Pélagie arrivait. Soudain, elle se pencha. Une enveloppe de papier jaune était fixée au collier du chien. Pestiaux la prit et, ce faisant, faillit être mordu.

L'enveloppe portait une inscription :

À mon illustre maître Pestiaux-Ronvaux, épicier, droguiste d'occasion, inventeur de foutaises et mauvais dresseur de chiens policiers.

À l'intérieur, était pliée une lettre. Adhémar et Pélagie, se penchant côte à côte, lurent :

« Je me décide à revenir chez vous, malgré que vous soyez le plus fou des droguistes. Pendant mes trois semaines d'absence, j'ai fait le tour de la Belgique. Je crevais de faim chez vous. Ce n'était plus tenable. Partout où j'ai passé, j'ai été bien accueilli et bien nourri. Vous le voyez à mon poil et à mon ventre. Partout aussi, on m'a répété que vous êtes un grand benêt et que s'il y a une bête à dresser dans le village de Trignolles, c'est vous et non pas moi. Je suis revenu quand même, parce que j'ai de la conscience, moi. Mais il est bien entendu que vous allez cesser complètement vos simagrées de dressage bonnes pour un chien de cirque et, surtout, que vous allez me nourrir convenablement.

» Sinon, je vous dévore les pattes et les fesses, et même celles de Pélagie !

» Compris, Adhémar ? »

* * *

Instinctivement, le droguiste et Pélagie reculèrent avec un « Oh ! » plus terrifié encore qu'indigné. Lui, ne s'aperçut qu'à ce moment qu'il était en chemise, et Sherlock louchait toujours vers les maigres jambes du savant, qui recula.

Pélagie, serrant ses jupes d'une main, tendit au chien, à bout de bras, une casserole aux trois quarts pleine de ratatouille. Sherlock contempla la ratatouille d'un air blasé, la flaira, la caressa de la langue, détourna la tête, bâilla et se coucha.

Déjà, le droguiste, oubliant le chien prodigue, se livrait avec sa loupe à une expertise en écriture du document qu'il appelait « l'ignoble lettre de menaces ».

* * *

Pendant les trois jours qui suivirent, Sherlock se tint assez bien. Enfermé dans sa remise, devant une pitance qui allait decrescendo, il semblait se reposer de son tour de Belgique et ruminer ses souvenirs.

L'après-midi du troisième jour, il jugea qu'il avait faim. Il commença par faire du bruit, aboyant plaintivement et musiquant de la casserole. Et comme Pestiaux ouvrait la porte de la remise pour l'inviter à faire un tour dans le jardin, il bondit, culbuta l'homme une fois de plus et houp ! se retrouva de l'autre côté de la haie.

* * *

Vous devinez bien où son cœur le poussa. Rien qu'en voyant de loin le toit de T. Déome, il se mit à baver de joie. Justement, il le rencontra, son T. Déome. Le gros déambulait sur la route. Avec force gambades et soupirs, Sherlock-Adhémar lui témoigna le plaisir sincère, mais non désintéressé, qu'il éprouvait à le revoir. Le bonhomme, apparemment impassible, continuait sa route, tout droit, et sans regarder le chien. Seulement, il murmurait sous sa grosse moustache, d'une voix douce :

— *Adhémar... Adhémar !*

T. Déome et le chien arrivèrent ainsi devant la boutique du Pichoulit. La porte de la boucherie était ouverte. Sur le comptoir, de beaux anneaux de boudin tout frais s'enroulaient autour d'un cône d'osier. Sherlock s'arrêta, saisi jusqu'au plus intime de ses entrailles par ce parfum affolant. Lâchant son ami, il s'avança sur le seuil de la boucherie, en arrêt, la narine frémissante... Personne dans ce royaume du boudin...

Toujours marchant et toujours regardant droit devant lui, T. Déome articula, bas, mais net :

— *À boudin !*

... Il ne se retourna que vingt pas plus loin, au tapage. Le Pichoulit, hurlant et jurant, courait en galoches et tablier aux trousses de Sherlock qui s'enfuyait avec le monument de boudin. Le cône d'osier tombait, mais Sherlock ne lâchait rien du boudin. Il le traînait comme un long serpent mort. Le facteur, qui passait, mit son pied sur le serpent. Le boudin craqua, mais le gros morceau resta dans les dents du chien. Le beau Pichoulit, congestionné de fureur, ramassa ce qu'il put des débris. Il les lava tant bien que mal et les remit à son étal en cachant les plaies. Mais il n'en vendit guère et perdit la clientèle du facteur et de quelques autres.

Monsieur Pestiaux voulut le dédommager. Magnanime, le boucher refusa. Entre amis, n'est-ce pas ?... Mais Sherlock dut subir un discours effrayant. Même Pestiaux fit mine de le battre. Le chien montra des crocs si agressifs et gronda si méchamment que Pélagie, épouvantée, s'enfuit en affirmant :

— Ce monstre est possédé du démon !

— Il ne sera pourtant pas dit qu'il me tiendra en échec ! ricana Pestiaux.

Et brandissant l'index, il cria à Sherlock, à travers la porte soigneusement verrouillée de la remise :

— Je vous exorciserai, moi, gredin pourri de vices !

* * *

Mais ce monstre de Sherlock-Adhémar, lancé sur la pente des méfaits où T. Déome l'entraînait avec jubilation, ne devait pas s'en tenir à cet exploit. Il allait s'illustrer par un haut fait dont Trignolles n'est pas près de perdre la joyeuse mémoire.

... Le propre de la bêtise, autant que du génie, c'est l'obstination. Monsieur Pestiaux, qui avait du génie, s'obstinait donc à vouloir faire de son chien un animal capable de rendre des points aux limiers les plus fameux de l'espèce à laquelle la brave bête n'appartenait pas.

En ce mois d'août très chaud, chaque après-midi, vers cinq heures, Monsieur Pestiaux prenait un délassement. Cette détente était indispensable à son grand corps surmené et à sa cervelle toujours phosphorescente de projets inventifs, assiégée à présent par les arias de la politique et de la stratégie électorale qu'il fallait arrêter en temps utile pour le scrutin d'octobre.

Il n'avait donc pas que Sherlock à dresser, le savant de Trignolles. Il lui fallait aussi dresser sa liste électorale. Et les candidats, honorables du moins, n'étaient pas aisés à trouver. En tête de liste, il y avait évidemment Adhémar Pestiaux. Il y avait ensuite Monsieur Évariste Catrevaux du Pichoulit. Après, c'était tout, provisoirement...

Donc, chaque après-midi, vers cinq heures, Monsieur Pestiaux, pour se délasser, allait s'offrir une baignade dans les eaux claires du Viretienne... Ou plutôt, il s'y offrait de « l'hydrothérapie » car la baignade vulgaire n'a jamais été que le fait des imbéciles qui, ignorant les mots, ne peuvent connaître les choses... Le savant se rendait au bord de l'eau en culotte de coutil, veston d'alpaga et canotier de paille. Le plus souvent, il était muni d'un parapluie dont il se faisait une canne, ou une ombrelle. Sous le bras gauche, il portait, enveloppé dans une toile cirée, le petit paquet des accessoires balnéaires : maillot, serviette, savon. À son poignet droit, était fixée une ficelle au bout de laquelle trottait Sherlock. Chaque fois aussi, le droguiste, assoiffé de science, emportait un livre, qu'il tentait de lire en marchant, mais Sherlock, intéressé par les mille bagatelles des accotements et des talus, tiraillait si bien sur sa ficelle et avec de tels imprévus dans le caprice, que Monsieur Pestiaux, au bout de quinze jours, n'en était encore qu'à la préface de son livre. Il avait dû le ramasser plus de trente fois dans la poussière. Il criait alors : « Brute insupportable ! Je vous punirai sur votre pâtée ! »

Pauvre Sherlock ! Réduire encore sa pâtée ! Où était le temps des pleines casseroles du bon T. Déome, le gros homme aux rondelles de boudin ?

*
*   *

Arrivé sur la berge du Viretienne, Pestiaux déposait son livre, dont il n'avait rien lu, piquait son parapluie dans le gazon, se déshabillait dans un massif de sureau qui poussait là en tonnelle. Il accrochait son veston, sa chemise et sa culotte, et son vieux canotier, aux branches de l'arbuste. Après quoi, paré de son maillot jaune zébré de rayures rouges, il recommandait gravement à Sherlock, avec une mimique appropriée :

— Je vous confie la garde de mes habits.

Comme il y avait un demi-carré de sucre au bout de la garde, le chien résigné s'allongeait dans le sureau et, patiemment, attendait la fin des barbotages de l'autre.

T. Déome, naturellement, savait que le droguiste, chaque jour, à la même heure et au même endroit, s'adonnait à « l'hydrothérapie scientifique ». Et il avait son plan, le gros, quand il engraissait et dressait — à sa façon — Sherlock-Adhémar.

* * *

... Pour conserver un souvenir vivant des frimousses de ses gosses, le docteur Ugenne avait fait emplette d'un petit appareil à filmer.

T. Déome s'en fit expliquer la facile manœuvre, le fit charger d'une bobine de pellicules, fourra l'appareil dans sa plus vaste poche, avec le support, se munit d'un beau morceau de boudin, de son sifflet de dressage, prévint Manu, et un beau jour, vers quatre heures, se dirigea au pas de flânerie vers la maison de son camarade Nicolas l'mânnî [4] dont le vieux moulin, seul sur la route et qui ne moulait plus rien depuis longtemps, achevait de verdir les aubes de sa roue immobile dans un bief de la rivière.

Au moulin, T. Déome et Nicolas burent du péket et fumèrent une pipe, en riant du bon tour que le gros préparait.

* * *

Il était près de cinq heures... Soudain, la femme de Nicolas, lorgnant par une fenêtre, avertit les deux hommes :

— *Vol'lâ !*

Pestiaux dévalait la route avec Sherlock au bout de sa ficelle. Le chien paraissait fort nerveux. Il flairait la route comme un chien de chasse. T. Déome, caché dans l'ombre de la pièce, vit passer devant la maison le vieux canotier jaune penché sur le livre ouvert. Sherlock décela-t-il la présence du gros dans les parages ? Il eut, devant le seuil, comme une velléité d'entrer et tira sur sa ficelle.

T. Déome entendit Pestiaux qui grognait :

— Sale bête ! Voilà encore mon livre dans le crottin !

— *Brave biesse !* murmura T. Déome.

Il laissa s'écouler un quart d'heure puis sortit avec précaution, un peu ému quand même...

Personne sur la route... Tapi derrière un rideau de fèves grimpantes, dans le jardin de Nicolas, T. Déome, de loin, vit Pestiaux qui sortait, en maillot, de sa tonnelle de sureau. Puis l'homme entra dans l'eau, posant un pied précautionneux sur les galets de la rivière. Et soudain, accroupi comme une grenouille, il se mit à barboter à grand fracas de ses bras maigres qui battaient l'eau...

On ne voyait pas Sherlock, allongé sans doute dans le massif de sureau.

---

4. Le meunier.

* * *

... Un coup de sifflet à deux tons : *tûû-itt !* monta du jardin de Nicolas. Le chien, aussitôt debout, jaillit du feuillage, jarrets tendus, nez et oreilles en l'air.

— *Tûû-itt !* reprit le sifflet.

Huit secondes après, exactement, Sherlock était auprès de T. Déome, qu'il embrassait de ses grandes pattes posées sur les épaules du bonhomme. Il lui léchait la figure, gémissait de tendresse et fourrait son museau dans le vaste gilet du gros, qui fleurait délicieusement le boudin.

Riant, le drôle en donna un bon morceau à la bête affamée, qui le grugea d'un coup de gueule.

Mais il s'agissait de ne pas perdre son temps. À présent, le droguiste, appuyé des deux mains sur les galets du fond, s'essayait à nager des pieds. Il faisait un tapage de phoque et de l'écume comme une galère.

Penché sur Sherlock qu'il caressait, T. Déome laissa passer deux cyclistes sur la route, puis, ayant indiqué au chien la direction des sureaux, il dit brusquement :

— *À marronne !*

Sherlock n'hésita pas. Ce fut un projectile gris qui franchit les cent mètres du jardin à la rivière... Le cœur de T. Déome battait, battait... Mais ce fut la même bête véloce qui, l'instant d'après, déposait aux pieds du gros, avec toute la joie que confère le devoir bien accompli, la culotte de coutil jaune du droguiste, trophée glorieux que le bonhomme roula et escamota, l'œil mouillé d'allégresse. Jetant à Sherlock le reste du boudin, il le remballa dans le sureau en lui répétant tout simplement :

— *À marronne !*

* * *

Mais Sherlock n'osa rentrer dans la tonnelle car il y découvrit un Pestiaux qui trépignait, bavait et louchait de fureur. La queue basse, le grippe-marronne fit un cercle prudent et fort distant autour de la tonnelle et subit, à cette portée, une rafale effrayante d'injures compliquées.

— Vous n'êtes pas un chien, vous êtes un bandit, le plus hypocrite des animaux de la création... Et dire que l'on propose ces immondes bêtes pour symboles de la fidélité ! Rapportez-moi ma culotte à l'instant, ou je vous étrangle, sinistre voyou, canaille sournoise et voleuse !

T. Déome, le mânnî et sa femme, montés dans le grenier du moulin, entendaient et voyaient tout. Ils en pleuraient d'aise. Le râtelier de la femme se détacha. Vite, elle le prit en main, pour ne pas l'avaler. Et Nicolas, qui souffrait d'une faiblesse du côté de la vessie, dut descendre dare-dare.

* * *

Dare-dare aussi, T. Déome ajusta son appareil de prises de vues. Posté derrière un œil-de-bœuf, il avait un champ de visée magnifique...

Pestiaux, au comble de la fureur, était rentré dans l'eau, en était ressorti avec des galets qu'il lançait dans les pattes de Sherlock. Le pauvre chien, esquivant les galets, reculait un peu plus chaque fois que l'autre lui enjoignait :

— Ici, innommable fripouille !

Puis, Pestiaux chercha encore longuement dans les parages, recommença et enfin, se décida à prendre le chemin du retour.

Très posément, T. Déome se mit à tourner la petite manivelle de son appareil.

* * *

Le beau tableau ! Imaginez un grand flandrin maigre et barbu, en maillot de bain jaunâtre et zébré de rouge, avec de hautes pattes velues, tubulaires comme celles du héron ; des chaussettes chinées ; des jarretelles vertes et de grands souliers noirs. Mettez là-dessus un canotier de paille roussie à ruban isabelle. Imaginez l'homme, le veston d'alpaga sur son torse mouillé, la serviette nouée autour du cou, la chemise roulée sous le bras et brandissant un livre et un parapluie. Voyez-le courant ainsi après Sherlock, qui croit son maître complètement fou, tourne autour de lui, l'attend, tassé sur lui-même, et repart, chaque fois que le droguiste va l'atteindre.

... Mais représentez-vous aussi, dans le grenier du vieux moulin, le gros T. Déome qui tourne toujours, dans un placide bonheur, la petite manivelle de son appareil, et qui filme, et filme encore.

S'il n'était presque au bout de son rouleau de pellicules, il pourrait filmer... la rencontre de Pestiaux et du garde champêtre Manu.

— Que signifie cet accoutrement indécent ? demande sévèrement Manu au droguiste.

— Mêlez-vous de vos affaires ! crie Pestiaux excédé.

— C'est ce que je vais faire, déclare froidement Manu.

Il tire son carnet et ajoute :

— Votre carte d'identité, s'il vous plaît.

— Elle est dans ma culotte ! hurle Pestiaux. Allez la demander à ce bandit si ça vous amuse, espèce de bachi-bouzouk !

Et l'homme lance une pierre dans les pattes de Sherlock, qui se met à aboyer de douleur.

— Bon ! conclut Manu avec un flegme fort impressionnant. Je vous déclare procès-verbal :

— Primo : Pour exhibition indécente sur une voie publique.

— Secundo : Pour défaut de carte d'identité.

— Tertio : Pour injure au garde champêtre dans l'exercice de ses fonctions.

— Quarto : Pour brutalités envers un animal domestique.

... D'abord écrasé, Pestiaux, pâle et tremblant sur ses grandes pattes nues, se reprend et supplie Manu :

— Voyons, Manu, mon ami, vous n'allez pas déshonorer l'honnête homme que je suis, un homme considérable, en vue dans le pays. Mais vous voulez ma mort, mon ami ! Nous allons arranger ça, n'est-ce pas ? On m'a volé ma culotte, voyez-vous, Monsieur Manu... C'est encore une canaillerie de mes adversaires, vous comprenez ? je vous ai traité avec une certaine impatience, bien compréhensible. Mettons que je n'ai rien dit : je retire solennellement mes paroles inconsidérées. Et je vous dédommagerai. Oui, laissez tomber l'affaire et je vous dédommagerai largement.

— Combien ? demande le garde d'une voix officielle.

— Deux cents francs, si vous voulez, laisse tomber Pestiaux.

... Manu rouvre son carnet et ajoute glacialement :

— Quinto : Pour tentative de corruption de fonctionnaire.

Et plantant là son homme, il va rejoindre T. Déome chez le meunier Nicolas, tandis que Pestiaux, rasant les haies des ruelles, se défilant de son mieux, fait enfin dans le village une rentrée carnavalesque et galopante sous les risées de plus de cent témoins.

XIX

MEETING

Il est quelquefois fatigant d'être contredit, il est dangereux de ne l'être pas.

BOSSUET.

Le curé, supplié par Pélagie d'intervenir en conciliateur, fit tâter à Manu de son meilleur chai, et rit beaucoup de la pantalonnade avec le garde, sans d'ailleurs parvenir à tirer de lui le nom du ravisseur de la culotte. Au demeurant, T. Déome avait fait observer à Manu que si l'on condamnait Pestiaux une fois encore, on se priverait de beaucoup de plaisir, puisque l'autre, catalogué cette fois comme cheval de retour, se verrait infliger vraisemblablement la privation de ses droits d'éligibilité. L'élection manquerait de sel, et ce serait dommage. La réussite de la farce, même arrêtée à ce point, dépassait déjà de beaucoup les espérances les plus généreuses. Manu ne demandait qu'à se laisser convaincre. Il n'était pas cruel. L'affaire n'eut pas de suite.

Mais l'immunité n'assagit point Pestiaux. Cette grâce magnanime du garde champêtre, il la prit pour de la faiblesse, et sa rancœur et ses ambitions grandirent d'autant.

Le mois d'août passa sans autre événement notable que la vente de Sherlock, pour soixante francs, au père Satche-aux-puces, le chiffonnier. Le brave chien ne se trouva pas plus malheureux là que chez l'original droguiste. Quelques heures par jour, il tirait la petite charrette ornée de peaux de lapin, aux côtés d'un compagnon pacifique. La journée finie, Sherlock, bien nourri, flânochait dans le village et, le plus souvent, finissait sa promenade chez T. Déome. C'étaient les bons moments de sa vie de chien.

* * *

Quant à la culotte, la fameuse culotte de coutil, eh bien, c'est tout simple ! Un soir, T. Déome en fit un beau petit paquet proprement ficelé dans du papier blanc, et il alla poser le paquet sur le seuil de la masure de Victor, ou mieux de « M'sieur Totor », le mendiant du village.

M'sieur Totor, un pauvre diable inoffensif, d'origine française, était un peu simple. Il était aussi fort pieux. Tout ce qui tombait dans sa hotte venait du ciel, affirmait-il.

Sur l'emballage du petit paquet, T. Déome avait donc écrit, pour flatter les idées de Victor et lui épargner les hypothèses fatigantes :

« *Une bonne culotte pour Victor — Don du ciel* ».

Victor, ayant déchiffré la suscription, conclut à une affaire... naturellement surnaturelle et même régulière. Il essaya ses grandes jambes dans le don du ciel et le trouva fait sur mesure. Il s'y attacha tout de suite et déambula dans le village, fièrement paré de son céleste coutil... que Pélagie fut l'une des premières à reconnaître. Pestiaux interrogea Victor. Aux questions harcelantes du droguiste, Victor opposa de saintes et patientes maximes de son cru. Il répondait : « L'ciel, il est au-dessus d'nous ! Çui-là qui veut tout comprendre, l'ciel le punit en lui pétant un bon coup de sang dans le cerveau... C'est imprimé dans l'Évangile, ça, M'sieur l'pharmacien ! »

Et il s'en alla, plantant là le Pestiaux, rageur mais désarmé par tant de suave inertie. Mais en partant, le bon Victor se retourna encore pour jeter gravement à Madame Pestiaux, avec l'accent délicieux qu'il avait pris dans les collines de son Monthermé natal :

— Mame Pélagî, moi j'vous l'dis, c'est pas bien du tout c'que vous faites là ! C'est inscrit dans l'Évangile à Saint Joseph qu'une bonne chrétienne, elle peut pas fourrer son nez dans les falzars que « l'Ban Dju » il envoie à M'sieur Totor...

* * *

T. Déome s'était révélé cinéaste de grande classe. Le film de la culotte, développé en grand secret par le docteur, était une merveille. Pas une phase ni un geste n'avaient échappé à l'objectif. Pour s'amuser, le docteur invita T. Déome à la projection des images. Avec les commentaires du gros, c'était affolant.

* * *

Et l'on connut enfin la mirifique composition de la liste Pestiaux, qui comptait cinq candidats :

Le droguiste était donc chef de file, suivi de son Catrevaux du Pichoulit. Le troisième, c'était le domestique de la Cense des Houlottes, le grand Oscar, ivrogne induré, à qui le droguiste et le boucher avaient dû graisser la patte pour qu'il acceptât cet honneur. Le quatrième, c'était le citoyen Lacuisine, surnommé Canada parce qu'il avait tenté fortune du côté de Québec, sans succès. Canada était fabricant de nougat, forain, piégeur, contrebandier, batteur de femmes et libertaire. Sur avis motivé du conseil communal, il s'était vu refuser l'autorisation d'ouvrir une salle de cinéma. Canada, dégoûté mais pas résigné, n'espérait plus qu'en la Révolution.

Nenette Fèchaux clôturait la liste. Divorcée à vingt-trois ans, elle tenait un salon de coiffure pour dames. C'est à elle que le Pichoulit, depuis quelque temps, réservait ses biftecks les plus tendres et ses bouillis les plus avantageux. Il lui servait ça avec des sourires de goret ému et échangeait avec elle de fines galanteries dans un décor d'aloyaux, de saucisses et de rognons. La capiteuse Nenette sortie, le Pichoulit s'attardait encore parmi les viandes, à rêvasser avec langueur en se caressant les naseaux du parfum « Soupir de Nymphe » ou « Cœur de Verveine » qu'y avait laissé sa colistière.

La liste se présentait sous l'étiquette-programme : « Parti de l'Indignation publique ». En abrégé, cela donnait : P.I.P.

* * *

Méthodiquement, « scientifiquement », disait-il, Pestiaux avait commencé sa campagne. Il consignait sur un carnet qu'il appelait le carnet « ad hoc » les griefs et les arguments, et son crayon notait avec joie les petites calomnies qu'on voulait bien lui fournir sur le compte de ses adversaires.

Un soir, sortant de chez lui pour conférer une fois de plus avec son illustre colistier le Pichoulit, le droguiste mit le pied dans une bouse de vache, glissa, s'étala dans la chose, et se releva avec une foulure au poignet gauche. Il rentra chez lui, invita Pélagie à décrépir ses frusques, se désinfecta, soigna son poignet à l'eau de Goulard et, avec le sourire du philosophe matois qui tire parti des amertumes mêmes de la vie, il ajouta sur son carnet de griefs : « Malpropreté des routes — Éclairage insuffisant — Odeurs méphitiques — Danger permanent de glissades pour les piétons et de dérapage pour les véhicules. De graves accidents sont à craindre ».

Après un moment de phosphorescence, il avait ajouté :

« Lors des baptêmes, les dragées lancées sur la route par les parrain et marraine roulent pour la plupart dans les défécations des bovidés. Les enfants, ignorants des règles les plus élémentaires de la prophylaxie, consomment les friandises après les avoir essuyées sommairement sur la manche de leur habit : Danger de mort ! »

Le fameux carnet était bourré de notes de ce genre. Dix fois par jour, Pestiaux l'ouvrait pour y gribouiller. Quand le carnet traînait sur un meuble, Pélagie disait :

— Adhémar, voilà encore votre carnet « ad hoc » qui traîne...

Jusque dans l'église, pendant le Confiteor ou le Fac Salvum, Adhémar ouvrait son « ad hoc » pour y consigner ses trouvailles polémiques au fur et à mesure qu'elles lui fermentaient dans le crâne.

Une fois, tandis que le curé, du haut de la chaire, recommandait les défunts au pieux souvenir des fidèles, Pestiaux, tirant brusquement son carnet, avait griffonné : « Pas de corbillard — Portage fatigant, surtout si le défunt est obèse ».

Il allait aussi noter une observation à propos des mariages, mais Pélagie avait poussé du coude son illustre mari, que le curé regardait avec un sévère étonnement...

*
* *

On était à quelque huit jours des élections.

Le dimanche qui les précéda, un gamin, payé par le Trésor du Parti Pestiaux, distribua dans chaque foyer un prospectus supérieurement tapé :

Commune de Trignolles-sur-Viretienne

Élections Communales de 193...

Le jeudi ... octobre, à 20 heures, dans le hangar appartenant à M. Ambroise Cabaraux, cultivateur,

Grand Meeting public et contradictoire

organisé par le Parti de l'Indignation Publique (P.I.P.)

ORATEURS :

M. l'avocat Adonis GOULVENT, fils.

M. Adhémar PESTIAUX-RONVAUX,

homme de science, droguiste-chimiste, 1er candidat.

N.B. Le meeting commencera à 20 heures précises. La salle sera chauffée et convenablement éclairée. Des chaises et des bancs seront installés. Vu les dimensions restreintes du local et le succès assuré dès maintenant au meeting, les enfants ne seront pas admis. La contradiction ne sera tolérée que si elle est polie et évite les attaques personnelles.

Entrée libre et gratuite.

Au verso, sous la liste des candidats, s'étalait cette noble déclaration :

> Nous n'éprouvons d'animosité contre personne et nous agissons dignement et au grand jour, sans calomnies ni insultes inutiles, mais :
>
> 1. Nous voulons renverser la sinistre bande des profiteurs incapables, ignorants et gaspilleurs qui dirigent nos destinées depuis trop longtemps.
>
> 2. Nous voulons que soit aboli le régime de honte et de scandale qui fait de nous la risée des communes évoluées.
>
> Voter pour le P.I.P. c'est donner une preuve d'intelligence, de propreté et de civilisation.
>
> ÉLECTEURS INTELLIGENTS DE TRIGNOLLES,
> VOTEZ MASSIVEMENT POUR LE P.I.P.

Il y avait beau temps que T. Déome était au fait. Son ami Cabaraux, le tout premier, pressenti par Pestiaux sur la location du hangar, était accouru, le soir même, chez le gros, et lui avait demandé :

— *Qwè c'qu'y faut fai ?*

— *Y faut lowè l'hangar !* avait répondu le gros, sans hésiter.

Seulement, il avait tout de suite dressé son plan...

Cabaraux et T. Déome allaient simuler une brouille très ostensible. Ils ne s'adresseraient plus la parole jusqu'aux élections, sauf pour échanger des aigreurs, et des gros mots s'il le fallait. Bruyamment, Cabaraux tournerait casaque et afficherait des sympathies éclatantes pour le P.I.P. Pestiaux, mis en confiance, livrerait au compère les petits et grands secrets du P.I.P. Avant le meeting, T. Déome saurait déjà ce que le chef du P.I.P. avait dans son sac...

Et l'on aurait du plaisir, dans le hangar de Cabaraux !

* * *

Pestiaux donna dans le panneau avec allégresse, et fit passer, dans son fameux carnet « ad hoc » tous les membres de la famille Cabaraux de la page des « douteux » à la page des « sûrs ».

T. Déome apprit tout ce qu'il voulait savoir : la teneur complète du discours que Pestiaux avait écrit et appris de mémoire ; la substance du discours de l'avocat Goulvent ; les révélations sensationnelles, les accusations ; les électeurs sûrs, les flottants, ceux que l'on avait achetés, et à quel tarif ; ceux qui faisaient de la surenchère, ceux qui maquignonnaient, et mille autres détails que T. Déome mit dans la meilleure poche de son vieux gilet de velours.

Toine, un peu inquiet quand même de tout ce tapage dont il était malgré lui le centre, confia à T. Déome :

— *Dji n'ai né bonne idée...*

— *Laisse-mu fai !* coupa l'autre. *On va rire.*

Mais le maïeur ne partit qu'à demi rassuré.

*
* *

Le matin du meeting, une idée hilarante phosphora dans le joyeux cervelet de T. Déome. Ce qui l'étonna le plus, ce fut de ne pas y avoir pensé plus tôt.

... À quelque vingt mètres de la maison du gros, habitait Lalie Lalouette, tante du garde champêtre Manu. C'était une brave petite commère pas plus haute que ça, toute ronde de partout, depuis sa tête en boule et son petit nez en bille, jusqu'à ses mains courtes et potelées comme des mains de gros bébé. Veuve toute jeune et mère de quatre petits enfants, elle s'était mise, pour gagner la pitance de la nichée, dans le commerce des fromages. Hotte au dos, panier au bras, elle déambulait dans le pays, par tous les temps, entrait dans chaque maison, accueillie aimablement partout, car on l'aimait bien, et son malheur avait ému les plus durs.

Elle, l'adversité ne l'avait pas aigrie. Après dix ans de veuvage, le nom de son pauvre homme, prononcé devant elle, lui tirait encore des larmes, mais sa peine n'avait rien de geignant ni de désespéré. L'averse était toujours aussi brève que spontanée et il suffisait d'un mot un peu plaisant pour faire passer Lalie, sans transition, des pleurs à la joie la plus éclatante. Âme simple et claire, elle riait pour un rien, à gorge franche, et longuement.

C'était une vaillante, au fond, que Lalie ! Une sainte petite boulotte de femme ! Au malheur, qui aurait pu l'aveulir et faire d'elle une pleurnicharde égoïste et maupiteuse, elle avait opposé la barrière courageuse et odorante de ses fromages, qu'on lui achetait de grand cœur, parce qu'ils étaient bons, sans doute, mais encore parce que l'on avait plaisir à l'obliger. Et dans chaque maison, le fromage acheté, on offrait encore une tasse de café à Lalie, et on lui servait une gaudriole, pour l'entendre et la voir rire de son rire inimitable.

À présent, Lalie se trouvait hors du plus gros de ses épreuves, car son aîné travaillait et l'une de ses filles commençait à porter la hotte aux fromages.

* * *

Quand Lalie entrait chez T. Déome, le chat de la maison, une minute après, s'enfuyait épouvanté, et les passants s'arrêtaient sur la route. Ils riaient tous comme des bossus, d'entendre Lalie qui riait.

Cela commençait par une espèce de cri : « Hi-î » qui montait, montait tout droit, en vibrations pressées et en toute simplicité. Au sommet, la fusée sonore éclatait en modulations fantaisistes, s'enrubannait de fioritures grisollées comme la chanson de l'oiseau dont Lalie portait le nom. Le grisollement, alors, se pâmait, s'amenuisait en un pépiement ténu, puis redescendait, comme sautillant sur des escaliers de cristal et, enfin, finissait par une espèce de gloussement syncopé qui, lui, forçait les autres à rire encore, tant il était drôle, original, unique.

T. Déome avait un plaisir fou à déclencher cette étrange musique. Pour Lalie, une des bonnes heures de sa vie était celle qu'elle passait chaque semaine à rire avec le gros.

* * *

Donc, le matin du meeting, Lalie arriva fort animée chez T. Déome. Cette affaire la passionnait, autant que tous les Trignollards, d'ailleurs. Elle en parlait avec une joie un peu fiévreuse, se promettant, comme une rare et fine distraction, d'y assister.

T. Déome sauta sur une idée qui lui était venue brusquement... Il invita Lalie à passer chez lui, un peu avant la séance. On s'y rendrait ensemble, on choisirait une bonne place, et l'on aurait, annonçait-il, beaucoup de plaisir.

* * *

Le soir enveloppa lentement Trignolles de sa solennité de soir historique. À sept heures, dans chaque ménage, on rangeait déjà les assiettes du souper. On avait mangé sans appétit. Les esprits étaient trop loin des estomacs.

Un peu après sept heures et demie, la petite Lalie arrivait chez T. Déome. Le gros but deux bonnes gouttes, « pour se tenir chaud » dans le hangar, affirmait-il — était-ce bien pour cela ? —, noua son foulard du dimanche sur sa pomme d'Adam, se coiffa de sa bonne casquette et sortit, un peu songeur, avec sa femme et Lalie.

En passant, il cueillit Toine et Hilda. Elle tenait à assister à l'affaire pour contenir, s'il le fallait, les mouvements partisans de son Toine, fort nerveux depuis huit jours.

Aloys se joignit à la bande, parce que, disait-il, on allait « faire du sport ».

*
* *

T. Déome entra en tête du petit groupe dans le hangar, déjà bondé. Seulement, il s'était fait réserver six chaises par son compère Cabaraux, qui était là, et qui, jouant à merveille sa comédie, accueillit le gros par un regard agressif auquel l'autre répondit par un sourire méprisant.

Toutes les têtes se tournèrent avec une curiosité un peu narquoise du côté de la famille mayorale. La grosse figure de Toine était rouge. Il souriait d'un air gêné. T. Déome, lui, apparemment impassible, installa Lalie, sa Mèlie et Hilda. Les trois hommes s'assirent derrière les trois femmes. T. Déome avait devant lui la petite Lalie.

Après cinq rangs de chaises, s'alignaient les banquettes basses, surchargées et serrées au point que les genoux des uns bourraient les dos des autres.

Toute la journée, le citoyen Canada, quatrième candidat, avait travaillé d'arrache-pied à l'appropriation du hangar, vaste boîte toute de voliges et de carton bitumé. Il n'avait pas mal fait les choses. Un tablier de planches, posé sur des tonneaux vides, offrait aux orateurs une tribune honorable, et au comité du P.I.P., une estrade fort avantageuse pour une parfaite ostension de ses rayonnantes personnalités.

Dix lampes électriques, en installation volante, éclairaient généreusement jusqu'aux recoins de l'arène électorale. On avait renoncé à faire du feu. La soirée n'était que frisquette et le soleil automnal avait, durant la journée, tiédi le hangar. D'ailleurs, nul ne songeait à avoir froid.

Manu était là, en uniforme richement chevronné et rubané. Droit, grave comme aux funérailles d'un maréchal, il arpentait la salle et il salua le maïeur militairement. À sa tante Lalie, il dit « Bonsoir, ma tante ! » du ton qu'il eût mis à commander « Présentez, armes ! ». Il avait un plaisir fou, mais rien n'en transpirait sur son visage de bois à moustache noire.

* * *

Il était exactement sept heures cinquante et une quand le Comité du P.I.P. fit son entrée, lentement, processionnellement. Monsieur Pestiaux ouvrait la marche. Il était suivi d'un bonhomme mouflard et court gigoté, jeune encore, mais gras et déjà ventru, à nuque de lutteur, avec des bajoues qui mangeaient son faux col bas. Ses cheveux étaient plaqués en bandeaux tout luisants de brillantine, et ses gros yeux, derrière les verres de lunettes d'écaille, s'efforçaient d'exprimer l'intelligence, la finesse et la maîtrise de soi.

On entendait sur son passage :

— *C'est l'avocat, ça.*

— *Oï, c'est l'fî d'à Goulvent.*

— *Il a l'mîn-me tiesse qui s'pére.*

— *Oï, mais y paraît qu'y s'ra co pu canaille.*

Les autres candidats, Pichoulit, le grand Oscar, Canada et Nenette fermaient la marche.

Au pied de l'estrade où trônaient une table et des chaises, Pestiaux s'effaça galamment devant Nenette. Elle monta en faisant des effets de croupe, suivie de l'avocat, qui faisait des effets de nuque. Pestiaux monta le dernier. Il avait endossé sa meilleure jaquette et arborait une cravate coccinelle à pastilles d'argent sous sa barbe soigneusement taillée en balai de crin. Les candidats du P.I.P. s'assirent, tous congestionnés d'importance et d'émotion. Ils chuchotèrent en contemplant la salle où de nouveaux arrivants s'encaquaient. Pestiaux se frotta les mains d'un air satisfait, sourit, consulta sa montre et opina, tourné vers Goulvent :

— Nous pourrions commencer.

Brandissant l'index vers le fond de la salle, il enjoignit :

— Veuillez fermer la porte !

Mais on ne la ferma qu'après l'entrée de cinq nouveaux auditeurs, quatre hommes et une femme qui arrivaient, en groupe, du lointain hameau du « Blanc-baudet ».

La délégation du hameau installée tant bien que mal avec la pointe du sacrum sur l'arête d'une banquette, Pestiaux s'avança sur le bord de l'estrade. La foule fit : « Ah ! » longuement, puis se tut. Le chef du P.I.P. se lissa la barbe, se caressa le front, raffermit son lorgnon, se pinça le nez et, enfin, après un silence pendant lequel il sembla contempler le faîtage du hangar, il détacha d'une voix profonde :

— Mesdames, Messieurs, chers électeurs et électrices...

Et il débita un laïus bien léché dans lequel il proposait à l'admiration des auditeurs « Monsieur l'avocat Adonis Goulvent, brillant débutant, gloire future du barreau, qui avait eu le privilège de naître dans une maison où le talent était héréditaire, et les vertus (les vertus combatives, nuança le droguiste), traditionnelles... ».

Il parla longuement de la puissance oratoire de son poulain-Démosthène. Pendant ce temps, l'avocat, renversé sur sa chaise, les bras croisés, regardait fixement une belle fille, Norine Lingletin, assise au sixième rang de l'assemblée.

« ... Mais je conclus, trancha soudain Pestiaux, car je ne veux pas vous priver plus longtemps du délice d'écouter l'un des meilleurs tribuns de notre temps, si riche d'injustices mais si pauvre en vrais talents. »

Et Goulvent se leva, serra la main de Pestiaux d'un air confus et reconnaissant et lui minauda :

— Très bien, très bien ! Mais le meilleur orateur de nous deux, c'est vous, mon cher...

Pestiaux allait répondre, mais, déjà, Goulvent, dont la brillantine luisait sous la lampe comme un parquet ciré, tonnait :

« Mesdemoiselles, Mesdames, Messieurs... Il est des circonstances où la modestie d'un homme doit, bien malgré elle, subir de rudes assauts... »

Et, pendant dix minutes au moins, il parla de lui-même et de ses ascendants, et des talents et des vertus de sa famille, pour les ramener, affirmait-il, à leurs justes proportions.

Puis il fit l'éloge de Pestiaux, son meilleur ami... depuis huit jours, avouait-il. « Je me connais en hommes, Mesdames et Messieurs, et j'ose vous affirmer que mon ami Adhémar Pestiaux, c'est quelqu'un ! Quand un village, dans lequel les vrais intellectuels pourraient se compter sur les doigts d'une seule main, a l'insigne privilège de posséder dans ses murs un homme de cette trempe, qui dépasse de cent coudées le niveau médiocre de la localité, il se doit de tourner le dos aux incompétences des arrivistes bouffis de graisse et de prétention (Toine serre les poings et pense : *Ti, si dji t'attrape in djou, t'auras t'gaviô* [1] *serrè !*) et de confier ses destinées à la sagesse hautement éclairée de celui qui a consacré sa vie à l'étude désintéressée et ingrate des problèmes scientifiques, sociaux, oui, sociaux, dis-je, dont vous, cultivateurs, vous, ouvriers, vous, ménagères, vous, jeunes filles charmantes et insouciantes, ne soupçonnez ni l'étendue, ni la profon-

1. Larynx.

deur, ni les difficultés, et auxquels vous ne pourriez d'ailleurs vous consacrer, étant donné votre impréparation totale et les multiples et accablantes obligations que vous imposent vos occupations, nobles sans doute, et même indispensables, mais situées aux antipodes de l'intellectualité (Aloys souffle à T. Déome : *Ça est une bête, il sprinte au départ !*) et toutes orientées vers les satisfactions immédiates du profit et du matérialisme qui est l'apanage de l'activité ouvrière, agricole et ménagère de nos campagnes. »

Déjà, on avait assez de Goulvent et de ses compliments. Et puis, cette voix beuglante fatiguait tout de suite, assommait. Si c'est pour cela qu'il était venu, ce petit goret à lunettes ! Au lieu de Goulvent, on regardait T. Déome. Il fumait sa grosse pipe et il s'amusait, chaque fois que le braillard donnait un coup de gueule, à marquer les points en dessinant en l'air, avec de beaux ronds de fumée, des zéros parfaits, qu'il suivait d'un regard plein d'intérêt. Les zéros allaient se fondre dans le nuage bleu accumulé sous les chevrons du hangar par plus de cent fumeurs.

Pestiaux s'aperçut de la diversion créée par le gros. Il en témoigna de l'énervement. Le gros s'en moquait éperdument, et il continua. Il réussit même des doublés de ronds.

L'autre, le Goulvent, beuglait depuis trente minutes. Il était embarqué, à présent, dans une tirade sur l'avenir de la démocratie « rénovée et enrichie par l'apport de la culture et de l'aristocratie de l'intelligence ». Médusé par le minois de Norine, il la regardait en gesticulant comme un forcené, il transpirait, il s'épongeait. Sa face avait pris une teinte de tomate écrasée et ses bandeaux vernis, que la chaleur avait décollés en mèches pointues, lui faisaient maintenant une tignasse en fanes d'oignon. Il continuait quand même, répétant sans se lasser : « J'estime que... On ne peut contester que... Il serait stupide de nier que... Je plaindrais l'homme qui ne verrait pas que... »

Enfin, il clama : « Je conclus... »

Mais il parla encore durant dix minutes et refit l'éloge de son ami Pestiaux, en termes à peu près inchangés. Il y ajouta celui des autres candidats, à savoir : le boucher, « commerçant éclairé et pondéré » ; « Monsieur Oscar Paquot, humble domestique illettré, mais plein de finesse et de bon sens, que seule, la conscience d'un devoir sacré à accomplir avait arraché à ses écuries ». Goulvent continua par l'encensement du citoyen Canada, « esprit ouvert et actif, à qui l'on devait l'organisation matérielle de cette magnifique réunion, veillée d'armes d'une victoire qui allait ouvrir enfin, pour Trignolles-sur-

Viretienne, une ère splendide de prospérité matérielle et de rayonnement spirituel et communal ».

... Passant de la fougue à la sérénité souriante, Maître Adonis Goulvent couronne son discours par la présentation de la candidate :

« J'ai réservé pour la fin, Mesdames et Messieurs, le plaisir de vous présenter la candidate : Madame Nenette Fèchaux... Présentation superflue, d'ailleurs, car vous la connaissez tous intimement et elle se présente bien elle-même... (*Oï !* crie un loustic. On rit tout haut et Nenette, flattée, se trémousse sur sa chaise...) et son nom vaut un programme. » (*È co in prospectus !* lance un autre loustic. Cette fois, le succès est énorme.)

Goulvent tourne court et conclut d'une voix fracassante :

« Le P.I.P. vaincra par la noblesse de son programme, la science de son chef, la distinction de ses candidats et la grâce aimable de Madame Nenette ! »

Il se trouva quelques douzaines de braves gens et de farceurs pour applaudir cette gueulerie. T. Déome en était. Il applaudit le plus longuement et cria même « Bravo ! », ce qui étonna quand même un peu Toine et fit beaucoup rire tous les autres.

*
* *

Pestiaux, levé de nouveau, félicitait publiquement son homme. Mais celui-ci, au lieu de l'écouter, demandait au Pichoulit :

— Quelle est donc cette jolie fille assise au bout de la sixième rangée à gauche ? Je crois la connaître...

Le boucher, qui avait essuyé naguère une verte rebuffade du côté de Norine aussi, et qui ne l'avalait pas, répondit, roulant ses yeux de bœuf arrêté devant un phonographe :

— Ce n'est pas grand'chose !

— Tiens ! conclut Adonis, je m'en doutais...

Et il resta rêveur, regardant Norine, sans plus s'inquiéter de Pestiaux, qui attendait que le silence s'établît.

*
* *

... Ayant tiré de sa poche six ou sept papiers qu'il étale sur la table, à côté de sa montre, Monsieur Pestiaux, lissant encore sa barbe, répète d'une voix sépulcrale :

« Mesdames, Messieurs, chers électeurs et électrices. »

(Un silence grave pendant lequel T. Déome envoie en l'air un formidable panache de fumée. Du bout du doigt, il chatouille l'aisselle de Lalie qui se trémousse mais reste digne, héroïquement.)

« Dans son traité intitulé *Parerga et Paralipomena*, le philosophe Arthur Schopenhauer a écrit cette profonde pensée... » (Une pause... Derrière Lalie, T. Déome souffle doucement : *« Les fromages de Lalie sont les meilleurs ! »*)

Durant une seconde, Lalie, bondée de joie, lutte, résiste, tient bon. Mais après, son héroïsme craque. Dans le silence, son « hi-î ! » libéré comme un explosif monte en chandelle d'allégresse, puis le grisollement fameux remplit de ses étonnants pizzicati la salle enfumée... et le reste est couvert par l'explosion d'hilarité de tout l'auditoire, gagné au « hi-î » de Lalie.

Pestiaux, sur son estrade, est à la fois interloqué et furieux. Croisant les bras, théâtral, il attend que l'on daigne se calmer.

Mais son attitude est d'un comique si haut que Lalie, chaque fois que son regard noyé de plaisir tombe sur le droguiste, repart pour une nouvelle crise. Et le hangar de Cabaraux tremble sous les rafales des rires de tous les autres.

À la fin, Pestiaux, excédé, hurle dans le bruit :

— Madame, votre rire a l'odeur de vos fromages !

Le succès de Pestiaux est monumental. Mais Lalie, piquée au vif dans son amour-propre de loyale commerçante, coupe net un « Hî-î ! » à mi-hauteur et, brusquement dressée sur ses courtes jambes, rouge d'indignation et les poings sur la hanche, crie au droguiste :

— *Mes fromâtches ? Mes fromâtches ? Mais y sintaient bramin meyeu qui toutes les lostries* [2] *qu'on vind dins t'boutique di charlatan, grand martchand d'môrt-aux-rats. Saye* [3], *pou vèye, di mèprisè mes fromâtches !*

— Je vous ordonne de vous taire ! enjoint Pestiaux. Vous n'avez pas la parole, et je continue... Je disais donc que le philosophe Schopenhauer a écrit cette profonde pensée :

— *Y manque in bouton à s'brayette,* souffle encore T. Déome.

Repassant aussitôt de l'indignation à la joie la plus exultante, Lalie lance un « hi-î ! » si strident que Pestiaux, affolé de rage et assénant sur la table un grand coup de poing, menace :

— Si vous ne cessez pas immédiatement cette obstruction qui est évidemment systématique et sans doute concertée et même soudoyée, je vous fais expulser « manu militari ».

---

2. Saletés.
3. Essaie.

Lalie repique aussitôt une crise de colère :

— *Manu n'est né pus militari qu'ti, grand tchaferlaque ! On l'nomme Manu Lalouette è c'è-st-in nom qui li va bé, pasqui c'est l'nom d'braves dgins qui n'ont jamais dit dou mau des fromâtches des autes.*

— Oui ou non, allez-vous vous taire ? grince Pestiaux.

Goulvent se lève et coasse :

— Madame, il est inadmissible et intolérable que...

Il n'a pas le temps d'en dire plus... Lalie, flambante, lui crie :

— *V's'avous djà causè assè, vous, m'pètit ! Il est timps d'ralè*[4] *d'lez vos moman è d'printe vos biberon divant d'allè coutchi.*

— La politique et vos fromages...

— *Si tu continuwes, dji vas t'è pètè yinque su t'nez, mi, d'fromâtche, sacré mau alèvè d'arsouille !*

Pestiaux, alors, tourné vers Manu aussi impassible qu'un Manu en bronze, déclame :

— Messieu le garde champêtre, vous êtes ici pour faire respecter la loi. En ma qualité de président de cette assemblée, et devant cette nouvelle et inqualifiable défaillance du bourgmestre ici présent, je vous invite donc à assurer l'ordre.

Manu salue militairement, fait trois pas vers sa tante et lui sert d'une voix brève :

— Madame Lalouette, silence !

Il dit cela sans rire, d'un air tellement incorruptible et si officiellement éloigné de la partialité familiale que, cette fois, la salle entière délire.

Manu, toujours glacial, se tourne vers Pestiaux et lui dit, comme on tire un coup de feu :

— Continuez !

Puis il revient dans son coin, droit, fixe, reprendre son immobilité de garde-robot. Il faut un long moment pour que l'assemblée se calme un peu.

Mais, dans le feu de l'algarade, Pestiaux a embrouillé ses papiers. Il ne retrouve plus la pensée profonde de Schopenhauer. Et, bafouillant, il enchaîne :

— Forcé d'abréger à cause du temps que nous venons de perdre à liquider cet incident ridicule, dont nous reparlerons un jour, je veux vous brosser le tableau des griefs principaux, capitaux, dirai-je, que nous pouvons articuler contre une administration qui n'a pu

---

4. Retourner.

administrer, durant les six ans écoulés, que la preuve de son incompétence foncière, de son incurie scandaleuse et d'un favoritisme éhonté...

Et durant trente-sept minutes, Pestiaux vide son sac. Il en sort tout son fatras : les rues malpropres, « tellement infectes que l'on est honteux d'avouer que l'on est de Trignolles » ; l'éclairage insuffisant ; la négligence du service de police ; les biens des administrés exposés aux entreprises des malandrins, témoin l'incendie de son laboratoire et la séquestration de son chien Sherlock « par un individu sans aveu, que l'on connaîtra un jour et qui, renvoyant le chien volé, a fait de la bête l'instrument d'une nouvelle machination criminelle en la chargeant d'une lettre pleine de menaces infâmes... ». Pis que cela, Mesdames et Messieurs, on m'a volé, oui volé, dis-je, et en plein jour, une culotte neuve, au bord de la rivière où je me baignais. Le voleur circule dans le village, sûr de l'impunité, avec ma culotte aux jambes, et il me nargue, éclate Pestiaux, il me nargue odieusement en déclarant que cette culotte, c'est un don du ciel !

Sans s'inquiéter des rires qui montrent que chacun a reconnu le prétendu voleur, le droguiste continue. Il barbote maintenant dans le secteur « Instruction publique ». Locaux mal éclairés, mal aérés, insalubres, mobilier préhistorique, bancs hérissés de clous « où vos enfants laissent des lambeaux de leurs vêtements ». Et que dire du niveau déplorable de la culture scolaire ? Les enfants parlent mal, n'utilisent une fois hors de la classe, que le wallon et, dès qu'ils veulent s'exprimer en français « sombrent dans un galimatias digne tout au plus d'un jardinier ». (Toine grogne à mi-voix : *Grand vauré, grande canaille !* T. Déome, lui, applaudit, ce qui fait rire beaucoup.)

Et il y a encore la revendication du corbillard, qu'il allait oublier ; et les dragées des baptêmes qui tombent toujours et exactement où elles ne devraient pas tomber. Quoi encore ? L'assistance publique, « tellement inexistante, affirme perfidement Pestiaux, que les pauvres vont parfois mourir, exténués, dans les maisons d'étrangers qui les exploitent ».

(*Sacrée canaille !* répète le gros Toine que cette vilenie de Pestiaux suffoque. Des auditeurs murmurent, indignés aussi. Aloys propose à T. Déome : *Si tu veux, je vais tout de suite le stran-ner* [5] ! T. Déome garde un calme sourire.)

Pestiaux va, va toujours. Il jette tout, pêle-mêle, à folles brassées, dans une ivresse de déballage qui fait de lui une machine à vitupérer,

---

5. Étrangler.

frénétique et baveuse. « Mesures prophylactiques à peu près nulles pendant les épidémies de rougeole et de stomatite aphteuse, favoritisme, népotisme, audaces du secrétaire communal qui, à raison de la pérennité de ses fonctions et de la mollesse de ses acolytes, se croit tout permis et n'en fait qu'à sa tête ; impertinences du bourgmestre (et Pestiaux se met à criailler, en louchant de colère), du bourgmestre qui ose, aux distributions des prix scolaires, dans des discours indigents de fond et ridicules de forme, injurier, l'écharpe sur le ventre, les gens intelligents qui ont derrière eux un long passé de science et de dignité. »

Et rien pour se distraire honnêtement dans ce village ! La radio, par exemple, était déjà, dans tout le pays, une vieille banalité, que Trignolles allumait seulement ses premiers lumignons électriques, blafards et dispendieux. Le cinéma, délassement instructif et populaire s'il en fut ? On avait refusé à « l'ami Lacuisine » que « Messieu le secrétaire communal » ne pouvait souffrir, l'autorisation d'en établir un...

... Il parle presque bien, l'animal ! Et il sert de grands mots pétaradants : « Obscurantisme, étouffoir, impostures, connivences coupables, tripotages suspects, finasseries hérétiques, éviction des compétences, lumière sous le boisseau, hygiène du cheptel, rationalisation de l'élevage et de la puériculture, épizooties porcines, dignité humaine, bouse, dragées baptismales, bactériologie, tolérance, natalité ! » Quelle cargaison, bonté divine ! Toine, un moment, se demande comment il a bien pu commettre, en six années seulement, toutes ces noirceurs qui portent des noms si savants.

Pas rassuré du tout, il se tourne souvent vers T. Déome. Le gros garde le sourire, heureusement...

Aïe ! Pestiaux raconte maintenant l'histoire des timbres humides et du sceau communal « profané par l'effronterie iconoclaste de deux gamins mal élevés à qui l'on a permis de faire un hochet d'un objet sacré ». Il ouvre sa petite valise, en extrait un bocal de verre où nagent des espèces de caoutchoucs blanchâtres mâchurés de violet. Il élève le bocal, solennellement, comme s'il contenait le cœur de Pélagie, et il clame :

— Voilà les preuves ! Le coupable n'est pas loin. S'il vous en faut d'autres, de preuves, en voici encore !

Et il déballe son caleçon, qu'il brandit aussi, et qu'il déploie, pour bien montrer le *NÉCESSITÉ DE CLORE* et la pastille du sceau communal où le petit lion hissant a l'air de jouer du tambour en passant la langue de plaisir.

Tout le monde pouffe. Mais il est des farceurs pour faire :

— *Oh ! Qué scandale ! C'è-st-honteux ! Oh ! Oh !*

... Brusquement, la péroraison, que Pestiaux a apprise par cœur, éclate :

« Ce régime abject doit finir, et il finira demain. Dans quelques heures, en un vote vengeur, arrachant des ventres indignes les écharpes usurpées, vous allumerez du même geste le flambeau de la délivrance qui ouvrira pour la commune une ère de prospérité et la placera à l'avant-garde du progrès et de la civilisation ! »

Comme un ténor, Pestiaux fait trois révérences souriantes à ceux qui l'applaudissent. T. Déome est encore de ceux-là. Le droguiste s'éponge, rassemble ses papiers, remet sa montre au gousset. L'homme est heureux. Il va dire : « La séance est levée ». Mais l'auditoire, demeuré assis, semble attendre quelque chose encore. Canada, tirant Pestiaux par la manche, lui souffle deux mots. On entend le chef du P.I.P. qui répond : « C'est vrai ! J'oubliais... » Et il lance ironiquement au public :

— Je suppose que personne ne demande la parole, pour la contradiction ?

*
* *

T. Déome se lève, l'index en l'air, comme un écolier qui demande à répondre. Il est resté jusqu'alors coiffé de sa casquette. Il se découvre avec grâce et pose la casquette sur sa chaise, derrière lui, avec sa pipe dedans.

*
* *

Une joyeuse acclamation de la foule monte vers le gros.

Pestiaux blêmit. Ses lèvres ont un frémissement. Son lorgnon glisse de son grand nez moite. L'homme tourne un regard transi vers l'avocat... L'autre ne le voit même pas. Médusé jusqu'à la pétrification par les charmes de Norine, il n'a d'yeux que pour elle.

Ainsi donc, cet individu aurait encore l'audace de répliquer. Pourtant on avait bien assuré au droguiste qu'il ne se passerait rien de ce genre et que le P.I.P. sortirait du meeting avec le dernier mot.

Ah ! ce T. Déome ! Quel odieux crampon ! Eh bien, soit, le chef du P.I.P. ne reculerait pas d'une semelle ! Et il allait commencer par mettre les pieds de l'autre sur une belle trappe !

— Vous désirez prendre la parole, Messieu ?

— Oui, Mossieu !

— Vous semblez ignorer que votre situation officielle de secrétaire communal vous interdit rigoureusement ces manifestations, Messieu !

— Je m'en fiche autant que je me fiche de vous, Mossieu !

La réplique fait mouche. Les applaudissements claquent en salve. Et l'on se met à crier :

— *Allez, T. Déome ! Vas-y, gros ! Allez, m'fi !*

Pris dans sa trappe, Pestiaux se rassied. Pâle, le cœur battant, les bras croisés, il lâche d'une bouche torve :

— Soyez bref, et surtout soyez poli !

— *Bref ? Dji l's'rai comme les côs di scorie* [6] *qui vont vos tchèye su l'chine* [7]. *Pou l'politesse, dji r'grette, mais y n'è d'meure pus ène chlique* [8] *dins l'villâdge dispus qu'vos l'avous ramassè toute pou l'avouyi à l'tiesse des gendârmes !*

On rit aux éclats de cette belle allusion aux cambronnades du Pestiaux qui, la bouche ouverte, mais muette, se met à consulter sa montre, pour se donner une contenance. Le comité du P.I.P. paraît un peu gêné. Le Pichoulit, animal enchaîné, sue la haine.

Et, tout de go, T. Déome se tourne vers Goulvent, redescendu de l'extase.

Paterne, protecteur, presque bienveillant, il lui sert :

— *Vous, m'pètit, ça s'ra râte amantchi ! Dji n'vas né passè m'timps à vannè toutes les p'tites tchansons qui sont sôrtuwes di vos n'harmonica ; dji n'y r'trouvreùs qu'des vesses di leu. On vos a choutè jusqu'au d'bout, par politesse comme dit l'aute, è pus pasqu'on n'veut né vos aspétchi* [9] *d'gangni vos crousses. Vos nos avou dit qui nos n'astons qu'des biesses... Ça n'fait ré. A vos n'âdge, on s'trompe si souvint ! On s'trompe mînme toute si vie. Ainsi, mi, qu'a septante-huit ans, quand dji vos ai vu intrè, dji m'ai dit : « In v'là yinque qu'a l'air malin ! »*

On s'esclaffe. Goulvent, brusquement dressé, mugit :

— Je vous prie...

— *C'est c'qui v's'avou d'mia à fai : dire vos prières pour vous è pou vos famille ! Ça vos f'ra dou bé à tertous... Dj'ai bé connu vos popa, là, mi, m'fi ! Y va bé, vos popa ?*

— Malotru !

— *Mal au tru ? Vos popa qu'a mal au tru ? Y n'faut né vos disbaut-*

6. Coup de fouet.
7. Échine.
8. Bribe.
9. Empêcher.

chi[10] *aveù ça. Gnia qu'à l'y mette del Pâte Universa. Ça n'rate né. Vingt-quate heures après, on est r'fait, ou bé crèvè !*

Délicieux duel ! Les répliques tombent en pluie de mitraille. L'auditoire exulte, retourné comme un gant. Un banc, surmené par des rieurs, craque.

Coupant court, le gros se tourne vers Pestiaux, écrasé par anticipation :

— *Dj'arrife à vous, Mossieu l'chef du « Pip ! ».*

Pestiaux s'agite sur sa chaise, l'œil éperdu.

— *V's'avou des coliques ? Dji vas vo donnè del Pâte T. Déome !*

Et il commence :

— *Nos n'saurons jamais c'qui l'philosophe Chopinenverre a scrî d'si rare dins ses fameux lifes su les porias è les prâlines au chocolat, mais si ç'asteùt in homme ène miette avisè, il aureùt pu z'y mette qu'y n'faut jamais confonde l'ammoniaque aveù l'politique, les papins aveù les bulletins de vôte, les électeurs aveù des innocints, è l'salopette d'in droguisse aveù l'camisole d'in brave homme.*

Pan ! Pestiaux accuse le coup en saccageant sa barbe d'une main fébrile. On applaudit déjà.

— Si c'est là le ton que vous allez adopter...

— *Vos n'avou co ré atindu, camarâte ! Dji coumince seûlmint.*

... Et aussitôt, méthodiquement, un à un, il reprend les griefs saugrenus de l'autre. Pour chacun, il trouve le mot cinglant, ou la boutade drôle, ou l'allusion pointue qui crève l'ineptie et la fait éclater comme une baudruche dont il ne reste plus qu'une enveloppe lamentable, ballante, tout de suite piétinée et recouverte par la peau de la suivante.

Les rues malpropres ? Mais c'est la santé du village ! « *Si nos p'tits èfants sont si bé v'nants è si rètus*[11], *c'est pasqu'y z'ont toudis les pîs dins l'engrais.* » Si les droguistes, ajoute-t-il, ont le cœur si racorni et la tête si dénudée, c'est parce qu'ils ont le pied trop sec. Un peu de fumier leur ferait du bien. Au surplus, pourquoi, lui, Pestiaux, inventeur génial et dresseur de chiens, n'invente-t-il pas la mécanique à dresser les vaches ? Il a bien inventé l'autoclystère, « *l'fusique à tirè dins les tournants* », explique le gros...

... Une voix, celle du vieux Chicagauche, l'interrompt et grogne très haut dans le fond de la salle, avec l'accent de la rancune :

---

10. Désoler.
11. Fort — Bien portant.

— *Oï, l'autoclystère ! Ène belle djindjole*[12] ! *Dj'ai vlu m'è siervi, mi, del fameuse spitroule*[13] *automobile à trente-trwès francs quarante-céq : dj'ai yeu l'mitan dou lavemint su m'dos è l'aute mitan a stî s'aclapè*[14] *au plafond. dj'ai co dû donnè dins les vingt-deux francs pou l'fai r'blanqui. Ça fait céquente-céq francs à mes guettes... è tout ça pou ré !*

On n'en peut plus. Il en est qui râlent de joie. T. Déome pourrait en rester là. Les élections sont faites. Mais son panier est encore plein. Et sa marchandise est variée ! Il sert des proverbes, à présent. Le campagnard adore ça, parce que le proverbe, c'est de la sagesse, concrète et colorée. T. Déome en offre de sa cuvée :

Bourrique à tcherette,
Qu'on l'chuwe !
Bourrique à prétchette,
Qu'on l'tuwe !

Puis il passe à de rêches moqueries. Usant même d'un persiflage macabre, il poursuit :

— *L'corbillard ? Quand ça s'ra vos tour, si ça vos fait plaigi, dji veux bé vos mwîn-nè su m'berwette, aveù des fleurs di millepertuis è d'camamine*[15], *è in bia discours, è des requiems di première classe, qui dji tchanterai d'bon cœur en m'dijant qui dji vos mwîn-ne au djâle !*

— C'est vous qui irez au diable demain ! fait Pestiaux d'une voix molle.

Des huées couvrent cette assertion très discutable. Pestiaux sent que tout s'effondre. Mais, sur son estrade, au milieu de ses comparses, bien décatis aussi, il lui faut subir jusqu'au bout le supplice. Comble de honte : c'est lui-même qui en a monté la machinerie et le décor, et c'est l'autre qui s'en sert, machiavélique et triomphant. Le droguiste répète rageusement cette perfidie :

— Exploiteur de la misère !

... T. Déome se tait un instant. Il s'avance de deux pas vers l'estrade, et regarde Pestiaux dans le nez, avec un sourire étrange qui force l'autre, recroquevillé, à baisser les yeux. Et T. Déome lui sert, en français :

— Je comprends, et tout le monde sait ce que vous voulez dire. Je ne vous répondrai qu'une chose, pauvre homme ! C'est que vous n'aurez pas, à votre lit de mort, autant de braves gens pour vous

12. Mauvaise mécanique.
13. Seringue.
14. Se coller, s'appliquer.
15. Camomille.

aider et vous consoler que Fifine en a eu. Vous ne pourrez pas compter sur l'avocat Goulvent, parce qu'il se fiche de vous ; ni sur le beau Catrevaux du Pichoulit, parce qu'il sera occupé à saigner un cochon ou à apprendre à lire. Vous n'aurez pas le grand Oscar, parce qu'il sera soûl. Le Canada ne sera plus ici. Quant à Madame Nenette, les vieux ne l'intéressent pas... Et vous n'aurez pas même Sherlock, la bonne bête de chien qui vous détestait parce que vous ne l'avez jamais rassasiée que de discours et de grimaces... Mais s'il le faut, continue le gros avec un accent qui trahit la vibration de son cœur, si je vis encore et que vous m'appelez...

... Il sentit que l'émotion allait le gagner et le dévoyer. Le silence, dans le hangar, était total. On n'entendait que des battements d'âmes et le maigre sifflet des bronches oppressées du conseiller Moïse Ramponette, l'asthmatique...

* * *

Dans ses gros sabots, avec son foulard noué à la diable en oreilles de lapin, et sa bonne grosse tête couverte de l'argent bourru d'une chevelure intacte, T. Déome, debout au milieu de tous ceux-là qui le reconnaissaient pour frère, T. Déome était inconsciemment splendide. Non, il ne s'en doutait pas, mais il était à ce moment l'Ardennais spécifique. Trapu, gros pour confirmer la règle de maigreur par une exception frondeuse ; sans apprêt, malicieux sous des espèces débonnaires et même frustes ; vite ému et donc volontiers rosse, par pudeur, il incarnait l'éternelle magistrature du bon sens en sabots de bouleau et gilet de velours, parfumée d'âcre tabac. Produit pur d'une terre chiche, mais belle de la saine beauté des filles à maigre dot, il narguait la vie de son sourire broussailleux et démolissait allégrement, à coups de boutoir, les duperies, les artifices, les décors fallacieux, et les politesses hypocrites, et les mièvreries gommées, et les lècheries flagorneuses, tout cela qui n'était pas la nature simple et la vérité drue.

Surtout, — Ah ! que T. Déome était heureux d'en tenir un et de le secouer et de le dépiauter ! — T. Déome haïssait le primaire, l'animal prétentieux qui officie pontificalement dans l'étroite chapelle de sa bêtise qu'il prend pour le temple de toutes les lumières. Le vrai campagnard, même inculte, abomine d'instinct ces ganaches solennelles, encyclopédies dogmatiques du quart-de-science et de l'approximation grandiloquente et sophistiquée. Il vit, l'homme sans livres, parmi d'agrestes réalités, les observe, les médite et ne tire que des conclusions prudentes, sur de probes expériences mille fois faites déjà par la lucide honnêteté d'ancêtres illettrés, dédaigneux des mots, mais attentifs à la franchise des faits.

... Oui, T. Déome, à ce moment, en face du primaire Pestiaux, était le vrai fils de l'Ardenne ! Il faisait penser au sanglier, l'animal rugueux et grognonnant qui laisse en paix les autres bêtes quand elles sont bonnes, mais qui fonce s'il le faut, et tout droit, brise, arrache, renverse, fait face et se meurtrit parfois la mâchoire à fouiller rageusement la terre caillouteuse pour en déterrer les vipères, sales bêtes qu'il croque avec la joie sauvage de manger du mal.

Qu'il était beau, à ce moment, le vieux sanglier T. Déome ! Et tous ceux-là qui l'écoutaient, à part quelques nigauds, l'écoutaient d'un cœur fraternel. C'est même d'entendre battre ce vieux cœur unanime de son pays qu'il parlait si bien et qu'il se sentait si heureux. Il l'était tellement que si on lui avait dit : « T. Déome, après la dernière estocade, il faudra faire votre dernière prière ! », il eût donné l'estocade suprême dans le bonheur de couronner sa vie par une bonne action...

* * *

— ... Si vous m'appelez, Pestiaux, je vous répéterai les belles histoires que j'ai racontées à Fifine quand elle mourait chez moi. Et ainsi, vous mourrez en riant, et...

Mais le souvenir de Fifine lui travaillait l'âme, à ce gros sensible. Sa gorge se serrait. Il voyait ciller des yeux de femmes. Des hommes baissaient la tête. Il fallait virer court. Rattrapant son patois sonore et percutant, T. Déome enchaîna :

— ... *È pou vos consolè, si vos y t'nou, dji vos rappôtrai vos marronne, li belle marronne di coutil qui dji vos ai soutirè quand vos astez occupè à fai « d'l'idiothérapie » en tchapotant dins l'euwe dou moulin aveù vos grands brès è vos grandes djampes !*

Pestiaux, pourtant anéanti, eut un suprême sursaut. Se dressant derrière sa table, la cravate de travers et tout moite de sueur, il dit d'une voix blanche :

— Vous vous vantez d'exploits imaginaires. Mais vous ne vous vanterez plus longtemps. Je ne vous écoute pas une minute de plus. Rentré chez moi, je vais rédiger une plainte au Ministre de l'Intérieur et je lui exposerai l'incartade inqualifiable que vous, secrétaire communal...

De nouvelles huées s'élèvent. Pestiaux se prépare à descendre de l'estrade avec ses comparses, et à battre en retraite.

— *Minute !* tonne la voix puissante du gros, *co in mot !*

Cloués sur place par l'injonction, le chef du P.I.P. et les six autres s'arrêtent au bord de l'estrade.

— Secrétaire communal, je n'ai pas le droit de parler dans une réunion électorale. Entendu ! Qu'on me révoque ! Je m'en fiche autant que du programme du « Pip ». Ajoutez ça sur votre lettre au Ministre. Mais, pendant qu'on y est, puisque vous connaissez si bien ce qui est permis et défendu par la loi, pourriez-vous me dire ce que défend l'article 36 de l'Arrêté royal du 31 mai 1885 ?

— ... ?

— Vous ne le savez pas ? Pas plus sans doute que le petit Monsieur l'avocat qui est là, bien embêté, sur votre estrade de tonneaux vides ? Eh bien, il dit ceci, l'article 36 :

« Les droguistes ne peuvent vendre ou exposer en vente aucune préparation ou composition pharmaceutique ; ils ne peuvent non plus mélanger des médicaments simples, ni préparer des remèdes, ni exécuter des recettes prescrites par des praticiens de l'art de guérir. En cas de contravention, ils seront punis comme exerçant sans qualification une branche de l'art de guérir et seront passibles des peines édictées par l'article 18 de la loi du 12 mars 1818. »

Si vous voulez, pour économiser le papier, nous ferons deux lettres sur la même feuille, Monsieur le droguiste-chimiste-inventeur, et pharmacien d'occasion, et marchand de suif et de cornichons, chef du « Pip » et médecin de foire.

Et T. Déome cingle l'autre de cette question :

— *Compris, Adhémar ?*

Ce beau coup de fouet est applaudi frénétiquement. Le gros pourrait lâcher là son homme, vacillant au bord de l'estrade. Du P.I.P., il ne reste plus que le plaisir qu'il a créé.

Mais le bonhomme n'a pas encore servi le plus beau morceau, en réserve dans le fond de son panier.

— *È pou mes vantardises è mes exploits imaginaires, hein, vî cousin, dji n'ai pus qu'ça à vos dire : On n's'amuse né, d'après vous, dins l'villâtche ? Gnia pô d'cinéma ?*

T. Déome fait une pause de trois secondes, pendant lesquelles on le regarde bouche bée. Et puis il gronde :

— *Dji vas vos è siervi, mi, dou cinéma !*

* * *

Stupéfaits, les trois ou quatre cents auditeurs qui se trouvent là voient le grand Aloys qui se dresse en riant, tire de sa veste une espèce de trépied de photographe, le déplie, le pose au milieu de la salle. Il fixe dessus un petit appareil de projections que Cabaraux, avec un sourire de Méphisto, a extrait des dessous de l'estrade. Le même Cabaraux tire de là encore un écran de toile blanche large comme une fenêtre et tendu sur un cadre de bambou.

— Descendez ! enjoint Manu aux gaillards du P.I.P.

Et ils obéissent, passifs, veules, eux aussi transis de curiosité, et ils vont se tasser près de la sortie.

Cabaraux pousse la table contre le fond de la scène, dresse l'écran dessus, avec une sûreté de main qui révèle des répétitions préalables. Aloys, hissé sur une chaise, dévisse une lampe, la remplace par une fiche qui termine un fil conducteur, établit le contact avec l'appareil de projections et, sur un signe, Cabaraux éteint tout.

Ces opérations n'ont pris qu'un instant. On se tait, les yeux brillent, on ne bouge pas.

Un cône de lumière neigeuse jaillit de l'appareil, tâtonne un peu et, tout de suite, argente le rectangle de l'écran qu'il isole dans le noir. Et tout de suite aussi, sur l'écran, on voit l'image d'une route, blanche et caillouteuse, bordée de saules que chacun reconnaît. Au bout de la route, surgit un bipède étrange, à maigres pattes, vêtu d'un maillot de bain à rayures, coiffé d'un canotier, d'une serviette-éponge nouée autour du cou. L'homme approche, grandit. Il se démène, brandissant un livre et un parapluie. Un grand chien, parfois, passe en gros plan sur l'écran, dans l'attitude apeurée du chien battu... L'homme grandit toujours. On a l'impression physique qu'il va sortir de son cadre de bambou, entrer dans la salle, descendre de l'estrade.

... C'est du délire ! Les planches du hangar, sûrement, ne résisteront pas à cette explosion. Il n'y a plus qu'un rire, collectif, unanime, éruptif, le rire d'un village entier qui se débride, nage à pleines brasses dans une joie gargantuesque, avec des « Oh ! », des « Ah ! » pâmés, et des soubresauts et des claques sur les cuisses, et des coups de coude dans les flancs du voisin, et des nez sur le dos d'en face, et des chutes à bas des banquettes, et des coups de pied convulsifs dans les chevilles, et des bouches en pavillons de boudinière, et des yeux pleurants et des mentons mouillés et, perçant tout le tapage, le « Hi-î » de Lalie Lalouette, térébrant comme un sifflet, et qui monte, monte toujours, et repart vers des altitudes qu'il n'a jamais connues.

Quelqu'un, muni d'une lampe de poche, en braque le rayon sur

Pestiaux, entouré du groupe du P.I.P. Le droguiste, ruisselant d'une crise de suette, ressemble au noyé que l'on vient de repêcher. Sa bouche est figée dans le rictus de la défaite impuissante. Le Pichoulit a des yeux comme des pommes. Tassé, le mufle bas comme celui du taureau qui va foncer, il semble chercher quelqu'un à tuer. Nenette se poudre le museau. Canada ricane en regardant Pestiaux. Le grand Oscar, contemplant le film, rit d'un rire hébété. Goulvent, lui, profitant de l'obscurité, s'est approché de Norine, et il a amorcé une stratégie enveloppante dont il attend beaucoup. La lampe le surprend penché sur la jeune fille. Et il lui souffle :

— Tout ça ne vaut pas l'amour, hein ?

Norine a bon bec et preste griffe. Retournée sur l'audacieux poussah, elle lui lance, en toute simplicité :

— *T'es là, ti, l'pètit gueulard ?*

Et, illico, elle change de place avec son père, le Tchôrli, dont l'honnêteté atteint la taille d'un mètre nonante-deux, avec des mains comme des cymbales.

... Aloys vient d'immobiliser la projection sur une image. C'est l'image de Pestiaux lançant avec fureur des pierres dans les pattes de Sherlock. L'homme, dans ce tableau, atteint le sublime du grotesque. Et pendant une longue minute, le joyeux Aloys expose le chef du P.I.P. à demi nu, grimaçant, insane, dans l'attitude d'un vieux gorille échappé de son cirque en vêture de carnaval. On n'en peut plus. On demande grâce. Lalie elle-même est à bout de « Hi-î ». C'est assez. La voix de T. Déome retentit, pour un dernier mot, qui est le coup de grâce :

— *È vlà l'homme qui veùt yesse vos maïeúr !*

*
* *

La lumière jaillit dans toutes les lampes... Et l'on voit un nouveau tableau dans le fond de la salle. Le chef du P.I.P. se chamaille avec le Canada, son ami, qui vient de le traiter de « grand imbécile ». Goulvent s'interpose, avec « Monsieur » Oscar. Le Pichoulit, stupide, n'est plus qu'une vaste bête terrassée.

Une ovation éclatante monte vers T. Déome et vers Toine. On crie : « *Bravo, T. Déome ! Vive nos Toine ! Vive el maïeúr ! Vivent les deux gros !* »

Et Lalie Lalouette, au sommet de l'enthousiasme, saute, autant que le lui permet son volume, au cou de T. Déome qui rit. Elle l'embrasse sur les deux joues et lui crie :

— *Tu l'as bé gangni, m'fi ! T'as vîndgi mes fromâtches !*

*
* *

On ne dormit guère, cette nuit-là, dans Trignolles, parce que, dans chaque maison, on riait trop pour songer à se mettre au lit. Seul, Pestiaux, brisé de fatigue et grelottant de fièvre, après s'être administré une mixture fébrifuge et soporifique de sa composition, se fourra dans ses draps auprès de Pélagie, chargée de la garde de la maison, et endormie depuis longtemps.

Elle s'éveilla et voulut l'interroger sur ses impressions. Il gémit :

— Triomphal ! Mais je vous raconterai cela plus tard...

Et il ronfla tout de suite, anéanti.

*
* *

C'est en riant que les électeurs, le lendemain, vinrent noircir les points blancs de leur bulletin. Un des tout premiers à se présenter, un peu avant la fin de la messe basse, fut le chef du P.I.P. Le col du pardessus relevé jusqu'aux tempes, il vota sans se déganter, en coup de vent et à la diable. Il poignarda le président du bureau d'un regard terrible, ce qui fit s'esclaffer tout le monde. Ayant jeté son bulletin dans l'urne comme on lance un papier graisseux dans la poubelle, il sortit sans saluer personne et, pour rentrer chez lui, zigzagua par des ruelles. Pélagie vint voter après la grand'messe, au moment de l'affluence. Elle arborait, elle, un sourire épanoui, et se montrait fort loquace. « Adhémar avait pris un léger froid la veille, expliquait-elle, et, par précaution, il gardait la chambre... jusqu'à la proclamation des résultats, naturellement. » Les rires qui accueillaient cette nouvelle, Pélagie les prit pour des manifestations de sympathie. Elle retourna, très digne, rayonnante d'impavide confiance, soigner l'auguste chef du P.I.P., en attendant le dépouillement du scrutin.

*
* *

Les calculs n'en furent pas compliqués. Dès la sortie des vêpres, on sut déjà le résultat définitif. Il était simple, comme tout ce qui est beau : la liste du P.I.P. totalisait dix-sept voix.

Les deux premières étaient celles du couple Pestiaux. Les deux suivantes venaient des Catrevaux-Pichoulit, mère et fils. Le père Catrevaux, dégoûté, avait ostensiblement remis un bulletin blanc. Le grand Oscar s'était adjugé un vote de préférence. Et de cinq ! Le

Canada ne s'était pas même dérangé. Nenette avait voté pour Catrevaux. Et de six !

Dix autres suffrages, pas anonymes du tout, exprimaient de vieilles rancunes, des fidélités sans grandeur, des jalousies neuves.

... La dix-septième voix ? Soit ! On vous le dira. Mais il est bien entendu que ceci restera, à tout jamais, un secret entre nous. La dix-septième voix, (vous vous tairez, hein ?) la dix-septième, c'était celle du Choumaque qui, ayant oublié ses lunettes, ému et embrouillant tout, s'était trompé de numéro !

* * *

Calfeutré en robe de chambre dans sa cuisine, Pestiaux, jusqu'au bout, mentit à Pélagie. De l'équipée de la veille, il lui fit un tableau très riche, et fouillé dans la fantaisie. Ce fut le grand Oscar, dernier fidèle, qui vint apprendre le beau résultat des élections au chef du P.I.P.

Pélagie, d'abord, crut à une aimable facétie de « Monsieur Oscar ». Mais Pestiaux dit sombrement :

— La corruption et la trahison sont plus fortes que la justice !

Elle comprit alors l'implacable vérité et lança à son Adhémar un regard de mépris presque haineux... Mais le grand Oscar ne s'en allait pas. Ce qu'il voulait, et tout de suite, c'était le cachet promis à sa précieuse candidature. Pestiaux tenta de l'emmieller. Ça ne prenait pas. Oscar, vainqueur ou blackboulé, s'était promis de boire aux élections. Et il boirait.

— Attendez donc quelques jours ! suppliait le droguiste. Le Comité doit se réunir...

— *Qué comité ?* criait l'autre, soudain méchant. *Dins l'comité, gnia pus qu'vous !*

Rageusement, Pestiaux lui allongea cinquante francs, « à titre de provision », affirmait-il. Pélagie passa dans la droguerie pour respirer de l'éther. L'autre sortit enfin, plus aigri que jamais contre les bourgeois et les exploiteurs.

Une scène de ménage, historique, éclata entre Adhémar et sa vieille Pélagie. Elle lui lança à la tête des méchancetés inoubliables, allant jusqu'à lui dire « qu'il n'était qu'un imbécile, que T. Déome était beaucoup plus intelligent que lui, que tout le monde riait de lui et de ses inventions de charlatan, et que le plus triste jour de sa vie, à elle, était celui où elle avait accepté ses fourrages à tisane et ses saletés de zizyphus ».

Écœuré, ulcéré, Pestiaux s'habilla sans mot dire et se prépara à sortir, seul avec sa mélancolie sublime de génie incompris. Il voulait prendre l'air et méditer dans la forêt.

Comme il ouvrait sa porte, il recula... Du côté de l'église, la fanfare municipale, à pleins pistons, lâchait des triolets sur la gloire rajeunie du gros Toine.

— Tas d'arriérés ! Brutes ignorantes ! Au vingtième siècle ! grinça le chef du défunt P.I.P.

— Boum ! boum ! et ran-plan-plan ! répondaient la grosse caisse et le tambour.

* * *

Un grand chien gris, qui trôlait sur la route, s'arrêta devant la droguerie. Il regarda d'un œil plein de hargne le chef du P.I.P., qui lui lança une injure et brandit son parapluie. La bête, alors, gronda, montrant même ses crocs. Et le droguiste, pas fier, recula encore.

Tenant en respect l'éminent imbécile qui l'avait fait enrager durant des mois, Sherlock s'offrait une malicieuse vengeance. Dans son implacable mémoire de chien brimé, les senteurs violettes de l'officine éveillaient des couches massives d'odieux souvenirs. Et la voix vinaigrée et persifleuse de Pélagie, pourchassant son Adhémar du fond de la cuisine, vint encore irriter le tympan du brave animal.

— Vous n'êtes pas encore parti, Monsieur le bourgmestre manqué ? glapissait-elle.

Sherlock lâcha un aboiement sardonique et contempla le savant d'un air de défi. Le rictus de ses babines, le balancement de sa queue et la lueur canaille de ses yeux semblaient exprimer :

— Ta Pélagie derrière, essaie de reculer ! Moi devant, fais un pas, pour voir !

Le jeu pouvait durer longtemps ainsi. « Ignoble cabot de chiffonnier ! » râlait Pestiaux. « Rôôô ! » grondait l'autre bête. « Charogne pourrie de vices et d'ingratitude ! Sinistre gredin ! » reprenait l'inventeur. « Waw ! » relançait Sherlock.

... Heureusement, là-bas, les cuivres de la fanfare, après un morceau de bravoure, se turent. Et, tout aussitôt, on entendit une grosse voix, lointaine et joviale, qui clamait une plaisanterie sonore.

Sherlock frémit de la pointe des oreilles au bout de la queue. Oubliant tout le reste et lâchant sa faction, il bondit sur la route en poussant un gémissement ému... La voix de T. Déome !... Oui, la voix de T. Déome, la voix du bon gros père aux caresses et au boudin ! Conduit par son cœur, il courut à pattes folles vers son ami.

Planté devant la porte entr'ouverte de la droguerie, Pestiaux, prudent, attendait que le chien fût loin.

Mais, brusquement, la porte, poussée avec violence par Pélagie, vint cogner les omoplates d'Adhémar. Son chapeau bascula, son parapluie lui heurta le nez et son livre tomba par terre. Furieux, il le ramassa sans souffler mot. Alors, il partit. Mais, vingt pas plus loin, il se retourna, et contemplant son enseigne, il ricana, plein de méprisante amertume :

— Dire que j'ai donné mon nom à ça !

TABLE DES MATIÈRES

Achevé d'imprimer le 6 juin 1995
sur les presses de l'imprimerie Lannoo à Tielt.